KB102170

新龍
환희
밀공

FANTASTIC ORIENTAL HEROES

설룡 新무협 판타지 소설

환희밀공 3

설봉 新무협 판타지 소설

초판 1쇄 찍은 날 § 2009년 5월 12일
초판 1쇄 펴낸 날 § 2009년 5월 18일

지은이 § 설봉
펴낸이 § 서경석

편집장 § 문혜영
편집 § 서지현 · 문정흠

펴낸곳 § 도서출판 청어람
등록번호 § 제1081-1-89호
등록일자 § 1999. 5. 31
어람번호 § 제2-1737호

주소 § 경기도 부천시 원미구 심곡2동 163-2 서경B/D 3F (우) 420-822
전화 § 032-656-4452 팩스 § 032-656-4453
http://www.chungeoram.com
E-mail § eoram99@chollian.net

© 설봉, 2009

ISBN 978-89-251-1801-7 04810
ISBN 978-89-251-1747-8 (세트)

歡喜密功

3

이신(離身)

환희밀공

설봉 新무협 판타지 소설

FANTASTIC ORIENTAL HEROES

청람
도서출판

目次

第十五章

탈명(奪命)

歡喜密功
환희밀공

1

교주를 범했다.

부모님과 같은 모습으로 머릿속 깊이 담겨져 있던 분과 정사를 벌였다.

교주가 죽었다.

일장을 맞고 나가떨어진 후, 두 번 다시 일어서지 못했다.

환희교가 몰락했다.

기억이란 이름으로 갈무리된 것들 거의 대부분이 환희교에 관한 것인데, 이제는 아무것도 남지 않았다. 모두가 한 줌 재가 되어 훨훨 날아갔다.

한데…… 한데 말이다.

아무런 감흥이 일어나지 않는다.

슬프다거나 괴롭다거나 보고 싶다거나…… 어떤 감정이라도 떠올라야 하지 않겠나. 그렇지 않다. 가슴이 꽉 막힌 듯 먹먹하기만 할 뿐, 아무런 감정도 묻어나지 않는다.

교주와 관계를 가졌구나. 교주가 죽었구나. 환희교가 몰락했구나. 그것뿐인가? 다른 건 없나?

마치 강 건너 불구경하듯이 담담하다.

무엇 때문에 이를 악물고 환희밀공을 수련했는지도 모르겠다. 정말 수문장이 되고 싶었던 건지, 부모님의 복수를 하기 위해 절정 무공을 수련하는 수단으로 이용한 것인지, 아니면 둘 다인지 구분이 가지 않는다.

다른 생각도 든다.

부모님의 복수는 너무 요원했다. 갈 길이 너무 멀었다. 까마득했다. 무엇부터 해야 할지 몰랐다.

그러던 참에 때맞추어 교주가 손을 내밀었다.

따라갈 수밖에 없었다. 어떤 놈이 따라가지 않겠나. 강한 무공을 가르쳐 준다는데. 고문? 고문이 뭔 줄 알기나 했나. 복수를 하려면 누구보다 강해져야 한다는 생각밖에 없었는데.

그렇게 시작해서 어쩌다 보니 여기까지 왔다?

아니다. 그것도 자기 위안이다.

근본적인 것은 현실에서 눈을 돌리고 싶었다는 거다. 현실도피…… 그렇다. 현실도피다.

복수를 잊고자 했다, 너무 무섭기에.

복수 대신 목표로 삼은 게 수문장이다. 수문장이 뭔지도 모르면서 수문장이 되려고 했다. 비교적 상세하게 그려지는 복수 대신에 뜬구름처럼 막연한 수문장이 만만해 보였던 게다.

그러다가 가끔씩 부모님 얼굴이 떠오르고, 죄책감이 들면 복수를 하기 위해 환희밀공을 수련하고 있다고 자위해 왔다.

모든 게 핑계에 지나지 않는다.

실제로 수문장이 되겠다고 했으면서 환희교에 대해서는 알려고도 하지 않았다.

도대체 환희교에 대해서 뭘 아는가? 환희교 사람들에 대해서는 얼마나 아는가? 교주는 누구이며, 수두화는 어떤 여자이고 웃으며 죽어간 잔화는 얼마나 아는가.

아무것도 모른다.

얼굴을 알고, 음성을 알고, 성격도 조금 아는 정도가 고작이다. 그저 '아는 사람' 정도다.

교주에게는 구함을 받았다. 형당 화녀들에게는 무자비하게 고문을 당했다. 그 정도는 말해줄 수 있다. 사실을 부풀려서 사흘 밤낮이라도 이야기해 준다.

그 이외에는 없다. 정말 아무것도 없다.

루검비는 아무것도 생각하지 못하는 백치(白痴)가 되어 조금씩 조금씩 죽어갔다.

저벅! 저벅!

발걸음 소리가 들린다. 누군가 걸어온다.

그러거나 말거나…… 루검비는 귀찮은 듯 눈을 감아버렸다.

할 수 있다면 귀까지 틀어막고 싶었다.

발걸음 소리는 머리 위에서 멈췄다.

"일어났나?"

싸늘한 음성이 들려왔다.

대답할 기운도 없지만 기운이 있다고 해도 하고 싶지 않다. 바라는 것이 있다면 오직 하나, 이대로 가만히 내버려 두고 꺼져 주었으면 하는 것뿐이다.

"환희밀공, 재미있는 흡정대법이야. 채음보양 같은 잡술은 정사를 벌일 때만 가능한데, 환희밀공은 신체 접촉만으로 정혈을 고갈시켰어. 그 점이 내 관심을 끌었네. 싸움을 함에 있어서 꼭 상대를 죽일 필요는 없지. 이기기만 하면 되는 거야. 신체 접촉만으로 상대의 진기를 일 푼만 감소시킬 수 있어도."

"……."

루검비는 눈도 뜨지 않았다.

만사가 귀찮다. 환희밀공, 채음보양, 흡정대법…… 먼 옛날 이야기처럼 아득하게 들린다.

"정말 지독해. 흡정을 시작하면 아예 끝을 보고 마는군. 그 짧은 순간에. 쯧! 볼수록 아깝군. 몸 하나는 상당히 괜찮다고 봤는데, 순식간에 이런 꼴이 되었으니."

상관가주가 왔던 길로 되돌아가며 말했다.

"그래도 밥은 먹어야지. 잘 먹고 기운 좀 내라고. 앞으로 우린 할 일이 많을 것 같아. 후후! 후후후!"

저벅! 저벅!

다시 발자국 소리가 들려왔다.

귀찮다. 귀찮다. 정말 귀찮다. 왜! 왜! 사람을 내버려 두지 않나!

"식사다. 먹어라!"

털썩!

사내는 무엇인가를 머리 위에 내던졌다.

상당히 둔탁한 소리다. 바닥에 부딪친 충격이 진동으로 변해서 온몸을 울린다.

"내일 아침까지… 후후! 기운을 차려두는 게 좋을 거야. 내일부터는 상당히 고달파질 테니."

사내는 쇠로 만들어진 철인이었다. 움직이고 싸울 줄만 알지, 인간의 감정 따위는 전혀 깃들어 있지 않았다. 최소한 루검비가 느끼기에는 그랬다.

더불어서 사내에게서는 악마의 숨소리가 들린다. 옛날, 형당 화녀들에게서 느껴졌던 공포가 되살아난다.

'고문… 후후! 마음대로…… 마음대로 해봐.'

사람이 사람을 사람으로 보지 않고 찢어발기고 때려죽일 수 있는 죄인으로 보게 되면 자신도 모르는 사이에 악마의 숨소리를 흘리게 된다.

그런 숨소리…… 정말 많이 들었다.

형당에서는 공포에 절어 바들바들 떨었지만 지금은 아무런 느낌도 없다.

꽈앙!

사내가 문을 닫고 나간 후에도 루검비는 움직이지 않았다. 그때,

"하! 내 운명도 참…… 네놈과 나, 둘 중에 하나는 죽어야 할 운명인가 보구나. 그것도 서로에게."

귀에 익은 여인의 음성이 들려왔다.

'서…… 화?'

사내가 식사라며 놓고 간 것이 서화였나? 환희밀공으로 그녀의 음기를 흡취하여 기운을 차리라는 뜻?

기련산에서 음기를 빼앗긴 서화는 말 몇 마디 하는 것도 힘들어했다. 간신히 몇 마디를 토해놓긴 했지만 창자를 억지로 끄집어낼 때처럼 고통스러워했다.

그 심정, 그 고통이 이해된다.

루검비가 지금 그렇다.

몰골이 너무 형편없게 변했다. 옛날 자신에게 당했던 서화처럼 형편없이 망가졌다. 태어나서 밥이라고는 구경도 못해본 사람처럼 살이 뼈에 달라붙었고, 얼굴은 뼈의 윤곽이 고스란히 드러나서 귀기스럽기까지 하다.

외양이야 어떻든 무슨 상관이랴.

가장 큰 문제는 힘이 없다는 거다. 너무도 무기력하다. 손가락 하나 꿈지럭거리는 것조차 무거운 석문을 밀칠 때처럼 온 힘을 다 쏟아부어야 한다.

정혈을 단단히 빨렸다.

그래도 산 것이 다행이다. 환희밀공에 따르면, 이럴 경우 십중팔구는 죽는다. 진짜 음기를 만난 양기가 조금도 미련을 두지 않고 모조리 빠져나가기 때문이다.

자신이 서화의 음기를 정신없이 취하다가 결정적인 순간에 숨을 돌린 것처럼 교주도 인정상 마지막 한 줌 목숨만은 남겨둔 것 같다.

제길! 그렇게 했으면 살아서 도망이나 갈 것이지, 멀리 가지도 못하고 고작 몇 발짝 떼어놓을 것을 무엇 때문에 이런 짓을 하셨나. 죽더라도 몸이나 멀쩡하면 쉽게 죽지 않겠나.

루검비는 교주가 마지막에 한 말들을 전혀 기억하지 못했다.

뭐라고 한 것 같기는 한데, 자신도 뭐라고 대답을 한 것 같은데 정혈이 무서운 속도로 빨려 나갔기 때문에 정신 차려서 듣고 있을 여유가 없었다.

교주와 정사를 벌였고, 교주가 죽었고…… 문득 정신을 차려보니 반송장이 되어 쓰러져 있다.

이것이 그가 아는 사건이었다.

당대에 지은 죄는 삼대에 걸쳐서 나타난다고 한다. 자신이 죗값을 받지 않아도 후손 중에 누군가는 반드시 업보를 받으니 죄를 짓지 말라는 뜻이다.

루검비는 후손을 걱정할 필요가 없다. 당장 죗값을 받았으니까. 그것도 자신이 저지른 죄와 똑같은 방법으로.

"끄응! 끄으…… 웅!"

루검비는 이를 악물고 몸을 일으켰다.

서화는 마혈이 제압되었는지 꼼짝하지 못했다.

"빨리 끝내줘."

서화는 체념했는지 담담했다.

"훗!"

루검비는 피식 웃었다.

서화는 루검비의 웃음을 자조로 받아들인 듯하다.

"우리 서로 꼴 참 우습다. 그치? 한 치 앞을 보지 못한다더니… 빨리 끝내줘. 가능하면 잔화처럼 쾌락 속에서 죽을 수 있게…… 죽는 것, 조금 무섭거든."

"서화, 환…… 희밀공…… 은 동…… 자공."

순간, 서화가 무척 놀란 듯 두 눈을 부릅떴다.

그렇다! 동자공! 기련산에서…… 환희밀공을 깨지 않으려고 무진 애를 썼다. 정사를 벌이지 않고 음기만 빼앗긴 걸 다행으로 여긴 적이 있다.

환희밀공은 정사를 나누면 깨지는 동자공이다.

루검비는 교주와 정사를 나눴다. 동자공이 깨졌다. 다시 말해서 환희밀공이 산산조각 났다.

루검비가 병든 노인처럼 골골대는 것은 교주에게 양기를 모두 빼앗겼기 때문이다.

그 점을 잊고 있었다.

양기를 모두 빼앗겼지만 언제든 음기를 훔쳐서 다시 보충하면 될 것으로 생각했다. 살도 다시 단단해지고, 기력도 충만하고. 급한 대로 자신의 음기만 흡취해도 인간다운 모습은 될 것이라고 생각했다.

"그…… 럼? 다시는…… 환희밀공을 못 쓰는 거야?"

"……."

"해보기나 해. 조금 있다가 미친놈처럼 달려들지 말고."

루검비는 고개를 끄덕였다.

지금은 여자의 냄새가 맡아지지 않는다. 서화가 앞에 있지만 욕정이라든지 체위라든지 성교에 연관된 어떤 생각이나 감정이 떠오르지 않는다.

옛날에, 여섯 살배기 꼬마가 누나들을 봤을 때처럼 담담하다.

육체적으로는 망가졌을 망정 정신적으로는 딱 좋다. 운신만 제대로 할 수 있다면 환희밀공 따위는 두 번 다시 떠올리고 싶지 않다.

욕정의 저주에서 벗어났다.

하지만 해본다. 환희밀공을 떠올려 본다. 환희밀공이 완전히 빠져나가갔는지, 아닌지 확인해 볼 필요가 있다. 동자공이 깨졌으니 후유증이 있을 텐데, 어디가 얼마만큼 망가졌는지도 알아봐야 한다.

'회음에서 일어난 화룡이…… 헛! 헛! 안 돼!'

불길한 예감이 일었을 때는 이미 늦었다. 화룡이 일어나긴 했는데, 척추를 따라서 올라가지 못한다. 갈 길을 잃고 육신 곳곳을 마구잡이로 휘젓고 다닌다.

엄청난 고통이 치밀었다.

발갛게 달궈진 인두로 몸속을 마구 휘젓는 것과 똑같은 고통이다.

"크윽! 끄으윽!"

루검비는 몸을 덜덜 떨며 몸부림쳤다.

경련은 꽤 오래 지속되었다. 근 반 각에 걸쳐서 입에 거품까지 물며 뒤척거렸다.

환희밀공은 깨졌다. 완전히 박살 났다. 환희밀공뿐만이 아니라 이 세상에 존재하는 어떠한 내공심법도 수련할 수 없게끔 경맥을 갈가리 찢어놓았다.

루검비는 영원히 무공을 익힐 수 없는 몸이 되고 만 것이다.

경련이 잦아들자 서화가 혀를 끌끌 차며 말했다.

"너도 참…… 불쌍한 인생이구나."

*   *   *

"이거야…… 빛 좋은 개살구잖나."

상관가주는 못내 아쉬운 듯 혀를 끌끌 찼다.

무슨 놈의 흡정대법이 하필이면 동자공인가. 정사를 벌이면 지녔던 진기까지 모두 빼앗기고 반송장이 된다니, 그런 무공을 수련할 작자가 어디 있을까.

있긴 있다. 루검비 같은 놈은 알면서도 그런 무공을 수련했다. 그랬으면 색(色)을 원수처럼 멀리해야 하는데, 여자라면 사족을 못쓰는 놈처럼 혜벌쭉해져서 교주의 품속으로 기어들어 갔다.

교주가 무슨 짓을 했을까?

그 부분만큼은 상관가주도 알아보지 못했다.

섭혼술(攝魂術)이나 미혼술(迷魂術) 종류의 무공을 펼친 것 같긴 한데, 어떤 무공인지 모르겠다.

잘 익은 감은 툭 치면 터진다.

루검비가 그런 상태였다. 교주는 그냥 툭 치기만 했고, 루검비는 제 죽는 줄 모르고 정사에 몰입했다.

참으로 요상한 무공들이다.

"가주, 환희밀공이 진기를 속성으로 양생할 수 있는 길을 열어놓긴 했지만, 치명적인 약점이 있는 한 버려야 할 것 같습니다."

상관흘이 말했다.

"삼제 말이 맞습니다. 아무리 생각해도 환희밀공은……."

상관가주의 귀에는 이제(二弟), 삼제(三弟)의 말이 귀에 들어오지 않았다.

그는 다른 생각을 했다.

'남자와 여자를 바꾸면…… 여자에게 환희밀공을 수련시켜서 진기를 키우게 하고, 정사를 통해 빼앗으면…… 이거야말로 꿩 먹고 알 먹고 아닌가.'

환희밀공을 여인에게 수련시킬 수 있다면 이보다 좋은 무공은 없으리라.

교주는 어떤 무공을 수련했을까? 환희밀공을 단숨에 제압하는 솜씨라니.

"서화라는 계집은 아직까지 살아 있나?"

허공에 대고 물었다. 대답도 허공에서 들려왔다.

"그렇습니다. 손도 대지 않고 있습니다. 흡정 능력을 상실한 듯 보입니다."

"그럼 끝났군."

혼잣말처럼 흘렸다.

끝났다는 걸 알지만 이대로 놓기에는 너무 아쉬웠다.

루검비는 교주가 어떤 무공을 수련했는지, 환희밀공의 구결이 무엇인지 아는 유일한 인간이다. 놈을 죽이면 단숨에 남의 진기를 내 것으로 만드는 비기는 영원히 사라지리라.

"루검비는……."

상관가주는 말을 하려다 말고 다시 한 번 생각을 정리했다.

놈에게서 환희밀공의 구결을 알아낼 수 있을까?

강제로 불게 할 수는 없다. 놈은 죽으면 죽었지, 비밀을 토설할 놈이 아니다.

놈은 회유도 안 된다. 시간을 두고 정을 주면 돌아서는 놈들이 있는데, 루검비란 놈은 거기에도 해당되지 않는다. 놈은 고지식해서 하나라고 생각하면 하늘이 두 쪽으로 갈라져도 하나라고 우길 놈이다.

놈에게서 구결을 얻어낼 가능성은 없다.

"그래, 통천동에 던져 주면 되겠군. 아무래도 죽은 시신을 뒤적이는 것보다 살아 있는 놈을 건드리는 게 낫겠지. 후후!"

상관가주는 결정을 내렸다.

통천동에 일말의 기대를 걸고, 거둬온 석화를 분석하고……하다 보면 뭔가는 나오겠지.

"그전에 제가 건드려 보고 싶습니다."

허공에서 들려온 말이다.

"아니, 아니야."

상관가주가 고개를 내둘렀다.

"그놈 몸에 난 상처 못 봤나? 그건 싸움으로 얻은 게 아냐. 고문에 당한 거야. 자네 같으면 여섯 살에 인법을 겪을 수 있겠나? 독종 중 독종이야. 그런 자는 자네도 어찌 못해."

포기할 것은 일찍 포기할 줄 알아야 한다. 괜히 미련을 남겼다가는 시간만 허비한다.

"매에는 장사 없다는 신조, 변함없습니다."

"쯧! 고집하고는. 그럼 간단히 해봐. 죽이면 안 된다는 것, 명심 또 명심해야 할 거야."

통천동 의원들에게 산 자의 육신은 죽은 자의 시신보다 열 배는 가치가 있다.

"루검비는 그리 처리하고…… 서화는 외(巍)에게 돌려주도록 해. 교주 일로 심상해 있을 텐데, 장난감이라도 줘야지."

"알겠습니다."

"우린 술이나 마시지."

상관가주가 동생들을 둘러보며 말했다.

용검대주 상관외는 거센 충격에서 벗어나 본연의 모습을 되찾았다.

모든 것이 너무 빨리 진행되었다.

교주가 그런 여인인 줄 몰랐다. 아니, 교주에게 그런 능력이 있는 줄 몰랐다.

환희교 운운하며 사랑이 어떠니 자유가 어떠니 하기에 머리가 어떻게 된 여자인 줄 알았는데, 모두가 위선이었다. 정사만해도 그렇다. 뼈가 녹고 살이 탈 정도로 뜨거운 몸짓을 해댔는데, 그 또한 루검비에게 다가가기 위한 술책이었다.

철저하게 당했다.

'내가…… 내가…… 그따위에게…….'

상관외는 주먹을 으스러져라 움켜쥐었다.

교주를 생각하면 할수록 분노가 치솟는다. 창녀나 다름없는 여자에게 농락당한 걸 생각하면 얼굴이 화끈거린다. 하나 그것보다 더욱 그를 분노케 한 것은 칼로 저미듯 아려오는 가슴이다.

교주가 그립다. 보고 싶다. 그녀와 다시 한 번 뜨거운 정사를 벌이고 싶다.

그녀는 온갖 체위에 능했다. 생전 듣도 보도 못한 이상한 자세도 용케 이끌어냈다.

그녀와 정사를 나누면 자신감이 붙는다. 화화공자(花花公

子)라도 된 듯 세상의 모든 여자가 우습게 보인다. 어떠한 여자라도 자신이 손만 뻗으면 교주처럼 비음을 토해내며 달려들 것이라는 환상을 가지게 만든다.

정말 특이한 능력이다. 너무 보고 싶다.

아니다. 이렇게라도 해서 벗어났으니 얼마나 다행인가. 이런 일이 없었다면 치마폭에 휘감겨 엉망진창으로 살았을 게 아닌가. 다행이다, 천만다행이야.

상관외는 고개를 내둘러 그리움을 쫓은 후, 이 시대 최고의 기인들을 둘러봤다.

"할 말이 없군요. 아무것도 알아내지 못했어요. 허허!"

눈빛을 받은 구생 갈굉촉이 허탈하게 웃으며 말했다.

절죽원주 포명봉도 고개만 가로저었다.

모두 똑같다. 갈굉촉처럼 알아낸 게 없다. 단지 자신의 지식 속에 또 한 가지를 추가한 것으로 만족하리라. 상관외의 심정이야 어떻든 자신들의 호기심을 충족시켰으니 집에 갈 생각만 하고 있으리라.

뭐가 이 시대 최고의 의원이며, 뭐가 이 시대 최고의 박사인가. 모두 허명(虛名)이다. 죽은 학문을 층층이 쌓아올려 이룬 거짓 이름이다.

"교주와 정사를 나눌 때 문득 생각난 건데…… 천축(天竺)에 이와 비슷한 무공이 있습니다."

호리수 서유동이 상관외의 고개를 번쩍 들게 만들었다.

"음양합밀공(陰陽合密功)이라고 하는 건데, 교주와 루검비처럼 어느 한쪽이 죽어야 끝나는 게 아니라 서로가 서로의 기운을 북돋아주는 음양순환지공(陰陽順換之功)입니다."

"허허! 정사를 통해 진기를 주고받는 무공을 말하는 모양인데, 그런 무공은 중원에도 있지 않은가. 의원들도 종종 그런 방법을 쓴다고 들었습니다만?"

절죽원주가 구생 갈굉촉을 쳐다보며 말을 맺었다.

"우린 진기가 얼어붙었다고 말하는데…… 기가 정체(停滯)되어 움직이지 않는, 아주 특이한 주화입마(走火入魔)의 경우에 음양화합으로 풀어내는 경우도 있긴 합니다."

"아니, 아니. 그런 게 아닙니다. 음양합밀공은 태극(太極)과 같습니다. 합궁하여 한 몸을 이루고 서로의 기운을 끝없이 순환시킵니다. 어쩌다 한두 번 펼치는 것이 아니라 수련 방법이 그렇다는 겁니다."

'합궁한 채 수련한다?'

상관외는 귀가 번쩍 뜨였다.

특이한 수렵법이긴 하다. 하나 환희밀공을 설명하지는 못한다. 오히려 정반대다. 환희밀공은 서로 죽이지 않으면 죽는 처절한 사투(死鬪)였다.

무엇인가 더 말이 있기를 기대했지만 호리수 서유동은 입을 다물고 말았다. 그의 잡다한 지식도 정사를 나누면서 내공을 수련하는 방법도 있다는 걸 말해주는 데 그치고 말았다.

아무런 도움도 되지 않는다.

"……."

이 시대 최고의 도굴꾼, 무수루고 부가의는 눈을 감은 채 대화에 끼어들지 않았다. 그는 듣기만 했다.

"무수루고, 뭔가 한마디쯤 해야 하지 않나?"

상관외가 비꼬듯 말했다.

흡정 과정을 보여주면 환희밀공의 비밀을 풀겠노라고 호언장담(豪言壯談)하던 위인들이다. 그래서 교주를 투입했고, 결국 이 모양 이 꼴이 되었는데 한다는 소리들이 모두 개소리다.

부가의가 기다렸다는 듯이 눈을 뜨며 말했다.

"공자, 독대를 원합니다."

2

"삼대가 편히 먹고살 만한 재산을 주십시오."

부가의가 대뜸 한 말이다.

"삼대라…… 꽤나 자신있는 말인가 보군."

"어음은 받지 않습니다. 금으로 주십시오. 제가 직접 가져갈 수 있어야 합니다."

"좋아. 주지. 그만한 가치가 있는 말이길 바라야 할 거야. 지금 기분이 썩 좋지 않거든. 능멸당했다는 기분이 들면 무슨 짓을 하지 모르지."

"틀림없이 공자께서 원하는 말일 겁니다."

"해보게."

부가의는 고개를 살래살래 흔들었다.

"말은 금을 본 후에 하죠."

"의심이 많군."

"그렇게 말씀하시니…… 저도 솔직히 여쭙겠습니다. 가주게 허락받지 않고 그만한 재산을 빼낼 수 있으십니까? 제 생각은 힘들다는 겁니다."

"알았다. 마련해 주지. 네 말은 그때 듣도록 하고."

상관외가 신경질적으로 말했다.

이제는 한낱 도굴꾼 놈한테까지 무시를 당해야 하나.

환희밀공을 명쾌하게 설명할 수 있어야 할 것이다. 그렇지 않으면 죽음보다도 더한 고통을 안겨주마. 만천하에 용검대주를 능멸하면 어찌 되는지 본보기를 보여주마.

한데 부가의는 상관외의 들끓는 심정도 모른 채 한술 더 떴다.

"죄송하지만 조건이 하나 더."

"뭐야?"

"말하는 시기와 방법을 제가 정합니다. 금을 받아도 바로 말하지 않겠다는 겁니다. 제가 금을 먼저 가져가고 후에 인편으로 서신을 올립죠. 물론 미행 같은 게 따라붙을 시에는 공자께서 약속 파기한 것으로 간주하여…… 헤헤! 조건이 꽤 까다롭습니다만 들어주셔야겠습니다."

"후후! 후후후후!"

상관외는 살기 띤 웃음을 흘렸다.

일장에 때려죽이고 싶다. 쥐새끼 같은 놈. 어디서 흥정을 하고 지랄인가.

"일방적으로 제게 유리한 조건이라서 내키지 않으신지요? 하지만 방법이 달리 없으니."

부가의가 어깨를 으쓱거렸다.

팔 없는 빈 소매가 펄럭거렸다.

잘린 양팔.

그는 도굴꾼이 받아야 하는 벌 중에 최고형을 받았다.

도굴한 무덤에서 꺼낸 부장품이 무엇인지 말하지 않았기 때문이다. 부장품만 내놓았어도 한 팔이 잘리는 데 그쳤을 것이라는 소문도 나돌았었다.

어떤 형벌, 어떤 고문도 그가 가진 것을 꺼내놓게 하지는 못한다.

부가의는 고의적으로 잘린 양팔에 시선을 집중시켰다. 고문따위는 생각도 하지 말란 뜻이다.

상관외는 죽일 듯 노려보다가 툭 내뱉었다.

"후후후! 아주 욕심이 많은 놈이군."

"헤헤! 저야 워낙 없이 산 놈이니…… 그래도 공자께 비하면야 새 발에 피죠. 공자께서 환희밀공에 눈독을 들이신 건 단숨에 천하 최강자가 되고자 하신 것. 참으로 욕심이 크십니다."

상관외는 손을 휘휘 내저었다.

"나가봐. 자세한 건 풍위와 이야기해."

부가의는 환희밀공의 진가를 알아봤다. 아니, 말은 하지 않았지만 다른 세 놈도 환희밀공의 특이한 흡정 방법을 눈치챘을 것이다. 그만한 능력은 되는 위인들이니 '이 시대' 어쩌고 저쩌고 하는 소리를 듣는 게 아니겠는가.

'부가의…… 이딴 놈과…….'

가슴속에서 울분이 다시 치솟았다.

한낱 도굴꾼과 흥정 따위나 하고 있으면서 무천을 바라본다는 게 말이 되는가. 이거야말로 창피한 짓거리가 아닌가. 환희밀공의 비밀을 알아내서 뭘 어쩌자고…….

루검비는 단숨에 천하제일인이 될 수 있는 방도를 가르쳐주었다.

놈이 보물을 손에 쥐었으면서도 제대로 사용하지 못했다. 환희밀공이 놈처럼 문외한이 아니라 정통 무인 손에 들어갔다면 벌써 세상이 발칵 뒤집어졌을 게다.

환희밀공은 단숨에 내력을 증진시킨다.

속성도 이런 속성이 없다. 한 달도 필요없다. 보름도 너무 길다. 넉넉잡아 칠 주야 정도면, 진기를 뽑아먹을 놈만 충분하면 단 하루 만에도 천하제일의 내공을 가질 수 있다.

이 얼마나 엄청난 유혹인가.

루검비는 초식이란 걸 몰랐다. 미련한 곰처럼 무조건 힘으로 밀어붙였다. 그런데도 용검대 무인들이 추풍낙엽처럼 나가 떨어졌다. 뿐만이 아니라 싸움 중에 진기까지 빨렸다.

싸울수록 진기가 소모되는 게 상식인데, 환희밀공은 상식을 뒤집는다. 싸울수록, 접촉하는 놈이 많아질수록 진기가 더욱 강해진다. 살이 닿는 놈은 쓰러지고, 나는 더욱 강해진다.

이런 사람이 어떻게 지겠는가.

세상에 다시없을 환상적인 무공이다.

동자공이라는 자다가 펄쩍 뛸 단점이 있지만, 그렇다고 손털고 그냥 물러서기에는 너무나 아까운 무공이다.

"부가의…… 네놈만 똑똑한 게 아냐. 날 능멸한 것이라면…… 후후후! 후후후후!"

상관외는 소름이 오싹 돋는 살소(殺笑)를 흘렸다.

*   *   *

"네 발로 갈래, 끌고 갈까?"

괴한이 불쑥 튀어나와 협박조로 동행을 요구했다.

"뭐라?"

"끌고 가야겠군."

괴한은 두 번도 묻지 않았다.

"자, 잠깐! 내 발로 간다!"

구생 갈굉촉은 다가오는 괴한을 급히 제지했다.

중원무림에서 구생이란 이름이 차지하는 비중은 낮지 않다. 사람이 죽고 사는 문제가 아니라면 웬만한 것쯤은 양보를 받아낼 위치에 있다.

상관세가 역시 무림의 이목을 생각해서라도 헛된 짓을 할수 없다.

자신들이 보고 들은 것은 무림을 뒤흔들기에 충분한 내용이지만 함구하겠다는 약속 한마디에 벗어날 수 있었던 것도 그들의 위치 때문이다.

구생 갈굉촉이라는 거인에 절죽원주 포명봉이라는 최고의 학자가 한자리에 있는 한, 그들을 함부로 대할 자는 없을 것이다.

이자는 다르다. 무림의 이목 같은 것은 신경도 쓰지 않는다. 말을 듣지 않으면 이 자리에서 목이라도 잘라낼 위인이다.

갈굉촉은 주위를 두리번거렸다.

도움을 요청할 생각은 없었다. 그럴 만한 사람이 있을 것이라는 기대도 하지 않았다.

예감이 맞다.

주위에 아무도 없다. 하다못해 지나가는 걸인 한 명 없다.

사람 사는 곳인데, 밝은 대낮인데 이토록 발길이 뚝 끊길 수 있나.

괴인은 혼자가 아니다. 일행이 있고, 인근에서는 말 한마디로 목숨까지 좌우할 수 있는 권세를 지녔다.

'상관세가!'

말해 무엇 하나.

짚이는 것이 있다. 상관기와 상관외는 부자지간이면서도 서로를 시기하고 질투한다고 들었다. 속내야 어떻든 중원 무인들이 알고 있는 사실은 그렇다.

괴한은 틀림없이 상관기의 수하일 게다.

"안내하시게. 군말없이 따라감세."

괴한은 미련없이 등을 돌려 앞서 걸었다. 따라오든 도망치든 마음대로 하라는 투다. 네가 어디로 어떻게 도주하든 낚아챌 자신이 있다는 뜻이다.

갈굉촉은 순순히 따라갔다.

끼이익!

녹슨 철문이 열렸다.

괴한은 갈굉촉에게 들어가라는 뜻으로 고갯짓을 했다.

"세상에서 무식한 놈이 가장 무섭다더니."

갈굉촉은 혼잣말로 중얼거렸다.

이들은 앞뒤 재지 않고 일부터 저지르고 보는 위인들이다. 구생이고 뭐고 뜻이 맞지 않으면 단칼에 베어낼 자들이다.

이런 놈들과는 대화가 안 된다. 이들이 원하는 것을 내놓은 후에야 빠져나갈 수 있을 것이다.

어찌 보면 세상에서 가장 무서운 자에게 걸린 셈이다.

갈굉촉은 뇌옥인 듯 보이는 암동으로 들어섰다.

칠흑 같은 어둠을 촛불 하나가 간신히 밀쳐 낸다. 퀴퀴한 곰팡내가 혹 하고 밀려든다.

거칠게 만들어진 탁자 하나와 의자 두 개가 전부인 작은 방이다.

"앉아."

"거, 나이도 얼마 먹지 않은 놈이 말끝마다 반말이네. 이놈아, 넌 어미 아비도 없냐? 내 나이가 예순하고도 둘이야. 제때 애만 낳았어도 네놈만 한 손자가 있어."

"적혀 있는 대로 옮겨 써라."

탁자에는 미리 써놓은 서신 한 통이 놓여 있었다.

갈굉촉은 서신을 들어 겉면부터 살폈다.

받는 이는 유일한 제자 오수(吳銹)다. 보내는 이는 물론 자신이다.

"이게 뭐 하자는 건가?"

"제자의 목숨이나마 살리라는 거지."

"보자…… 그러니까 광동(廣東)으로 해서 남만(南蠻)까지 한바퀴…… 에라이! 이게 씨알이나 먹히는 소리야? 오수, 그놈이 아무리 먹통이라지만 이런 말을 믿을 것 같아? 이런 서신을 받으면 당장 쪼르르 무천으로 달려갈걸? 사부님이 실종됐어요. 엉엉! 이놈들아, 기왕 작당하려면 씨알이나 먹히게 해."

갈굉촉은 서신을 썼다.

괴한들이 작성해 놓은 서신보다 더 알차게, 그럴듯하게 꾸몄다.

구생의 실종이라면 당장 무천이 나선다. 구생의 위치가 그만큼은 된다.

이놈들이 그런 점을 모를 리 없다.

보나마나 서신을 보내놓고 오수가 하는 짓거리를 지켜보다가 무천으로 달려갈 기미가 보이면 싹둑 제거할 게다.

'이럴 줄 알았으면 왕신과 그놈처럼 제자를 떼거리로 만들

어놓는 건데.'

갈굉촉은 봉인(封印)까지 꼼꼼히 마쳤다.

구생 갈굉촉, 절죽원주 포명봉, 호리수 서유동이 다시 만났
다.

두 시진 전, 헤어질 때만 해도 세상의 일각을 오시하는 사람
들이었다. 지금은 다르다. 언제 어디서 죽어도 누구 한 사람
관심 가져 주는 이가 없을 게다. 실종이니 뭐니 하며 요란을
떨어줄 사람도 없고, 그들과 상관세가를 연결 지어 생각할 사
람도 없다.

그들은 철저한 무명인(無名人)이 되었다.

상관세가를 곤란하게 하려면 서신을 작성하면 안 되는 거였
다. 끝까지 버텨서 일가(一家)가 의문의 떼죽음을 당했어야 한
다.

무천은 실종자들의 마지막 행적이 상관세가에 닿아 있음을
밝혀낼 것이다.

세 사람은 상관세가를 곤란하게 만들 수 있는 마지막 끈을
너무 쉽게 놓아버렸다.

"끌끌! 그놈의 호기심하고는. 당신들, 제 명을 누리지 못한
다면 그 호기심 때문일 거요."

갈굉촉이 낄낄 웃으며 말했다.

"그러는 구생은 어찌 이런 고생을 하시오. 하하!"

절죽원주가 호쾌하게 웃었다.

"환희밀공 말이오. 그거…… 재미있는 무공 아니오? 보아하니 상관기가 본격적으로 환희밀공을 캘 심산인 것 같은데, 어디가 끝인가 보는 것도 괜찮다 싶더이다."

"허허! 나도 마찬가집니다. 전 환희밀공을 보는 순간 영생(永生)이 그려집디다. 진시황(秦始皇)이 그토록 찾아 헤맸다는 불로불사(不老不死)의 영약이 이것이다! 허허! 저절로 손뼉이 딱 쳐지는데…… 생기를 빼앗는 게 굳이 사람일 필요는 없겠지요. 닭이나 돼지에게도 생기는 있는 터, 조금만 더 연구하면……."

"아닙니다. 의원님과 박사님은 잘못 생각하셨어요. 용검대주도 웃어넘겼으니 할 말이 없습니다만…… 이 환희밀공은 천축의 음양합밀공과 유사합니다. 성교를 나누지 않은 채 진기를 뽑는 건 잘못된 거예요. 아! 죄송합니다. 제가 낄 자리가 아니었나요?"

"허허! 그런 게 어디 있소. 이제 모두 같은 입장인데. 서로 돕고 도와야 할 처지 아닌가. 자네 의견도 일리가 있고, 절죽원주의 말도 맞는 것 같고. 허허! 우리 누구 말이 맞는지, 어디 한번 보세."

그들은 납치된 사람 같지 않게 여유로웠다.

칠흑같이 깊은 밤, 그들은 또 한 번 이동되었다.

"쯧! 늙은이 사정도 좀 봐주지. 이 깊은 밤에 산길을 타게 하면 어쩌누. 어이쿠! 또 발을 헛디뎠네."

갈굉촉이 무슨 말을 하든 앞서 나가는 괴한은 침묵으로 일

관했다.

　뇌옥 같은 암동을 나와 일다경(一茶頃)쯤 평지를 걸었다. 어둠 속에서 상관세가의 전각(殿閣)이 우뚝 서 있는 모습도 봤다. 그리고 곧바로 경사가 급한 산길로 들어섰다.

　모두들 말은 하지 않지만 이곳이 어디인지는 짐작한다.

　상관세가의 가산(假山)이다.

　엄청난 돈과 인력을 들여서 야트막한 언덕을 험준한 산으로 변모시켰다. 거기에 나무도 심고 바위도 옮겨놓았다.

　가산은 세월이 지나면서 산이 되었다. 나무는 거목이 되었고, 바위는 모진 풍파에도 끄떡없을 만큼 튼튼하게 뿌리를 내렸다. 물도 생겼다. 물이 흘러 계곡도 만들었다.

　가산이 산이 되어온 지난 세월 동안 네 명의 상관 씨(氏)는 백이십여 명이 되었다. 상관 씨가 아니면서 제자로 거둬들인 자들만 해도 이백여 명을 훌쩍 넘어선다.

　정통 무인만 삼백이삼십 명에 이르는 대가(大家)가 되었다.

　또한 그들은 식솔을 거느리고 있다. 독신인 경우도 있지만 처자식이 곶감처럼 주렁주렁 매달린 자도 있다.

　순수하게 노동력만 제공하기도 한다.

　이래저래 어둠 속에 자리한 전각들에는 무려 삼천여 명으로 추산되는 사람들이 잠들어 있다.

　얼마쯤 올라갔을까?

　상관세가에서 멀리 떨어져 깊은 산속에 들어섰다고 느껴질

즈음, 앞서 가던 괴한이 걸음을 멈췄다.

그그긍……!

묵직한 석벽이 땅을 긁으며 열렸다.

통천동이다.

*   *   *

"구생 갈굉촉, 절죽원주 포명봉, 호리수 서유동. 모두 놓쳤습니다."

후광운이 깊이 부복하며 보고했다.

"당연한 것 아닌가. 홍의랑…… 그 이리 떼들이 달려들었으니 당할 수밖에. 그놈들, 일 꾸미는 데는 타고난 작자들 아닌가."

"죄송합니다."

"괜찮아. 그까짓 걸 가지고 뭘. 그런 건 열 번, 스무 번 당해도 괜찮아. 단 한 번, 확실히 찍어야 할 때 찍기만 하면 돼."

"명심하겠습니다."

상관외는 인상을 찡그렸다.

후광운의 추적 실패는 매우 심각하다. 때에 따라서는 감당하지 못할 큰 짐을 지게 될지도 모른다.

후광운은 그들을 암살하려고 했다. 그들이 안전하게 거처로 돌아간 후, 쥐도 새도 모르게 찍어버리려고 했다. 그래야 상관 세가에서 보고 들은 것을 말하지 못할 터이니까. 그들의 죽음이 누구나 공감하는 사고사가 되면 상관세가와의 연관성도 끊어지니까.

이제 그들은 실종 상태가 된다.

아버지가 모종의 수단을 썼겠지만, 일이 잘못되어 죽기라도 한다면 모든 덤터기를 뒤집어쓸 수도 있다. 막말로 자신을 제거하려고 마음만 먹으면 손에 피 한 방울 묻히지 않고 제거할 수 있는 조건을 만들어준 셈이다.

'당해주지. 마지막 한 번만 찍으면 되니까.'

상관외는 그들 생각은 잊고 서화를 쳐다봤다.

저 여자를 어떻게 처리해야 하나. 아버지는 왜 저 여자를 돌려보냈을까?

뼛가루도 남기지 않고 산산이 찢어놓을 줄 알았는데 얌전히 돌려보냈다. 루검비를 제외하고는 환희밀공에 대해서 가장 많이 아는 여자인데…….

서화는 자신도 필요없다. 그녀가 가진 건 모두 빼앗았다. 머릿속에 아무것도 들어 있지 않은 고깃덩어리를 어디다 쓸까.

그때, 밖에서 상관외의 상념을 일깨우는 소리가 들려왔다.

"사교두(四敎頭)의 전서입니다."

"풍위가?"

갑자기 불안감이 치민다.

용검대는 아주 급하지 않은 한은 전서를 사용하지 않는다. 전서구(傳書鳩)란 늘 잡힐 가능성이 있기 때문이다.

보고를 한 자가 급히 들어와 밀지 한 장을 내밀었다. 모두

펴도 손바닥을 벗어나지 않는 작은 종이다.

"이…… 런!"

밀지를 읽어가던 상관외의 얼굴빛이 흑색으로 물들었다.

"대주, 왜?"

"후후후! 후후후후후! 아버님…… 참 대단하신 분이야. 이럴 때 보면 정말 감탄스럽다니까. 광운, 석실 벽화가 모두 사라졌다는군. 저 여자 말을 확인할 때만 해도 낯뜨거운 그림이 가득했는데, 깨끗이 도려내졌다는 거야."

상관외는 말을 하면서 밀지를 와락 구겨 버렸다.

지법 석실 벽화가 도려내졌다.

인법은 안다. 죽어도 골백번은 죽어야 할 지옥의 형벌이다. 아마도 이 세상에서 가장 재수없는 인간이 그런 형벌을 받을 게다.

한데 더 우스운 것은 그런 형벌을 받는 이유가 오로지 욕정을 참기 위해서란다.

서화에게 들은 말로 미루어보면 색욕이 감당 못할 정도인 것은 짐작되지만 그렇다고 그렇게까지 고문을 받아야 하는지는 의문이다.

원래 무식한 짓은 무식한 것들이 하지 않는가.

색욕을 참기 위한 도구로 다른 것을 준비한다면, 인법은 소용없다는 결론이 나온다.

색욕을 참는 공법(功法)은 많다. 불가(佛家)에도 있고, 도가(道家)에도 있다. 모두 공능(功能)이 증명된 심법(心法)들이다.

그렇다면 남은 것은 지법과 천법인데, 천법은 유실되었고 지법은 도려내졌다.

"후후후! 저게 내게 남은 모든 것이군."

상관외가 서화를 보며 중얼거렸다.

이제야 비로소 아버지가 서화를 보낸 이유를 알 것 같다.

맛보기.

맛보기로 서화를 던져 준 것이다.

3

"짓이겨라. 아예 부숴놔."

몇 마디 안 되는 짧은 명령이다. 뜻도 명확하다. 하지만 혈귀(血鬼)는 되물었다.

"사망도 좋습니까?"

"너희란 놈들은……."

"확실하게 해주십시오."

명확한 사실 확인이야말로 혈귀의 목숨을 부지해 줄 수 있는 유일한 대비 수단이다.

"죽이지는 마라."

"사람 구실을 해야 합니까?"

"그런 건 필요없다."

"어떤 상태가 되어도 상관없다. 죽지만 않으면 된다. 이렇게 받아들여도 좋습니까?"

혈의랑에는 무인만 있는 게 아니다. 무공은 전혀 모르지만 특이한 재주가 있어서 발탁된 자들도 많다.

혈귀는 무공도 알고 특이한 재주도 지녔다.

그는 세상에 존재하는 고문 수법을 거의 모두 알고 있으며, 능숙하게 사용한다. 단언하건대, 그에게 걸려든 자치고 뱃속에 숨겨놓은 말을 토설하지 않은 경우는 없었다.

그의 얼굴에 웃음이 떠올랐다.

독사가 생쥐를 탐하듯 늘 먹이에 굶주려 있는 웃음이다.

"그렇게 받아들여도 좋다. 죽이지만 마라. 어떻게 되든 좋으니까 마음대로 짓이겨라."

홍의랑주 상관파(上官波)가 빙긋 웃으며 말했다.

루검비의 육신은 절구통에 넣어진 곡식처럼 찧어졌다.

쫘악! 쫘아악!

"아악! 아악! 제발! 제발 그만!"

채찍질이 가해질 때마다 돼지 멱따는 비명 소리가 터져 나왔다.

"이 자식이 누굴 놀리나."

혈귀는 루검비의 비명을 자신에 대한 조롱으로 받아들였다.

여섯 살 때부터 겪어보지 않은 고문이 없다고 들었다. 그 말을 증명이라도 하듯 놈의 전신은 온갖 흉터로 빼곡하다.

흉터를 보면 어떤 도구에 당했는지 짐작할 수 있다. 정확하지는 않지만 상처를 받을 때의 상황까지도 짐작해 낸다.

이런 일에는 이골이 난 사람이다.

상처만 척 보면 어떤 인생 경로를 거쳐왔는지 쉽게 짐작된다.

놈은 한마디로 참혹하다. 나이도 얼마 처먹지 않은 놈이 세상의 온갖 험한 꼴은 모두 겪은 것 같다. 한마디로 놈은 사지가 절단되어도 신음 한 번 흘리지 않을 독종이다.

한데 비명을 지른다. 그것도 꽥꽥 고함지른다.

"흐흐흐! 좋지 않아, 좋지 않아. 칼자루를 쥔 사람을 놀려대는 건 죽여달라는 소리와 다름없는데…… 그런가? 죽을 생각인가? 하지만 난 널 죽일 권한이 없어. 고통만 즐기라고."

쫘악! 쫘아악!

그는 거침없이 채찍을 휘둘렀다.

정말 아프다. 지독히 아프다. 어떻게 이런 아픔이 있을 수 있나. 무엇으로 뭘 어떻게 한 건가.

"아아아악!"

루검비는 비명을 내질렀다.

채찍질을 당할 때는 아프기는 해도 견딜 수 있었다. 하지만 이건…… 이건…….

처음은 작은 칼질에서부터 시작되었다.

살을 얇게 저미면 빨간 살이 드러난다. 거기에 소금을 뿌리면 하얀 꽃이 핀다. 일명 곤설인(滾雪人), 혹은 홍전백화(紅田白

花)라고 불리는 형벌이다.

소금 대신에 납을 붓기도 하는데, 하면 바로 사형 집행이 된다.

인간이 생각해 낸 십대형벌 중에 대표적으로 거론되는 형벌이기도 하다.

까마득한 옛날에 맛을 봤던 고문이다.

'맛'이라고 말한 것은 곤설인은 전신에 행하는 것인데 그때는 왼팔 하나만 당했기 때문이다.

그래도 도끼로 전신을 마구 찍어대는 것 같은 충격을 받았다. 껍질을 벗겨낼 때도 팔짝팔짝 뛰었지만 소금을 뿌릴 때는 머리로 하늘을 들이받고 기절이라도 하고 싶었다. 또 실제로 몇 차례에 걸쳐서 혼절했다.

곤설인은 그가 당한 인법 중에서도 상(上)에 속하는 지독한 고문 수법이다.

사정을 봐줄 때도 그랬는데, 이자는 '인정(仁情)'이라는 말 자체를 모른다.

너무 아프다.

칼이 살갗을 저밀 때마다 극통이 치민다. 작두로 손끝에서부터 잘근잘근 썰어간다는 소절도(小切刀)를 당하는 느낌이다.

'정말 참을 수 없어. 아아! 이제 그만 제발! 제발!'

루검비는 미친 듯이 발버둥 쳤다.

"내 살다 살다 너처럼 발광하는 놈은 처음 본다."

혈귀가 칼을 놓았다.

그는 형틀에 묶인 사람을 보면 요리사가 싱싱한 재료를 대했을 때처럼 흥분을 느끼곤 했다.

오늘도 그랬다. 마른 북어처럼 바싹 말라서 손댈 곳이 없어 보였지만, 놈의 온몸에 빼곡이 그려져 있는 흉터가 온갖 기대를 품게 만들었다.

우선 가볍게 채찍으로 맛을 봤다.

채찍이 살에 감길 때의 감촉을 느끼면서, 흘리는 듯 마는 듯 새어 나오는 신음 소리를 듣다 보면 매에 얼마나 강한 놈인지 가늠을 할 수 있다.

무엇보다도 채찍질의 묘미는 때릴 때보다 때린 후에 있다.

채찍은 찰싹 휘감겼다가 풀려 나올 때 그냥 빠져나오지 않는다. 어느 정도는 살점을 뜯어내면서 떨어진다.

채찍은 살점을 손으로 찢는 듯한 느낌을 맛보여 준다.

한데 놈은 아무런 감흥도 주지 않았다. 목이 터져라 비명을 지르는 통에 손맛도 제대로 보지 못했다.

종종 매를 들기도 전에 오줌부터 지리는 놈이 있는데, 그런 놈과 같지 않은가. 몇 대 갈기지도 않아서 뱃속의 회충까지 모두 토해내는 작자들의 전형적인 행태다.

하지만 그때까지도 조롱이라고 생각했다.

곤설인을 쓰면서 조롱이 아니라 진정 매에 약한 놈이라는 걸 눈치챘다.

루검비는 축 늘어진 채 일어날 줄 모른다.

살갗을 벗겨내고 소금 몇 주먹 뿌리자마자 개구리처럼 펄쩍 뛰더니 혼절해 버렸다.

거짓이 아니다. 정말로 매에 약한 놈이다. 이런 놈은 곤설인 근처에도 가지 못한다. 비명을 고래고래 지르다 혼절해 버린 것은 너무나도 당연하다.

이런 놈이라면…… 매질은 필요없다. 궁금한 것이 있으면 살짝 겁만 주면서 물어도 줄줄 말할 게다. 말하지 않는 것이 있다면 모르는 것일 테고.

그가 받은 명은 '짓이겨라' 였다.

고문하고, 혼절하고, 혼절한 자를 다시 깨워 고문을 가하고…… 그가 지닌 온갖 방법을 하나씩 시도하다 보면 인간이 아닌 걸레가 된다. 온몸이 누더기처럼 너덜너덜거린다.

루검비에게는 그럴 수 없다. 그랬다가는 넋을 놓아버려 반 병신이 되기 십상이다.

"퉤엣! 그래도 보고는 해야겠지?"

"혼절? 놈이?"

"예."

"겨우 반 시진 만에?"

"반 시진도 안 됩니다. 일다경이 조금 넘을까? 좌우지간 시작하자마자 끝났습니다."

홍의를 입은 사내, 홍의랑주 상관파는 고개를 갸웃거렸다.

루검비는 절대 약한 놈이 아니다. 놈의 몸에 새겨진 흉터가 지옥 같았던 과거를 말해준다.

한데 고문을 시작하자마자 혼절했다? 누구보다도 고통을 잘 참아냈던 인간이 간단한 칼질에도 비명을 내지른다?

이는 필시 죽음의 정사와 무관하지 않다.

고통을 참는 데 육체의 강건함은 별로 큰 도움이 되지 못한다.

몸뚱이가 쇠처럼 단단한 인간이나 버들가지처럼 연약한 인간이나 칼이 들어가면 아프긴 매한가지다.

고통을 참는 힘은 육체가 아니라 정신에서 나온다.

평생 붓이나 놀리던 선비가 옥사(獄事)에 연루되면 웬만한 무장 정도는 뺨을 칠 정도로 강건해진다. 모진 형벌을 받으면서도 소신껏 할 말을 다 한다. 정신력이 강건하기 때문이다.

그럼 루검비는 어떤가.

교주에게 양기를 빼앗긴 지 하루밤에 지나지 않았다. 그 하룻밤 동안에 정신력이 밑바닥으로 떨어졌다고 보긴 어렵다. 천수강막의 살검을 온몸으로 받으면서도 용검대 무인의 진기를 빨아먹던 독종이 아니던가.

물론 지금은 그때와 다르다. 많이 달라졌다. 앞으로는 더욱 달라질 것이다. 희망이라고는 눈꼽만큼도 없고 오직 절망밖에 보이지 않을 것이다.

앞으로 세월이 흘러 몸이 더 약해지면, 희망을 완전히 잃어

버리면, 그때쯤 되면 쇳덩이 같았던 의지도 봄눈 녹듯 녹아서 사라졌을지 모른다.

그때라면 매 몇 대에 혼절할 수도 있으리라.

지금은 아니다. 놈의 의지도, 망가진 육신도 아직은 견딜 만 하다.

그렇다면…… 놈의 신경이 망가진 게다. 신경이 극도로 예민해져서 조그만 고통조차도 참을 수 없게 된 것이다.

"다시 시작해."

"예?"

"방법을 바꿔라. 고문을 하되 혼절할 때까지 걸리는 시간을 재. 다섯 번만 해봐. 똑같은 방법, 똑같은 강도로 고문을 가하면서 얼마 만에 혼절하는지 시간을 재라. 매 조절을 잘해야겠지? 내가 알고 싶은 건 혼절할 때까지 걸린 시간 변화야."

"무슨 말인지 알겠습니다."

"더불어서 환희밀공에 대한 정보도 캐내. 짓이기지 않아도 될 것 같다니… 시간 절약이 되겠군."

"참관하지 않으시겠습니까?"

"뭐 하러. 결과만 가져와."

"알겠습니다. 내일 이 시간쯤 좋은 일이 있을 겁니다."

혈귀가 공손히 읍을 해 보인 후 물러갔다.

루검비 같은 놈을 고문할 때는 생각을 해서는 안 된다. 몽둥이 하나 들고 개 패듯이 두들겨 패면 된다.

따악! 따악! 따아악!

"아악! 아아아악!"

놈은 다리뼈가 부러지면서 혼절했다.

어깨가 탈골되면서 또 한 번 혼절했고, 머리통이 깨지면서 세 번째로 혼절했다.

'가치없는 짓이야.'

홍의랑주는 혼절하기까지 걸린 시간을 재라고 했다.

의미없는 주문이다.

홍의랑주는 루검비의 몸 상태가 어떤지 알고 싶었던 게다. 의지는 얼마나 남아 있는지, 강인하다는 놈이 이토록 쉽게 무너지는 이유가 뭔지 파악하려는 것이다.

전부 필요없다. 놈은 약하다. 아주 약하다. 작심하고 한 대만 갈기면 혼절해 버린다.

혈귀는 몽둥이를 내려놓고 루검비를 깨웠다.

"쉽게 쉽게 가자. 맞고 싶지 않지? 나도 때릴 마음 없어. 환희밀공에 대해서 말해."

"헉! 헉! 헉!"

루검비는 거친 숨만 토해냈다.

"살고 싶어?"

"헉헉헉!"

"살고 싶겠지. 죽고 싶은 놈이 어디 있겠어. 너… 살 수 있어. 네 목숨, 내가 보장한다. 환희밀공, 아깝다고 생각하지 마. 그건 네 게 아냐. 널 여기서 빼주는 대가라고 생각해. 목숨을 살려주는데 뭐든 내놓아야지. 안 그래? 아무것도 내놓지 않고 빠져나갈 수는 없어."

"헉헉! 헉! 헉!"

루검비는 이유없이 거친 숨을 뿜어냈다.

혈귀는 이상함을 감지하고 루검비의 입을 벌려 기도를 살폈다.

거짓이 아니다. 원인은 모르지만 기도(氣道)가 상당히 부었다. 그뿐만이 아니다. 폐에도 이상이 생긴 것 같다. 호흡 기능이 정상보다 절반 이하로 떨어져 있다.

"내가 송장을 만지고 있군."

혈귀는 혀를 끌끌 차며 일어섰다.

"기력이 워낙 쇠해서…… 이대로 죽는다고 해도 하등 이상할 게 없습니다."

백초원에서 온 의원은 쇠잔하다는 것 외에는 별다른 이상을 찾아내지 못했다.

혈귀와 같은 판단이다.

근육이 말라비틀어지고, 장기의 기능도 약화되면서 노화가 급속도로 진행되었다. 아니, 나이가 들 대로 들어서 언제 죽어도 호상(好喪)이라 불릴 만한 노인 같다.

"사망 예정 시각은?"

"빠르면 한 시진 안이고 늦으면 하루 이틀…… 저, 그게 이런 사람들의 목숨은 하늘이 거둬가는 거라서."

홍의랑주는 입술을 굳게 다물고 루검비를 쳐다봤다.

놈은 처음부터 마음에 들지 않았다.

외골수.

목표가 정해지면 죽을지 살지 모르고 달려드는 불나방 같은 놈.

놈을 처음 보는 순간 홍의랑주는 거울에 비친 자신을 보는 것 같아서 견딜 수 없었다.

부러질지언정 휘지 않는 성격도 같다.

그래서 부숴보고 싶었다. 정말 휘어지지 않는지, 어느 쯤에서 부러지는지, 비밀이라고 할 수 있는 환희밀공에 대한 말은 언제쯤 토설할 것인지…… 결국 어느 정도나 부숴야 놈이 나약함을 드러낼지 알고 싶었다.

놈은 자신의 자화상이다.

놈이 환희밀공에 대해 토설한다면 자신 역시 똑같은 상황에 처하면 토설할 게다. 그럴 리 없다고 확신하지만.

이 모든 게 노화라는 엉뚱한 일로 시작도 못해보고 끝내게 되었다.

"차라리 잘됐는지도 모르지, 이렇게 죽는 게."

자신이 외골수라서 외골수의 무서움을 안다.

가주도 그렇고 상관세가 사람들 모두가 루검비를 안중에 두지 않고 있지만, 놈이 한을 품으면 누구보다도 무서워질 수 있다.

놈에게는 그런 잠재력이 있다.

놈은 자신과 똑같다. 그래서 안다. 원수라고 판단하면 지옥 끝까지라도 따라와 검을 겨눌 놈이다. 승산 같은 것은 생각지 않는다. 계란으로 바위 치기가 되든 사마귀가 마차 바퀴에 덤벼드는 행동이든 아랑곳하지 않는다.

머릿속에 들어 있는 생각은 오직 하나, '죽인다!' 뿐이다.

환희밀공의 유혹이 상관세가를 먹구름처럼 뒤덮고 있고, 환희밀공의 구결을 알고 있는 유일한 인간이 루검비이지만……놈은 오래 살려둬서 좋을 게 아무것도 없다.

"그전에 제가 건드려 보고 싶습니다."

형식으로는 루검비를 고문하여 환희밀공에 대한 토설을 받아내겠다는 뜻이었지만 상관파를 아는 사람이라면 말속에 들어 있는 살심(殺心)을 읽을 수 있었다.

가주는 거부했다. '아니야' 라고 분명히 거부했다.

"매에는 장사 없다는 신조, 변함없습니다."

계집에서 정혈을 빼앗겨 뼈만 남은 인간에게 무슨 매질을 하랴. 힘센 장정이 마음먹고 몽둥이질을 하면 어떻게 견뎌내랴.

상관파의 뜻은 처음부터 변함없었다.

환희밀공에 대한 미련 따위는 없다. 그따위 잡술에 의존하지도 않는다. 가주의 뜻은 알겠지만, 놈은 죽여야 한다.

그렇다. 홍의랑주로서 그의 임무는 상관세가에 이익이 되는 자는 살리고, 해가 되는 자는 죽이는 것뿐이다. 아주 단순하다.

그런 뜻에서 루검비는 죽여야 할 자였다.

가주는 또 한 번 거부했다. 그래, 좋다. 때려라. 때려서 환희밀공에 대한 정보를 얻어내라. 하지만 그런 이유를 빌미로 놈을 죽여서는 안 된다.

확고하게 '죽이면 안 된다'고 선을 그었다.

가주가 취한 선택은 놈을 살려서 통천동에 들여보내라는 것이다. 통천동 의원들에게 던져 주면 무엇인가 틀림없이 알아낼 것이라고 단단히 기대하신다.

홍의랑주는 그 생각조차도 위험스럽게 생각했다.

루검비의 몸에는 징그러울 정도로 상처가 많다. 한눈에도 모진 고문을 당했다는 게 읽힌다. 그런 자이기에 고문으로 환희밀공에 대한 비밀을 토설받을 수는 없다고 생각한 것이다.

고문을 선택하면 토설하지 않을 경우, 점점 강도를 높여나갈 수밖에 없다. 짓이기고 또 짓이기고…… 결국 보름도 지나지 않아서 시체 한 구만 늘어난다.

그 안에 환희밀공을 캐낼 수 있느냐 없느냐가 고문을 할 것인가 말 것인가의 관건인 셈이다.

가주는 포기했고, 그 판단은 옳다.

그렇다고 살려두는 것도 곤란하다.

루검비가 그만큼 해가 될까?

된다. 보고도 모르는가! 무적의 용검대가 추풍낙엽처럼 쓰러졌다. 천수강막 안에서 살검이 쏟아지는 가운데 용검대원의 진기를 빨아먹고 더욱 강해졌다.

놈은 괴물이다.

지금은 목내이나 다름없는 처지지만 언제 어떻게 변할지는 아무도 장담하지 못한다. 막말로 언제 어디서 누구의 진기를 빨아먹을지는 아무도 모른다.

"혈귀."

상관파가 침중한 음성으로 혈귀를 불렀다.

그의 음성이 너무 묵직했던 탓일까? 혈귀가 대답을 하지 않고 쳐다보기만 했다.

"네 목숨을 가져가야겠다."

혈귀는 홍의랑주의 눈을 쳐다봤다.

얼음처럼 차가운 마음을 읽을 수 있다. 천지가 개벽해도 흔들리지 않을 마음이 담겨 있다. 그가 누군가. 미미한 눈빛의 흔들림만으로도 상대의 마음을 가늠해 내는 고문의 달인이 아닌가. 그만한 눈썰미를 지닌 사람이 홍의랑주의 진심 정도를 읽지 못한다면 지나가는 개가 웃는다.

"목숨이라니, 무슨 말씀이신지?"

혈귀는 장난스럽게 받아넘기며 슬며시 의원 등 뒤로 돌아갔다.

우둑!

가벼운 손놀림에 의원이 머리가 수수깡처럼 분질러졌다.

"대답이 되셨는지?"

홍의랑주가 고개를 끄덕이며 일어섰다. 그리고 잘 가라는 말 한마디 없이 뇌옥을 빠져나갔다.

"무정하신 분. 소원 하나쯤 물어보셨어도 괜찮은데."

정작 물어왔다면 뭘 말할까? 세상에 남긴 피붙이가 있는 것도 아니고, 부모형제가 있는 것도 아니고, 그렇다고 사랑하는 여자가 있는 것도 아니고…….

"네놈…… 기어이 내 목숨까지 끌어들이는구나."

혈귀가 루검비에게 다가섰다.

홍의랑주의 뜻은 명확하다. 가주의 명을 어기더라도 루검비만큼은 살려둘 수 없다는 거다. 자신은 가주 곁에 남아 있어야 하니 혈귀가 대신해서 일을 저질러 달라는 거다. 루검비를 죽이고, 가주의 명을 어긴 대가를 자기 대신 치러달라는 거다. 한마디로 죽이고 죽으라는 소리다.

홍의랑주의 명령이 매정하다고 생각되지는 않는다.

원래 홍의랑주라는 사내가 그런 사람이다. 상관세가를 위하는 길이라면 자신의 목숨까지도 아낌없이 내놓을 사람이다. 아마도 상관세가를 위해서 기꺼이 죽을 수 있는 몇 안 되는 사람 중에 하나다.

"밤이 길면 꿈도 많은 법."

쉬익!

혈귀는 수십 개의 고문 도구 중에서 아무거나 손에 잡히는 대로 움켜쥐고 힘껏 내려쳤다.

뼈마디를 잘라낼 때 쓰는 소부(小斧)가 루검비의 정수리를 노리고 날아들었다.

第十六章
환희밀공의 본질

歡喜密功

1

손에 작은 생채기만 생겨도 온갖 신경이 곤두서는 게 사람이다. 불에 살짝 데기만 해도 하루 종일 호호 불고 다니며 아파한다.

이런 아픔이 매일 지속된다면 참으로 고단한 삶일 게다.

다행스럽게도 상처는 가끔 생긴다. 어쩌다 생긴 상처를 아파하고, 치료하며 견뎌낸다.

그렇게 살아가는 것이 인간이다.

루검비는 다르다. 그가 살아온 과거는 온통 고통의 연속이었다. 그의 삶에서 고통을 떼어놓고 생각한다는 것은 말이 되지 않는다. 고통이 삶이고, 삶이 고통이다.

지난날을 되돌아보면 어떻게 견뎌왔나 싶다.

그러니 웬만한 매는 웃으면서 견딜 만도 하건만… 또 아프다. 너무 아프다. 과거에 비하면 어린아이 장난에 불과한 매질인데, 뼈마디가 욱신거린다.

더욱 견디기 힘든 것은 매를 얻어맞을 때마다 죽음에 대한 두려움이 스멀스멀 기어든다는 것이다.

인법을 겪을 때도 죽음을 느끼지 못했다.

지독하게 고통스럽지만, 금방이라도 죽을 것 같았지만 한편으로는 결코 죽이지는 않을 것이라는 믿음이 있었다.

이곳에서는 다르다. 언제 어느 때 죽음이 다가올지 모른다. 매질 한 번이면 끝난다. 작심해서 때릴 수도 있고, 실수로 잘못 때린 매에 죽을 수도 있다.

질기디질긴 게 사람 목숨이지만 한 줌 바람에도 날아가 버릴 수 있는 게 또한 사람 목숨이다.

죽음이 두렵다.

형당 화녀들은 믿을 수 있었지만 이자는 믿을 수 없다. 그리고 믿음의 차이는 곧 죽음에 대한 두려움으로 이어진다.

삶과 죽음은 종이 한 장 차이다. 하지만 죽음의 두려움을 느끼지 않을 때의 매와 느낄 때의 매는 강도가 다르다. 천양지차(天壤之差), 달라도 너무 다르다.

아니다. 충분히 참을 수 있는 매질도 견디지 못하는 데는 다른 이유가 있다.

화룡이 빠져나간 몸은 뼈와 가죽만 남았다.

외부에서 가해지는 충격이 아무런 가감(加減) 없이 전해진다.

그렇다. 육체의 저항이 전혀 없는 상태에서 얻어맞기 때문에 싱거운 채찍질이 마치 쇠스랑으로 후려쳐진 것 같이 느낀 것이다.

그에게는 고문의 달인이 필요없다. 어린아이가 장난삼아 휘두르는 주먹질조차 감당할 수 없는 몸인 것을.

"후후!"

루검비는 고문을 당한 이후, 처음으로 비명 대신 다른 의사 표현을 했다.

지금까지 살아오면서 자신 스스로 인간이라고 생각해 본 적이 없다. 인간의 의미, 사람의 의미를 되새길 필요가 없었다. 고문은 그냥 아플 뿐이었고, 외로움은 지겨웠다. 하지만 언제 어느 때든 그에게는 할 일이 있었다. 환희밀공을 수련 중이라는 목적이 가슴 깊은 곳에서 늘 꿈틀거렸다.

몸도 마음도 텅 비어버린 지금, 그는 비로소 자신이 벌레보다도 못한 존재임을 자각했다.

땅 위를 기어가는 지렁이도 자신보다는 나을 것이다. 시궁창에서 오물이나 주워 먹는 시궁쥐도 자신보다는 낫게 살 것이다.

태어나서 지금까지 뭘 했던가. 죽을 고생을 한 끝에 사람이나 죽이다가 이 꼴이 되지 않았나.

"후후후! 후후후후……!"

자조(自嘲), 회의(懷疑), 비관(悲觀)…….

모든 안 좋은 감정이 웃음에 섞여 나왔다.

손도끼가 뚝 멈췄다.

정수리에서 머리카락 한 올의 간격.

'웃어?'

혈귀는 루검비의 웃음에서 공허한 마음을 읽었다.

루검비가 자신의 손아귀에 굴러떨어진 후, 처음으로 감정을 드러낸 것이다.

비명은 감정이 아니다. 그것은 고통의 표현일 뿐이다. 희로애락(喜怒哀樂)을 드러내는 것이 감정이다. 고문을 받는 중에 감정을 드러낸다는 것은 마음에 변화가 생겼다는 뜻이다. 다시 말해서 고문의 효과가 나타났다는 증거다.

"홍의랑주님이 말씀하신 바는 지킬 것이나…… 우리…… 그전에 할 일이 생긴 것 같군."

혈귀가 씩 웃었다.

쫘아악! 쫘악!

그쳤던 채찍질이 다시 시작되었다.

"……."

당연히 울렸어야 할 비명은 들리지 않았다. 채찍 소리 외에는 쥐 죽은 듯이 조용했다.

"그래, 그래! 이거야! 이거!"

쉐엑! 쫘아악! 쉐에엑! 쫘악!

모질게 내리퍼붓는 채찍이 살점을 뜯어냈다. 뜯겨진 곳을 다시 두들겨 피로 물든 살점을 또다시 뜯어냈다.

"루검비! 이거다! 좋아!"

쉐에엑! 쉐에엑! 쫘아악!

"헉헉! 헉헉! 휴우!"

혈귀는 숨이 턱이 닿은 후에야 채찍질을 멈췄다.

루검비는 목석이라도 된 듯 무덤덤하게 모진 매를 맞았다.

전과는 느낌이 전혀 달랐다. 햇병아리를 두들겨 팰 때의 느낌이 아니다. 신력을 지닌 항우장사를 두들겨 팰 때처럼 채찍을 튕겨내는 몸의 탄력이 장난이 아니다.

'쉽지 않겠어.'

채찍질로 손맛을 본 후의 느낌은 희열로 다가왔다.

일생일대 최대의 난적을 맞이했다. 자신이 지닌 모든 절기를 쏟아내도 입을 열지 못할지 모른다. 다른 놈 같으면 '힘들지만 자신있다'는 생각이 들 텐데, 이놈은 '정말 힘들겠다'는 느낌밖에 안 든다.

같은 사람, 전혀 다른 느낌.

어떻게 이런 현상이 일어날 수 있나?

불가사의(不可思議), 한마디로 불가사의하다고밖에 할 수 없다.

"오늘은 이만하자."

루검비는 아무런 반응도 보이지 않았다.

혼절한 것은 아니다. 끊어질 듯하면서도 이어지고 있는 얕은 호흡이 멀쩡한 이지(理智)를 대신 설명해 준다.

놈은 멀쩡하다. 육신은 만신창이가 되었지만 정신은 또렷하다.

"내일은 전에 하다 만 것…… 곤설인부터 다시 하지. 기대되는군. 후후후!"

혈귀의 눈에 혈광(血光)이 돌았다.

루검비는 자신의 상태를 정확히 인식했다.

갑자기, 그야말로 기적처럼 자신의 몸 상태가 한눈에 그려졌다.

망가진 몸은 물론이고, 마음 상태까지 자신에 관한 모든 것이 한 폭의 그림처럼 세세하게 드러났다.

화룡이 살아 있지 않다. 간신히 숨만 붙어 있을 정도로는 화룡이 존재한다고 말할 수 없다.

힘들다. 괴롭다. 비통하다.

빠르기로는 뚜벅뚜벅 걷는 황소걸음을 따라갈 수 없고, 힘으로는 닭 한 마리 비틀지 못한다. 살갗은 탄력을 잃었으며, 근육은 말라비틀어졌다.

몸뚱이만 논하면 굼벵이보다 못한 존재다.

서화도 그랬다. 그녀는 말도 잘 못했다. 걷는 것은 생각도 하지 못한다. 자신을 피해 숲 속으로 도망갈 때도 두 손 두 발을 허우적거리며 기어갔다.

서화나 자신이나 같은 상황이다.

자신도 마지막 한 숨을 남겨놓았고, 교주도 마지막 한 숨만 남겨놓았다.

한데 자신은 서화보다 조금 낫다. 힘들기는 하지만 아직 서서 걸을 힘은 남아 있다. 꽁꽁 묶여 있는 탓에 증명해 보일 수는 없지만 풀어주기만 하면 틀림없이 걷는다.

조금 나은 정도가 아니라 많이 낫다.

서화와 같은 상태여야 하는데 왜 힘은 더 남아도는 것일까? 기어갈 힘도 없어서 허우적거려야 마땅한데 손가락, 발가락에 힘이 들어가는 이유는 뭘까? 왜 그럴까?

여기에 비밀이 있다.

회생의 비밀이 담겨 있다.

화룡이 회복되고 있다! 느껴진다!

화룡은 쓰면 없어지는 존재가 아니다. 쓰면 채워지고, 또 쓰면 또다시 채워지는…… 끊임없이 사라지고 소생하는 불사력(不死力)을 지녔다.

너무도 당연한 말이지만 심장이 멈추거나 머리가 떨어지지 않는 한, 활력(活力)은 끊임없이 일어날 것이다.

자신만 그런 것이 아니다. 누구나 그렇다.

모든 인간이 그런 힘을 지니고 있다. 단지 자신이 의식하지 못할 뿐이다.

화룡, 양기, 생기, 진기, 활력…… 불리는 이름은 많지만 모두가 하나다. 주사위에는 각기 다른 숫자가 새겨져 있지만 여섯 면 모두 주사위인 것처럼 힘을 나타내는 모든 말은 같은 근

원을 가리킨다.

환희교에서는 남자는 화룡, 여자는 수룡이라고 부른다.

이 근원의 힘을 명확히 인식하고 사는 것과 인식하지 못하고 사는 것은 큰 차이가 있다.

평소에는 큰 차이점이 없지만 지금과 같이 모든 힘이 소진되었을 때, 회복 속도를 빠르게 이끌 수 있느냐 없느냐 하는 문제로 바로 직결된다.

루검비는 화룡을 보고 있었다. 늘 생각했다. 눈으로 손을 들여다보는 것 같이 생생하게 들여다보았다. 눈을 뜨는 순간부터 잠을 청하는 순간까지 어느 한순간도 놓치지 않고 화룡만 관찰해 왔다.

화룡을 보는 눈에 대해서는 단연 세계제일이리라.

교주에게 화룡이 빨린 후에도 마찬가지다. 보지 않는다고 생각했지만 무의식 속에서는 늘 지켜보고 있었다.

화룡아 흘러라.

빨리 세(勢)를 불려서 텅 빈 기도(氣道)를 채워라.

그러자 화룡이 살아났다. 무언의 응원에 힘을 얻어 흐르고 흘렀다.

사람들이 하루 걸려 키울 화룡을 그는 반나절 만에 키워냈다.

시작은 느렸다. 하나 화룡이 커지고 있다는 것을 인식한 후, 모든 의식을 화룡에 집중시키자 흐르는 속도에 가속이 붙었다.

그는 단 한 시진 만에 '기력을 찾았다'고 말할 수 있는 정도까지 화룡을 키워냈다.

기력이 돌자 다른 것이 생각났다.

기력을 찾는다?

교주에게 화룡이 빨린 상태에서는 생각도 못한 말이다. 그야말로 기적이나 다름없다.

자신이 화룡을 키워낸 것은 기적이나 다름없는 일이었다.

평범한 일인데 왜 그럴까? 왜 기적이나 다름없게 느껴질까?

이 역시 화룡을 의식하고 사는 사람과 그렇지 못한 사람의 차이다.

보통 사람은 화룡을 의식하기 전에 본인 스스로 화룡이 죽었다고 사망 선고를 내린다. 그러면 화룡 대신 사기(死氣)가 빈자리를 채우고, 화룡은 서서히 죽어간다.

사람은 그렇게 죽는다.

주인이 화룡을 키우지 않으니 화룡은 죽는다. 주인이 화룡을 채근하면 부단히 성장한다. 죽거나 시든 기운을 몰아내고 끊임없이 맑은 기운으로 몸을 채운다.

자연히 크는 것은 없다. 키우고자 노력해야 큰다.

이것이 몸의 이치다. 그리고 여기에서 환희교의 신(神), 성신(聖神)이 탄생한다.

화룡과 사기(死氣)는 밝음과 어둠이다.

밝음이 커지면 어둠이 적어지고, 반대로 밝음이 줄어들면 어둠이 커진다.

밝음을 계속 밝히고 영역을 넓혀간다면 무한한 건강을 누릴 것이다. 노화(老化)가 밀려올 틈이 없으며, 죽음의 기운이 넘실거릴 공간이 없게 된다.

이것이야말로 도교(道敎)에서 말하는 우화등선(羽化登仙)이 아닌가.

단지 화룡을 지켜보는 것만으로 삶과 죽음을 스스로 선택할 수 있는 효능을 얻어낸다.

그렇다! 자신의 목숨은 자신이 결정한다.

화룡이 성신이 아니다. 화룡을 지켜보고 키우는 눈, 즉 자신 스스로가 성신이다.

이것이 환희교에서 말하는 신, 성신이다.

특정한 신을 모시는 것이 아니라 자신 스스로를 믿는다. 유일신(唯一神)의 존재를 부정하고 만인(萬人) 개개인이 모두 신이라는 독특한 교리다.

그런 면에서 진기를 끊임없이 키우고 발전시키는 무인은 신의 영역에 한 발을 들여놓았다고 봐도 과언이 아니리라. 진기는 주사위처럼 화룡의 한 면이니까.

루검비는 화룡의 존재를 다시금 인식했을 뿐이다. 하나 바로 그 순간 환희교의 교리를 관통하는 행운을 얻었다.

환희밀공의 모순도 단숨에 이해된다.

여자라면 냄새만 맡아도 하물이 불끈 솟고, 접촉을 가지면 거침없이 수룡을 빼앗아 치명적인 죽음을 선사하고…… 환희밀공은 화룡의 움직임을 주도하는 것. 하면 화룡은 파괴의 신인가?

여인도 마찬가지다.

수룡의 결정체는 교주였다. 그리고 교주는 환희밀공의 화룡을 모두 빨아들여 자신을 죽음 직전까지 밀어 넣었다.

지금까지만 살피면 환희밀공은, 환희교의 무공은 세상 모든 사람들을 적으로 돌려세운다. 빼앗지 않으면 빼앗기는 죽음의 사슬로 서로를 묶고 있다.

누가 화룡을 취할까? 누가 환희교에 투신할까?

그렇지 않다. 이는 화룡을 잘못 인식한 데서 비롯된 오류다. 교리에 가장 정통한 교주까지도 잘못 알았다. 아니다. 교주는 어느 정도 정확히 알았다. 그래서 화룡을 남김없이 빨아먹은 후, 환희밀공이 완성되었다는 말을 남길 수 있었던 게다.

환희밀공은 파괴를 추구하지 않는다. 정반대로 사랑을 추구한다. 불교나 도교와 마찬가지로 사랑이 가득한 세상을 원한다.

다시금 말하거니와 화룡은 밝음이다.

'밝음'에 환희교의 모든 것이 담겨 있다.

밝음은 고통이 아니라 즐거움이다. 멸시가 아니라 존중이다. 증오가 아니라 사랑이다. 죽음이 아니라 삶이다.

화룡의 본질이 밝음이니 화룡을 키우는 먹이도 밝음이었어야 한다.

자신은 반대로 시작했다.

인법의 고문은 어둠이었다. 고통과 증오와 욕지거리…… 인법 과정에서 표출된 모든 것이 어둠이다.

밝음 대신 고문, 고독, 패악으로 키워졌다.

그가 화룡이라고 생각한 것은 화룡이 아니었다. 화룡의 탈을 쓴 사기(死氣)였다.

당연히 욕정이 들끓었다. 여인만 보면 탐욕이 생겼다. 여인이 사람이 아니라 성 노리개로 생각되었다.

환희밀공은 키워진 대로 내뱉는다.

지법의 고통과 고독도 마찬가지다. 그런 과정이 천법까지 이어져 십여 년이란 세월을 어둠 속에서 지냈다면 저주의 화신이 되고도 남는다.

그나마 자신이 끝까지 악마가 되지 않은 것은 환희밀공의 본질이 사랑이기 때문이다.

하면 어떻게 해서 환희밀공의 수련법으로 어둠이 커질 수밖에 없는 삼법이 선택되었을까?

역설적이지만 화룡을 담을 수 있는 그릇을 만들기 위해서다.

평범한 그릇이 아닌 아주 큰 그릇을 만들기 위해서 극악의 방법을 취한 것이다. 아주 큰 화룡, 환희교 모든 화녀들을 감당하고도 남을 대룡(大龍)을 담기 위해서 최악의 방법이 선택되었다.

극상의 환희밀공을 키우는 방법은 두 가지뿐이다.

세상을 포용할 만한 사랑과 세상을 저주하여 악마가 되고도 남을 고통.

전자는 정도(正道)이고, 후자는 사도(邪道)다.

정도를 걷기는 어렵다. 세상을 뒤덮을 만한 사랑을 주기가 쉽던가. 불가에 귀의해 부처님께 직접 가르침을 받아도 그만한 그릇이 되기는 어렵다.

하지만 최악의 환경으로 밀어 넣기는 쉽다.

삼법은 그렇게 해서 탄생된 것이다.

루검비는 삼법을 충실히 따랐고, 저주로 가득찬 환희밀공을 완성해 냈다. 엄밀히 말하면 자신조차도 측량할 수 없을 만큼 거대한 그릇을 만들어냈다.

그리고 마지막으로 교주가 사악한 화룡을 모두 뽑아내고 빈 그릇만 남겨놓았다.

교주가 말한 환희밀공의 완성이다.

이제 남은 역사는 루검비 스스로 텅 빈 그릇에 밝음을 채워 넣는 일이다.

현재 목숨을 이어주고 있는 실낱같은 화룡도 분노, 저주, 고통으로 키워진 화룡임은 틀림없다. 하나 밝음으로 환하게 물든 화룡을 만든다면 분노의 화룡은 본연의 색을 잃을 것이다.

쫘악! 쫘아악!

채찍질이 온몸을 난타한다.

루검비는 교주와 나눴던 마지막 정사를 떠올렸다.

그때, 그 상황을 상상했다. 현실처럼 생생하게 떠올렸다. 그리고 다시금 정사를 나눴다.

당시는 아무 생각이 없었다. 무슨 일이 벌어지는지도 모르고 무작정 끌려들어 갔다. 이번에는 다르다. 진정한 사랑을 담고 교주의 알몸을 보았다.

욕정이란 말은 사악하다. 탐욕이란 말도 화룡이 뜻하는 바가 아니다. 교주라서 더 흥분되는가? 너무나 아름다운 여인…… 그래서 더 끌리는가?

무엇이든 좋다. 여인을 무시하지 않는 생각이라면, 그래서 흥분이 더욱 고조된다면 어떠한 생각도 괜찮다.

화룡은 자신과 동등한 수룡을 만나고 싶어한다.

여인을 최대한으로 존중해야 한다. 여인을 자신처럼 사랑해야 한다. 그래야 여인의 수룡과 자신의 화룡이 같은 위치에서 교감을 나눈다. 그리고 그때서야 비로소 약육강식(弱肉强食)이 아닌 평화공존(平和共存)의 음양 교류가 일어난다.

천법 석관에는 환희밀공을 설명하면서 여인과 관계를 가지면 안 되는 동자공이라고 언급했다.

아주 간단한 사기다.

큰그릇이 만들어지기 전에 색욕에 미쳐서 미완성의 화룡을 마구 방출할까 봐 저어했기 때문에 써놓은 글이다.

그랬다면 정말로 교주가 나타나 마지막 한 올의 화룡까지 모두 뽑아냈으리라.

여인과의 사랑도 밝음의 한 면이니 당연히 환희밀공이 추구해야 할 바다. 하지만 정말로 환희밀공이 원하는 것은 세상을 밝은 눈으로 보고, 이해하며, 가꾸어가는 것이다.

여인과 동침할 때는 오직 사랑만 생각해라.

환희밀공은 방중술이다. 맞다.

환희밀공은 양생술이다. 맞다.

환희밀공은 내공 수련이다. 맞다.

환희밀공은 무공이다. 맞다.

환희밀공은 무공이 아니다. 맞다.

모두 맞다.

어떻게 생각해도 좋다.

진정한 환희밀공은 세상을 죽이지 않는다. 오히려 살린다.

사랑으로 키워진 화룡은 음기를 빼앗지 않는다. 상호 교류한다. 나만 강해지는 것이 아니고 너도 강해지고 나도 강해지는 상호 이익의 내공 수련법이다.

환희교 수문장…… 나쁘게 말하면 종마(種馬)다.

그에게는 화녀들의 수룡을 완벽하게 완성시켜 줄 의무가 있다. 또한 그것이 자신의 화룡을 건강하게 만드는 길이기도 하다.

성교를 나누면 나눌수록 내력이 강해진다.

나도 강해지고 상대도 강해진다.

인법에서 얻은 구결, 지법의 석화, 천법 석관의 글들을 모두 다시 점검해야 한다. 죽음의 도구가 아닌 사랑의 도구로 탈바꿈시켜야 한다.

모든 게 처음부터 잘못되었었다.

이제 바로잡는다.

"하아!"

루검비는 황홀감을 느끼며 큰 숨을 내뱉었다.

상상으로 이뤄진 정사였지만 그것만으로도 화룡은 크게 일어나 꿈틀거렸다.

몸은 엉망진창, 하나 그는 고통을 느끼지 못했다. 오히려 몸 안 가득히 충만해지는 기쁨에 몸을 떨었다.

2

혈귀는 아침에 눈을 뜨는 순간부터 기분이 좋았다.

설화(雪花)는 많은 기대를 갖게 한다. 빨간 속살에 하얗게 피어나는 설화를 보면 살갗에 소름이 돋도록 아름답다.

"오늘은 곤설인을 제대로 볼 수 있겠군."

헛웃음이 절로 새어 나온다.

곤설인을 제대로 보기란 대단히 어렵다.

열 중 다섯은 피부를 벗겨내기도 전에 끝나 버린다. 원하는 바를 토설하거나 혼절 혹은 극심한 충격에 죽어버린다.

껍질을 벗겨낸 것으로 끝난 것도 아니다. 뿌리는 소금을 담담하게 받아내 줘야 한다. 몸을 뒤틀거나 마구 꿈틀대면 소금이 피에 섞여 아름답게 보이지 않는다.

루검비는 이 모든 과정을 완벽하게 소화해 낼 자다.

혈귀같이 고문을 업으로 삼은 사람에게는 평생 한두 번밖에 걸리지 않는 최상급 재료다.

루검비에게서 무엇을 캐내야 하는지 안다. 환희밀공에 대한 모든 것이다. 홍의랑주가 무엇을 바라는지도 안다. 환희밀공에 대해서 알아내는 것은 둘째다. 첫째는 루검비의 죽음이다. 가주의 명을 어기면서까지 놈을 죽이고 싶어한다. 그리고 자신은 그 일을 수락했다. 하나뿐인 목숨을 걸고.

하지만 오늘은 모두 잊는다. 오늘은 오로지 곤설인에만 집중한다. 아름다운 설화를 보기 위해 노력한다. 피부를 벗겨내는 과정부터 최선을 다한다.

"흐흐흐!"

자신도 모르게 웃음이 새어 나왔다.

그의 그런 즐거움은 루검비를 보는 순간 더욱 확실해졌다.

어제 그토록 두들겨 맞았는데도 놈은 멀쩡해 보인다. 육신은 분명히 망가졌는데 눈빛이 살아 있다. 표독하게 쏘아보는 게 아니라 자신에게 아무런 감정이 없는 듯 담담하게 쳐다본다.

아주 강한 놈이다. 홍의랑주가 왜 그토록 죽이고 싶어하는지 알 것 같다.

"기분이 어때?"

"지필묵을 갖다줘."

순간, 혈귀는 자신의 귀를 의심했다.

"뭐?"

"난 글을 몰라. 그림 보듯이 보고 외우긴 했는데, 무슨 뜻인지는 지금도 모르고 있어. 그러니 그려줄 수밖에."

"지금…… 환희밀공 구결을…… 토설하겠다는 이야기냐?"

루검비는 고개를 끄덕였다.

혈귀는 인상을 찡그렸다. 아니, 떫은 감을 씹은 사람처럼 오만상을 지었다.

곤설인…… 설화가 날아가는 순간이다.

그렇다고 구결을 토설하겠다는 놈에게 오늘은 참고 내일 하라는 말을 할 수는 없지 않은가.

"뭐 때문에 갑자기 마음을 바꿨지?"

"지금 내 몸에…… 곤설인까지 당하면……."

"죽겠지."

"벌레 같은 목숨이지만 죽기는 싫소."

너무나도 분명한 이유다.

불순한 의도도 감지된다. 구결을 써주겠다면서 시간을 벌려는 의도가 노골적으로 읽힌다.

혈귀는 가슴을 치고 싶었다.

하룻밤의 여유가 놈에게 심경 변화를 일으켰다. 여유를 주지 않고 밤을 새워 곤설인을 펼쳤다면 지금쯤 화사하게 피어난 설화를 감상하고 있을 게다.

"지필묵. 후후후! 지필묵! 후후후훗!"

글을 모른다? 그림 보듯이 보고 외웠다? 그 말을 믿을 놈이 어디 있나.

'좋아. 갖다주지. 하지만 제대로 쓰지만 못하면 넌…… 죽는다.'

혈귀의 눈에 독기가 흘렀다.

루검비에게 필요한 것은 시간이 아니다. 두 손을 결박한 가죽끈이 풀리기만 바란다.

혈귀는 그의 눈앞에 지필묵을 펼쳐 놓고 아무런 방비조차 하지 않은 채 무심히 가죽끈을 풀었다.

양기를 다 빼앗겨 뼈와 가죽만 남은 그를 두려워하는 사람은 없었다. 어찌 된 영문인지 폐인과 다름없는 모습이 되는 순간, 그의 흡정 능력도 상실된 것처럼 생각했다.

그동안 루검비를 만진 사람은 많다.

형당에 올 때도 두 명에게 어깨를 떠받쳐 질질 끌려왔다.

흡정은 고사하고 걷는 것도 힘들어 보였다.

"고맙소."

두 손을 결박한 가죽끈이 풀리자 루검비는 진심을 담아 말했다.

"쓸데없는 수작 마라. 네놈…… 제대로 된 구결이 아니면 죽지도 살지도 못하게 만들어주마."

"최선을 다하겠소. 물 한 모금만 주시오."

'이 자식!'

혈귀는 미간을 확 찌푸렸다.

루검비의 말에는 진심이 담겨 있다. 전폭적으로 협조하겠다는 의사가 분명히 드러난다.

어떻게 이럴 수 있나? 어제만 해도 그 모진 매를 묵묵히 맞던 놈이 하룻밤 자고 나니 완전히 다른 인간이 되어 군말없이 협조한다. 이게 말이 된다고 생각하나?

한데 루검비의 태도에서 한 점의 가식도 읽을 수 없다. 그것이 더욱 혈귀가 혼란스럽게 만든다.

물 한 모금을 마시고 붓을 잡은 루검비는 뭔가를 잠시 생각하는 듯하더니 이내 글씨를 써 내려갔다. 아니, 글씨처럼 보이는 그림을 그려갔다.

손과 손이 스쳐 지나는 지극히 짧은 순간, 루검비는 혈귀의 양기를 흡취했다.

물로 치면 큰 호수에서 한 종지 퍼낸 것밖에 되지 않는 미미한 양이다. 그렇기에 혈귀는 양기가 흡취당했음에도 그런 사실조차 인식하지 못했다.

하나 루검비에게는 상당한 도움이 된다.

어떻게든 움직이려고 꿈틀대는 화룡에게 시원한 단물을 먹인 것과 진배없다.

쫘르르릉……!

화룡이 꿈틀거린다.

진기처럼 흐르는 게 아니다. 폭죽처럼 온몸에서 터져 나온다. 근육을 구성하는 알맹이들이 톡톡 터진다.

생기 흡취는 어떠한 이유에서든 환희교의 교리에 위배된다. 상호 보완이 아닌 일방적인 흡취는 어둠을 길러갈 뿐이다. 교주가 죽어가면서 완전히 빼내준 악마를 다시 기를 수는 없다.

하면 지법에 그려진 간공, 상공, 반공은 뭐란 말인가. 이체 관통의 수법은 어떨 때 사용하라고 만든 것인가.

생각을 정리할 필요가 있었다. 그것도 아주 급했다.

이곳은 두말할 필요없이 적지다. 어떻게든 빠져나가야 하며, 그러기 위해서는 수십 명 정도는 죽일 각오를 해야 한다.

밝음의 환희밀공을 어떤 식으로 죽음에 써야 하는가. 사람을 죽이는 행위가 용납되기는 하는 것인가. 무림에서 사는 사람이, 싸움을 업으로 삼은 사람이 어둠을 개입시키지 않고 환희밀공을 키운다는 게 가능하기는 한 것일까.

그는 화룡의 움직임을 지켜보면서 한 줄 한 줄 글을 써 내려갔다. 아니, 그림을 그려갔다. 글을 쓰는 게 목적이 아니다. 생각이 정리될 동안 시간을 버는 게 목적이다.

가급적이면 조용하고 차분한 시간이어야 한다. 누구에게 방해받지 않는 혼자만의 시간이 필요하다.

"환희밀공을? 놈이?"

"이것이 그것입니다."

혈귀는 루검비가 그림 그리듯 써놓은 글을 내놓았다.

글을 아는 사람이 세필(細筆)로 쓰면 능히 삼백여 자를 쓸 수 있는 종이에 지렁이 기어가는 듯한 그림 여덟 개가 그려져 있었다.

"연…… 어반회(鱴語返回), 추소수로(追溯水路)?"

그림은 알아보기 힘들었다. 이리 비뚤, 저리 비뚤거릴 뿐만 아니라 크기도 제멋대로였다.

"저도 그렇게 읽었습니다."

"정말 놈이 구결을 쓰기 시작했나?"

"네."

"언제부터?"

"오늘 아침부터입니다."

홍의랑주 상관파의 눈가에 얼음이 맺혔다.

"부탁한 것이 있을 텐데?"

"……."

혈귀는 말문이 막혔다.

홍의랑주에게는 환희밀공 구결 따위는 아무런 가치도 없다. 그는 오로지 죽여야 할 자와 살릴 자만 중요시하며, 루검비는 죽여야 할 자였다.

"혈귀, 너란 놈…… 믿을 수 없는 놈이었군."

"믿어주십시오. 놈이 구결만 다 쓰면……."

"모르겠나? 이제 놈의 목숨은 내 손에서 떠났다는 걸."

"네?"

"어제 일을 끝냈어야 하고…… 미련이 남아 일을 이 지경까지 끌고 왔다면 구결을 다 쓴 후, 일을 마친 후에야 보고했어야지. 넌…… 살아라. 살아서 놈을 지켜봐라. 그만 나가봐."

크게 화낼 줄 알았던 상관파는 의외로 담담했다.

그때, 문밖에서 조용한 음성이 들려왔다.

"홍의랑주님, 가주님께서 부르십니다. 루검비가 쓴 글귀도 보고 싶다고 하셨습니다."

혈귀는 하얗게 질린 낯으로 묵묵히 걸어나가는 홍의랑주의 뒷모습만 쳐다봤다.

홍의랑은 가주의 그림자다. 그렇기에 홍의랑에서 벌어지는 일은 아무도 모르리라 생각했다.

가주는 옆에서 지켜본 듯 알고 있다.

형당 안에서 벌어진 일까지 낱낱이 알고 있다.

'무서워……'

루검비는 피 냄새, 땀 냄새가 물씬 풍기는 뇌옥에서 침상까지 있는 방으로 이동되었다.

"어떤가? 방이 마음에 드나?"

"네, 좋습니다."

"필요한 게 있으면 바로 말하고."

"네."

"구결이 모두 몇 자나 되나?"

"삼백육십오 자입니다."

"글씨도 모르면서 용케 외웠군."

"하루에 한 자씩 죽을힘을 다해 외웠습니다."

"성심껏 쓰게. 구결이 완성되면 구명(求命)은 보장함세."

"감사합니다."

"가끔 머리도 식혀가면서…… 한 달 안에만 쓰면 되겠지. 그 정도야 못 기다리겠나. 참 좋은 날씨야."

모르는 사람이 들으면 다정한 조손지간(祖孫之間)처럼 보일 대화가 오갔다.

　루검비에게는 최상의 조건이 주어졌다.

　한 달이라는 시간을 벌었고, 아무도 방해하지 않는 공간을 얻었다. 그렇다고 자유를 얻은 것은 아니다. 문밖에는 한 면에 다섯 명씩, 사면 이십여 명이 무인이 빙 둘러서 있다. 뿐만이 아니다. 천장에서도 양기의 냄새가 풍긴다.

　철저한 감시하에 있지만 뇌옥보다는 백번 낫다.

　루검비는 붓을 들고 글씨를 그려갔다. 하지만 머릿속은 온통 환희밀공으로 가득했다.

　'간공. 이체관통. 승장혈로 들어가서 음기를 유도. 수분혈로 빠져나오는데……'

　"어떻던가?"

　"협조적입니다. 구결을 얻을 것 같습니다."

　"구결만 얻어서는 안 될 것이야. 무너진 천법도 복구해야지?"

　상관가주와 삼제 상관흘은 만족한 웃음을 교환했다.

　"파아가 큰일을 해냈는데 칭찬이라도 해주셔야겠습니다."

　"후후후! 황소 뒷걸음질에 뭐 잡힌 게지. 그 아이는 너무 강직해서 탈이야. 대나무처럼 곧기만 해서 주위에 친구가 없어. 쯧! 유연성만 기르면 아주 좋은 재목인데."

　"아직 젊으니까 그렇겠죠. 나이가 들면 나아질 겁니다."

"그래야지."

"통천동은 어찌할까요?"

"쯧! 아직 구결을 손에 넣은 게 아니잖나. 폐쇄하는 것이야 언제 하면 어떤가?"

"신경 쓰이는 자들이 있어서 여쭤봤습니다."

"누구 말인가?"

"……?"

"허허! 자네는 예순도 되지 않은 나이에 무슨 걱정이 그리 많나? 백초원 의원들이 통천동에 있는 게 그리 마음에 걸리던가?"

상관흘은 씩 웃고 말았다.

구생 갈굉촉, 절죽원주 포명봉, 호리수 서유동.

그가 말한 것은 이들 삼 인의 처리 문제였다. 한데 가주는 아예 모른 척한다.

살(殺)!

교주의 명령은 분명했다.

당장은 아니다. 모든 일은 천천히 추진한다. 환희밀공을 완벽하게 얻은 후에 아주 은밀히 진행시킨다. 통천동이 스르르 무너져 모두 함몰되어 버린다면 최상의 결과가 될 것이다.

"그만 가봐야 하지 않나?"

가주가 축출령을 내렸다.

지하 밀실로 들어가기 위해서다. 지법의 석화를 지하로 옮겨놓은 후, 가주는 밀실에서 살다시피 한다.

밤마다 여인을 바꿔가며 침상으로 끌어들이는 것으로 보아
서는 약간의 성취가 있는 것 같기도 하고.

상관흘은 아무것도 모른 척 물러났다.

인법 구결 삼백육십오 자는 환희밀공을 구성하는 뼈대다.

어느 무공처럼 세세한 행동 요령을 말해주는 것은 아니다.
그런 면이 없지 않아 있기는 하다. 자신이 그랬던 것처럼 애써
서 의미를 찾자면 한도 끝도 없이 찾아진다.

그럴 수밖에 없는 것이, 삼백육십오 자는 인간이 세상과 화
합하여 살아가는 도리를 말해주는 진리이니 코에 걸면 코걸
이, 귀에 걸면 귀고리가 된다.

무인은 사서오경(四書五經)을 중요하게 생각지 않는다.

학문을 넓히는 바탕으로 삼을지언정 무공을 수련하는 과정
에는 포함시키지 않는다.

인법 삼백육십오 자는 사서오경과 같은 경전이다.

그곳에서 무공의 요체를 찾으려 해서는 안 된다. 글자 그대
로 해석하여 자연의 이치를 생각하고 느껴야 한다. 그리하여
새싹이 돋아나는 모습을 웃으며 지켜볼 수 있으면 된다.

세상을 사랑하는 마음, 정신적인 사랑을 배워야 한다.

지법 석화는 좀 더 세밀해진다. 육체적인 사랑을 말하고 있
기 때문이다.

인간이 느낄 수 있는 사람에는 여러 종류가 있다.

그중에서 지법은 범위를 남녀 간의 사랑, 그것도 오직 육체

적인 사랑에만 국한시킨다.

지법 백팔십 개의 도형은 사람을 죽이는 초식이 아니다. 여인을 사랑하는 방중술의 형태다.

달리 생각할 필요가 없다. 있는 그대로 받아들이면 된다.

간공, 상공, 반공에 대한 의미는 아직 해석하지 못했다. 겨우 칠 주야란 기간 동안에 그곳까지 파고들 수는 없었다. 이후, 차차 시간을 두고 생각해 보리라.

화룡이 담길 그릇은 유희성이 남긴 천법에서 만들어진다.

석관의 음기를 받아들이면서 본격적으로 어둠의 기운을 양성한다. 그렇기에 이 시기부터는 여인만 보면 견디지 못할 정도로 강한 욕정을 느낀다.

지법에서 느낀 욕정은 상대도 되지 않는다. 그야말로 하루온 종일 여자 생각만 나게 만든다. 여자 냄새만 맡아도 온몸이 후끈 달아오른다.

이미 경험해 본 터이다.

짧은 시간에 아주 큰 그릇을 만들려니 어쩔 수 없었다지만, 자칫 인간의 본성을 잃고 색마가 되기 딱 좋은 과정이다.

루검비는 환희밀공에 대한 생각을 접었다.

사랑으로 환희밀공을 채워야 하는데…… 어찌 채워야 하는지 잘 모르겠다. 언뜻 생각난 것은 있지만 사용해 보지 않았으니 확실하다고 말할 수 없다.

시도해 보아야 옳고 그름을 알 수 있다.

분명한 것은 타인의 생기를 흡취해서는 안 된다는 것이다.

그것은 교주가 애써서 빨아들인 어둠의 화룡을 다시 키우는 결과를 가져온다. 그리고 자신은 또다시 여인만 보면 사족을 못 쓰는 색마가 될 것이다.

하지만…… 이번만은 어쩔 수 없이 사용해야겠다.

지난 칠 주야 동안 기력을 많이 회복하기는 했지만 전각을 빠져나갈 정도는 되지 않는다. 빠져나가기는커녕 문밖에 있는 무인 한 명도 상대하지 못한다.

어쩔 수 없다. 이번 한 번만 더 환희밀공을 써야겠다.

다른 수도 준비했다.

광검소천(光劍燒天).

유일하게 생각나는 일초 검식.

육반루가의 검법이라고는 하지만 선후가 어찌 되는지 전혀 기억나지 않는다. 몇 초 몇 식으로 이루어진 검법인지, 검법 명칭은 어찌 되는지…….

앞뒤 뚝 자르고 오직 무서운 속도로 찌르는 일초 검식만 뚜렷이 각인되어 있다.

그것으로 승부를 본다.

몸 하나만 빠져나가는 것이라면 광검소천까지는 준비하지 않아도 될 것이다. 환희밀공은 무서운 속도로 성장하니 무인 두어 명만 요리하면 그 후에는 옛날의 무력(武力)을 되찾을 것이다.

상관세가 무인들과 싸우려는 게 아니다. 도주가 목적이다.

충분하지 않은가.

그렇다. 충분하다. 도주만 생각했다면 칠 주야란 시간을 허비하지도 않았다.

교주님의 시신이 통천동에 있다.

낯선 이들의 손길에 온몸을 맡기고 있다. 이리 흔들리고 저리 흔들리고…… 이리 찢기고 저리 찢긴다.

교주님을 그대로 두고 갈 수는 없지 않은가.

칠 주야 동안 환희밀공을 정리하면서 한편으로는 광검소천을 생각하고 또 생각했다. 검을 들고 수련하지는 않았지만 언제라도 펼칠 수 있게끔 심상수련(心象修鍊)을 했다.

'가자.'

루검비는 용강력량(用强力量), 절벽개공(絶壁開孔)에서 유호골가(維護骨架)로 이어지는 열두 자를 그린 후 몸을 일으켰다.

3

덜컹!

방문을 열자 열 개의 눈동자가 일제히 꽂혔다.

"뒷간 좀 다녀와야겠습니다."

루검비가 멋쩍은 표정으로 말했다.

"그런 건 방 안에서 해결하면 안 되나? 매번 이게 무슨 고생이야?"

가까이에 있던 무인이 한쪽 어깨를 내주며 투덜거렸다.

루검비는 볼일을 볼 때면 요강을 사용하지 않고 매번 뒷간을 이용했다. 그리고 그가 뒷간을 갈 때마다 운신이 어려운 그를 위해 무인 한 명이 어깨를 내주곤 했다.

루검비는 스스럼없이 무인의 어깨에 팔을 둘러 몸을 의지하며 발걸음을 내딛었다.

"죄송합니다. 이것만은 용서해 주십시오."

"알았어. 빨리 걷기나 해."

"몸이 말을 듣지 않아서……."

"보기는 멀쩡한데 속은 다 곪았나 보군."

무인은 한쪽 팔로 루검비의 허리를 잡고 질질 끌다시피 끌고 갔다.

그는 몸이 밀착된 상태에서 자신의 생기가 빨려 나간다는 생각을 전혀 하지 못했다.

다른 사람들도 마찬가지다. 뒤로 무인 네 명이 어슬렁거리며 뒤따르고 있지만 눈앞에서 무슨 일이 벌어지는지 까마득히 몰랐다.

상관세가 사람들 중에 루검비가 교주란 여인에게 진기를 빨려 반병신이 되었다는 사실을 모르는 사람은 없었다. 그렇기에 루검비가 운신의 어려움을 말했을 때 의문을 품지 못했다.

걷는 것도 힘들구나. 간신히 붓만 놀리는구나.

루검비는 경계하거나 두려움의 대상이 아니었다. 자진(自盡)하지 못하도록 주의를 기울이고, 외부의 침입으로부터 보호해야 하는 약자(弱子)의 표본이었다.

"빨리 끝내고 나와."

뒷간에 이르자 무인이 어깨를 빼내며 말했다.

칠 일 전만 해도 그가 뒷간에 올 적에는 무인 이십여 명이 모두 함께 움직였다. 다섯 명은 밀착해서 따르고 열다섯 명은 조금 멀리 떨어져서 둥그렇게 포진한 채 움직였다.

천장에 붙박여 있던 두 명은 움직이지 않았다. 하나 그들의 눈초리는 항상 뒷등에 따라붙었다.

지금은 다섯 명 외에는 움직이지 않는다.

어깨를 내준 한 명은 어쩔 수 없이 따라온 것이고, 다른 네 명은 산책이라도 하듯 어슬렁거리며 따라붙다가 뒷간 냄새가 밀려들자 걸음을 멈춰 버렸다.

원하던 최적의 상황이다.

루검비는 무인이 어깨를 빼내지 못하도록 그의 몸을 바짝 끌어당겼다. 그리고 그의 품속으로 뛰어들어 와락 껴안았다.

"엇! 뭐…… 헉! 허억! 크윽! 꺼어억!"

무인의 놀람이 비명으로 이어지고, 오공에서 피를 쏟으며 쓰러지기까지 걸린 시간은 눈 깜빡할 사이, 촌각에 불과했다.

바짝 마른 논에 물줄기가 흐른다. 찔끔찔끔 흐르는 것이 아니라 강둑이 터져 강물이 쏟아지듯 콸콸 흘러든다.

힘이 넘쳐 난다. 마음 같아서는 태산이라도 뽑을 것 같다. 십 리도 한달음에 내달릴 것 같다.

"헛! 저놈!"

한껏 여유로움을 보이던 무인들이 화들짝 놀라 검을 뽑았다.

동료가 오공으로 피를 쏟으며 죽어가는 모습은 경악을 넘어 공포로 다가왔다.

루검비가 악마라는 사실을 잊고 있었다.

용검대는 강한 자들로만 구성되었다. 그래서 자존심도 강하다. 얼마나 잘난 척을 하는지 꼴 보기 싫을 때도 많다. 하나 그들의 무공만큼은 인정한다.

루검비는 그런 용검대를 수수깡처럼 죽여 버린 악마다.

칼로 베어 죽인 게 아니다. 창으로 찌른 것도 아니다. 방금처럼 온몸의 진기를 쏙 빨아먹었다.

"저놈이 무공을 회복…… 헛!"

빽빽 고함을 지르던 무인은 완맥을 움켜잡히자 너무 놀라 말문이 막혀 버렸다.

"사, 살려……."

그는 살고 싶었을 게다. 눈동자에, 얼굴에 죽음이 뒤덮이는 순간에도 마지막까지 애원하고 있다, 살려달라고.

이체관통, 승장혈로 들어가서 수분혈로 빠져나온다.

"컥!"

무인은 짧은 단말마를 토해내며 쓰러졌다.

루검비는 쓰러진 그의 손에서 검을 빼냈다.

두 명의 진기를 취해서인지 몸이 아주 가볍다. 너무 급작스럽게 많은 양의 기를 받아들였나? 약간 머리가 어질어질한데 움직임을 방해할 정도는 아니다.

쒜에엑!

날카로운 파공성과 함께 머릿속에서 수십, 수백 번 펼쳐졌던 광검소천이 세상에 모습을 드러냈다.

파아앗!

한 줄기 피분수가 파란 창공을 물들였다.

비명도 없는 죽음이었다. 오히려 경악성을 내지른 사람은 검을 쳐낸 루검비다.

"웃!"

그는 무인을 베어내고도 뻗어나가는 검의 기세에 이끌려 두어 걸음이나 더 내딛은 후에야 자세를 바로잡을 수 있었다. 온몸에 허점을 환히 드러낸 채 뒤뚱거린 것이다.

참으로 위험천만한 순간이었다.

무인들이 정신만 제대로 차리고 있었어도 꼼짝없이 되잡힐 뻔했다.

광검소천은 너무 빠르다. 그야말로 빛처럼 번뜩인다.

육반루가의 구명절초이니 위력은 새삼 말할 필요가 없으리라.

거기까지는 알고 있었다. 하지만 속도도 힘이 뒷받침되어야 제대로 펼쳐진다는 점을 알지 못했다.

광검소천은 루검비의 일신에 깃든 내력을 한꺼번에 끌어냈다. 그리고 눈 깜빡할 순간에 몰아쳤다.

루검비가 예상했던 것보다 세 배는 빠른 속도였다.

'불살(不殺).'

불가에 귀의한 몸은 아니나 살생을 금해야 한다는 것은 안다. 왜? 환희밀공을 지녔으니까. 환희밀공은 살생의 무학이 아니라 활인(活人)의 무학이니까.

쒜에엑!

루검비는 번개처럼 몸을 날려 담장을 뛰어넘었다.

"도망간다! 잡앗!"

방은 지키던 무인들이 불나방처럼 날아올랐다.

그들은 무인이 세 명이나 절명하고 나서야 사단이 일어났다는 것을 알았다.

그만큼 그들은 방심했다.

그들이 루검비를 잡으려고 달려들 때, 루검비는 성난 멧돼지처럼 질주하고 있었다.

지네가 기어간다. 수십 개의 다리를 꾸물거리며 빠른 속도로 벽을 탄다.

사방은 칠흑같이 어둡다.

루검비는 신경을 바짝 곤두세워 어둠의 흐름에 집중했다.

청각, 후각, 촉각…… 오감에 육감까지 더해져 어둠 속에서 일렁이는 움직임을 잡아낸다.

뚜벅! 뚜벅……!

자신의 발자국 소리가 벽을 타고 흘렀다.

발걸음 소리 정도는 얼마든지 죽일 수 있다. 그런 일쯤은 누구나 한다. 얼마나 완벽하게 죽이느냐가 문제일 뿐, 낮게 까는 정도는 누구나 한다.

소리를 일부러 흘렸다.

적을 찾느라 애쓰기 싫다.

통천동에 상관세가 무인이 있다면 지금쯤 침입자가 생겼다는 사실을 알았을 게다. 그리고 맡은 임무에 따라서 죽이거나 사로잡기 위해 달려들 것이다.

'몇 명 정도는 스스로 나타날 거야.'

쒜엑!

검풍이 불었다.

죽지 못해 안달난 자다.

동굴은 많은 것을 죽인다. 소리도 죽이고, 기류(氣流)도 죽인다. 그래서 동굴에서는 조그만 소리도 크게 들리며, 미미한 공기 흐름도 즉시 깨닫는다.

평범한 사람이 그럴진대, 무인의 경우는 어떠랴.

동굴 같은 곳에서는 검풍까지 죽일 자신이 없으면 공격 자체를 시도하지 말아야 한다.

물론 마음 놓고 선제공격을 가하는 경우도 있다.

지네를 잡는다고 하자. 지네는 발견되기만 하면 잡힌 것이나 다름없다. 어떤 방향으로 움직이든 즉시 잡아챌 수 있다. 수십 개의 발로 수십만 개의 변화를 그려내도 꾹 찍어누르는 집게 하나를 감당하지 못한다.

속도 면에서 현격한 차이가 나기 때문이다.

그럼 변화를 살펴보자.

지네가 움직이는 순간, 대부분의 사람들은 지네의 진로를 쉽게 예측해 낸다. 지네가 나아가는 방향에 먹이를 놓아 유인한다는 정도는 어린아이도 할 수 있다.

　지네의 움직임을 한눈에 꿰뚫어 봤기 때문이다.

　여기서는 고려해야 할 변수가 있다. 벽의 형태나 먹잇감의 유무는 움직임을 제어하는 요소다.

　사람들은 무의식중에 이러한 요소들을 고려한다. 단지 지네 잡는 일이 너무 하찮기에 의식하지 못할 뿐이다.

　속도와 변화, 그리고 환경.

　이 세 가지 요소는 약육강식(弱肉强食)이 존재하는 한 영원히 사라지지 않을 중요 요소다.

　자! 인간은 동굴에서 어떤 식으로 움직일까?

　인간의 행동 방향은 너무도 명확하다. 천장과 바닥, 그리고 좌우의 제한을 받으니 전후(前後)로 움직일 수밖에 없다.

　공격하기는 쉽지만 방어하기는 어려운 형태다.

　선제공격이 곧 필승이라고 착각하는 이유가 여기에 있다.

　지형의 이점이 너무 크게 부각되어 속도나 변화를 간과해 버리기 십상이다.

　다시 한 번 말하거니와, 필승의 지리(地利)를 취했어도 목숨을 걸고 공격하려면 속도를 읽어봐야 하고, 변화를 살펴야 한다.

　이자처럼 자신감만 앞서서 무모하게 공격을 시도하면 십 중 십 목숨을 잃는다.

　속도가 읽힌다. 변화도 예상된다.

검이 경쾌하게 전개되지 못하고 질질 끌리는 느낌이 드는 것으로 보아 전력을 다하지 않고 있다. 내력 분할이 짐작된다. 공격에 칠 할을 쓰고 만일을 대비해 삼 할가량을 남겨놓았다.

'전력을 다해도 모자랄 판에 남겨놓기까지.'

이자…… 미치지 않았나.

아니다. 미쳐서 남겨놓은 게 아니다. 평소 습관이다. 무인들은 늘 만일을 대비한다. 선제공격이 실패했을 때, 예상치 못한 역공에 직면했을 때…… 등등 대비할 것이 너무 많다.

스으읏!

루검비의 허리가 문어 다리처럼 흐느적거리며 뒤로 꺾였다.

그의 유연함은 지법의 석화(石畵)에서 나온다. 석화의 동작을 수련하다 보니 뼈가 없는 연체동물처럼 유연해졌다. 유가공(瑜伽功)의 대가라 할지라도 루검비처럼 사지를 자유롭게 놀리지는 못할 것이다.

상대가 일격필살(一擊必殺)을 의심치 않으며 쳐낸 검이 배 위로 흘러간다. 그와 동시에,

빠악!

동굴 바닥에서 작대기 부러지는 소리가 들려왔다.

"악!"

상대는 아주 짧은 단말마를 토해냈다.

허리를 뒤로 숙임과 동시에 걷어찬 발길질에 무릎을 정통으로 격타당한 것이다.

스읏!

루검비는 습관적으로 상대의 완맥을 움켜잡았다. 다른 한 손은 벌써 허리를 끌어안아 바싹 잡아당기고 있었다.

순식간에 승장혈과 승장혈이 이어졌고, 이체관통으로 흘러 들어 간 진기가 상대의 뱃속을 휘저었다.

"헉! 끄으으으윽!"

루검비에게 껴안긴 자는 어떻게 죽는지 영문도 모른 채 죽었다.

루검비를 모르고, 환희밀공을 모른다면 귀신에 홀려서 죽는다고 생각할 수밖에 없으리라.

루검비는 상대를 꼭 끌어안은 채 부들부들 떨었다.

상대는 이미 절명했다. 숨이 완전히 끊어졌다. 기식(氣息)이 없는 것은 물론이고, 심장박동도 들리지 않는다. 안다. 알고 있다. 그런데도 시신을 밀어낼 수 없었다.

상대는 약했다. 공격해 오는 모습이 너무 쉽게 읽혔다. 검에 깃든 힘과 검초의 변화까지 한눈에 들어왔다.

굳이 죽일 필요가 없었다는 이야기다.

그래서 검도 휘두르지 않았다. 허리를 꺾어 공격을 피하고 무릎을 강타하여 주저앉히면 끝나는 싸움이었다.

정녕코 사내를 죽인 최후의 일격, 환희밀공만큼은 생각하지 않았다.

한데 했다. 아주 자연스럽게 환희밀공을 펼쳤고, 사내의 진기를 빨아들였다.

밖에서 무인 두 명의 진기를 흡취한 것은 자신의 의지로 행한 행동이지만 통천동에서의 흡취는 전혀 예상치 않았던 돌발 행동이었다.

마치 환희밀공이 미친 것 같다.

뱃속에 텅 빈 그릇이 있으니 어서 빨리 채워야 한다고 채근하는 것 같다.

미친개처럼 사람만 보면 달려들지 못해서 안달이다.

어둠의 환희밀공이 성장하기 시작했다. 교주님이 목숨을 버려가며 뽑아낸 어둠이 다시 뿌리를 내렸다.

효과는 바로 나타났다.

온몸에 힘이 넘친다. 어둠 속이라 겉모습이 어떻게 변했는지는 알 수 없지만 예전의 루검비로 돌아간 느낌이다.

그토록 염려하던 반응도 나타났다.

하물(下物)이 반응하기 시작했다. 얼굴이 화끈거리고 심장은 정사를 앞둔 사람처럼 두근거린다.

아직까지는 견딜 수 있지만 이런 식으로 두어 명만 더 죽인다면 그때는 어떻게 될지 장담할 수 없다.

루검비는 머리를 흔들어 염려를 떨쳐 냈다.

'교주님이 영면에 드실 수 있도록······.'

쒜엑! 쒜에엑!

검풍이 불어오면 마주쳐 간다.

검과 검의 부딪침은 없다. 광검소천은 상대의 초식이 펼쳐지기도 전에 생명을 거머쥔다.

'우우우······.'

루검비는 아랫입술을 잘근 깨물며 탐심(食心)을 억눌렀다.

차라리 살심(殺心)이 일었으면 좋겠다. 잔인한 방법도 좋으니 상대를 반드시 죽이고 말겠다는 강렬한 욕구가 일었으면 좋겠다.

살심 같은 건 조금도 일지 않는다.

상대가 나타나면 검보다도 진기가 먼저 눈에 띈다. 흘러오는 검은 안중에도 없고 오직 강렬한 냄새로 유혹하는 생기만 보인다.

환희밀공의 탐심을 억누르는 방법은 오직 하나, 재빨리 죽이고 눈을 찔끔 감는다. 상대의 몸에서 생기가 소멸되고 사기(死氣)가 가득할 때까지 숨조차 막고 기다린다.

흡정을 하지 않고 상대를 죽일 수 있는 유일한 방법이었다.

다행스럽게도 공격은 길게 이어지지 않았다.

어두운 통로가 끝나고 밝은 공간이 나타났다.

스무 명 정도가 둥그렇게 앉을 수 있는 비교적 큰 광장이다.

일 장 간격으로 횃불이 밝혀져 있어서 주위를 살피는 것도 어렵지 않다.

광장에는 사람이 많았다.

산 사람도 있고 죽은 사람도 있다.

죽은 사람은 나신을 환히 드러내 놓고 누워 있다. 산 사람은 놀란 눈으로 그를 쳐다본다.

루검비는 코끝을 찡긋거렸다.

주검이 눈에 익다. 진기가 빨려 죽은 목내이는 굳이 구분하지 않아도 쉽게 식별된다.

자신에게 죽은 사람들이다.

사지는 어디 가고 몸통과 머리만 남은 시신도 있다. 첫 살인이라 결코 잊을 수 없는 여인, 금령이다. 그 옆에는 용검대 무인들이고…… 어처구니없게도 자은사에서 죽은 잔화의 시신도 있다.

통천동 광장에는 환희밀공에 죽은 시신들이 전부 모여 있다.

이들 모두 자신이 죽였다. 고의든 타의든 자신의 손에 생기가 빨려 죽었다. 자신이 생명을 거뒀다.

'교주.'

교주의 나신도 보았다.

가슴이 열려 있고, 장기도 적출되어 예전의 아름다움은 찾아볼 수 없다.

하지만 아름답다. 교주는 여전히 아름답다.

루검비는 광장 중앙으로 뚜벅뚜벅 걸어갔다.

산 자들이 썰물처럼 물러서며 길을 열어주었다. 일부는 루검비를 피해서 동굴 안쪽으로 도주했고, 일부는 옆으로 돌아서 입구를 향해 달려갔다.

시비를 거는 사람은 없었다.

그에게 시비를 걸려면 피가 뚝뚝 떨어지는 청강장검부터 해결해야 한다.

통천동에는 백초원 의원들이 주를 이룬다. 무인은 몇 명 되지 않았고, 그들은 이미 목숨을 잃었다.

루검비는 산 자들을 쳐다보지 않았다. 그의 이목은 죽은 자들에게 집중되어 떨어질 줄 몰랐다.

"시신을 모아, 기름도 가져오고."

어느 한 사람에게 한 말이 아니다. 광장에 있는 모든 산 사람에게 한 말이다.

거부는 용서하지 않는다. 입도 벙긋거리지 말아야 한다. 주제도 모르고 나서는 놈이 있다면 시신을 훼손한 죄를 물어 단칼에 죽여 버릴 것이다.

루검비는 고요했다. 잔잔했다. 하나 청강장검을 꽉 쥐고 있는 모습에서 그의 분노를 읽기란 어렵지 않았다.

백초원 의원들이 바쁘게 움직여 기름을 가져왔다. 시신도 모았다. 루검비의 의도를 알기에 화장하기 쉽도록 차곡차곡 모았다. 금령의 시신도, 잔화와 교주님의 시신도 용검대 무인들과 함께 구분없이 섞였다.

구분할 필요가 무엔가, 영혼이 빠져나간 육신은 한낱 껍질에 불과한 것을.

준비가 끝났다.

루검비는 일말의 망설임도 없이 횃불을 당겼다.

第十七章

진공(眞功)

환희밀공 功

1

불은 살을 태웠다. 뼈를 태웠다.

사람을 태우는 열기가 광장을 뜨겁게 달궜다.

연기도 났다. 동굴 전체를 자욱한 연기로 가득 메웠다.

통천동은 상관세가 무인들이 폐관수련을 하기 위하여 인위적으로 조성한 동굴이기에 결코 작다고 할 수 없다. 하나 동굴 특성상 공기의 흐름이 원활하지 못한 것은 어쩔 수 없었다.

통천동은 사람 태운 연기로 자욱해져서 서로를 구분할 수 없는 지경에 이르렀다.

연기는 그나마 참을 수 있다. 진정 참을 수 없는 것은 악취다. 연기 속에 스며 있는 알지 못할 악취가 머리를 뒤흔든다. 뼈가 타면서 흘려내는 냄새다.

"욱!"

"우웩!"

여기저기서 구토하느라 정신없다.

우르르 동굴 밖으로 빠져나가는 소리도 들렸다.

연기 때문에 사위를 분간치 못하니 도주하는 데는 이보다 좋은 기회가 없으리라.

루검비는 커다란 불덩어리 앞에 무릎을 꿇고 앉아 두 손을 모았다.

'부디 편한 곳으로 가시길……'

교주의 넋을 위해 기도했다. 잔화를 위해 기도했다. 금령도 편히 쉬라고 빌어주었다. 자신에게 죽어 이곳까지 흘러든 용검대 무인들을 위해서도 기도했다.

상관세가 사람처럼 통천동을 잘 아는 사람은 없다. 그중에서도 상관가주는 통천동에서 살다시피 했으니 벽에 새겨진 흠집 하나까지 세세하게 기억한다.

"스스로…… 사지(死地)로 들었는가."

루검비가 탈출했다는 소식을 접했을 때, 상관가주는 아무 소리도 하지 않았다. 묵묵히 들고 있던 술잔에 입에 댔다. 루검비가 탈출로로 정문 대신 뒷산을 택한 것 같다는 보고를 접하고도 단 한마디 언급조차 없었다.

루검비가 통청동으로 들어갔다.

안에 있던 무인들을 거침없이 베고 들어갔다.

상관가주는 그제야 한마디 했다. 스스로 사지로 들어갔다고.

상관세가 사람들이라면 누구나 아는 사실이지만…… 통천동에는 입구 외에 다른 출구가 없다. 어깨에 날개가 달렸어도 들어간 곳으로 다시 나와야 한다.

통천동에는 물도 없다.

웬만한 동굴에는 자연적으로 형성된 천연 수로가 있다. 수로라고까지 말할 수는 없어도 축축한 물기 정도는 찾을 수 있다.

하지만 통천동은 바싹 말라 있다. 석회로 물기가 스며들 만한 곳은 모조리 막아버렸기 때문이다.

당연히 음식도 없다.

동굴이라면 흔히 있는 뱀이나 박쥐 혹은 쥐마저도 없다.

그만큼 사람 손을 많이 탄 동굴이다. 연공하기에 최적의 조건을 만들어놓았다고 할까?

폐관수련을 하는 사람은 연공 기간에 맞춰서 먹고 마실 것을 직접 가지고 들어간다.

아무 준비 없이 들어서면 굶어 죽거나 다시 기어와야 한다.

선택의 여지가 없다. 죽거나 다시 돌아 나오거나.

"입구를 누가 막고 있나?"

"원래 통천동은 홍의랑 영역 아닙니까. 파아(波兒)의 성격은 이미 아실 게고…… 단단히 작심했는지 홍의랑을 총동원해서 통천동을 물샐틈없이 막았습니다."

상관흘이 대답했다.

"쯧! 그럼 안 되지. 그럼 놈이 죽게 될 거야."

"용검대도 꿈지럭거리고 있는데……."

"외(巍)를 몰라서 그러나? 꿈지럭거리기만 할 뿐이야. 영리한 놈들은 말일세, 조심스러운 것이 지나쳐서 확실한 것이 아니면 좀처럼 움직이지 않아. 후후! 내가 명을 내린다면 모를까…… 움직일 리 없지."

"……."

"통천동이 홍의랑 영역이고…… 파아가 이미 나섰고…… 물러서게 할 구실이 없구먼. 후후! 죽이지 말라고 명을 내려놓긴 했는데, 말을 들어먹어야 말이지. 어디 어쩌나 지켜보세."

상관가주는 빙긋 웃었다.

홍의랑주 상관파는 통천동 앞에 의자를 가져다 놓고 편히 앉았다.

통천동에서는 고약한 냄새와 함께 검은색에 가까운 연기들이 쉴 새 없이 쏟아져 나왔다.

사람들도 뛰쳐나왔다.

짧게는 일, 이 년이요, 길게는 십여 년 동안 얼굴을 보아왔던 백초원 의원들이다.

홍의랑 무인들은 그들이 뛰쳐나오는 족족 납치하듯 가로채어 한쪽 구석에 세워놓았다.

얼마 지나지 않아서 그들의 입을 통해서 동굴 안 사정이 소상히 파악되었다.

다른 말을 들을 게 없다.

놈이 다른 탈출로를 다 놔두고 가산을 기어오른다는 소식을 접했을 때부터 놈의 의도를 읽었다.

환희교주가 놈에게는 대단한 존재였던 것 같다. 그러니 목숨 아까운 줄 모르고 시신을 향해 달려가는 것이겠지. 하기는 원래 순수한 종교인보다 사이비 종교인들이 더 무섭지 않던가. 그런 점을 보면 놈의 행동도 이해되지 않는 건 아니다.

화장(火葬)도 짐작했다.

마음 같아서는 매장하고 싶겠지만 시신 훼손이라는 측면에서 매장은 답이 되지 못한다. 묻힌 장소만 알면 언제든 캐낼 수 있고, 통천동에는 딱히 묻을 곳도 없다.

놈이 교주의 장례를 치르고자 한다면 화장밖에 없다.

거무스름한 연기, 고약한 냄새.

특이한 점은 없다.

한데 백초원 의원들 말 중에 한 가지가 심사를 뒤틀리게 만든다.

"미친놈이에요, 미친놈. 검을 얼마나 번개같이 쓰는지……."

'검?'

뜻밖이다. 놈이 검을 쓸 줄 안다니.

통천동은 폐관 수련을 위해서 마련된 장소다. 기습에 가장 취약한 곳이라고 할 수 있다. 때문에 통천동을 지키는 일은 암

암리에 상관세가를 보호하는 홍의랑의 몫이 되었다.

상관파는 통천동에 홍의랑 무인들 중 가장 싸움 경험이 적은 초심자들을 배치했다.

호위 무인은 상황에 따라 그때그때 달라진다.

소 잡는 칼로 쥐를 잡을 수는 없지 않은가.

통천동에 들어간 사람들이 움직이지 못하는 시신과 무공을 모르는 백초원 의원들이니 중요도를 따지면 지극히 낮은 편이다. 또한 특별히 경계를 강화해야 할 이유가 없었다.

루검비가 무공을 회복할 줄은 꿈에도 생각지 못했다.

놈에게는 흡정마공이 있어서 언제든, 옆에 누가 있기만 하면 단숨에 무공을 회복할 수 있다는 사실을 깜빡 잊었다.

상관파같이 강호 경험이 풍부한 무인조차도 아무런 주의를 기울이지 않을 만큼 놈의 상태는 심각했다. 솔직히 말하면, 언제 죽을지 모를 병자를 대하는 기분이었다.

그러던 놈이 단숨에 무공을 회복했을 뿐만 아니라 고절한 검법까지 펼쳤다.

약한 자들을 통천동에 배치했다고는 하지만 싸움 경험이 미숙할 뿐이지 무공이 낮은 것은 아니었다. 자신이 직접 무공을 보고 홍의랑의 임무를 수행할 수 있다고 판단하여 선발한 자들이다.

그런 자들을 추풍낙엽처럼 쓸어버렸다면 검공에 대한 조예가 상당히 깊다 할 것이다.

백초원 의원들의 말은 신빙성있다.

의아한 점은 그만한 무공을 지닌 놈이 예전에는 왜 검을 사용하지 않았느냐는 것이다. 천수강막이 펼쳐진 상태에서도 검을 사용하기는커녕 오로지 진기만 빨아먹으려고 달려들었으니 그런 미련한 놈이 어디 있을까.

결국 놈은 잡혔다.

흡정마공이 아무리 무서워도 찰나 만에 스치고 지나가는 검날에 견줄 바는 아니다.

그가 상념에 잠겨 있을 때, 보고가 들어왔다.

"놈만 빼고 다 나왔습니다."

상관파는 백초원 의원들을 쓱 훑어보았다. 그리고 냉랭한 어조로 말했다.

"다시 파악해라. 한 번 더 헛보고를 하면 홍의를 벗어야 할 거야."

보고하던 무인이 황급히 돌아갔다.

'바보 같은 놈. 놈을 제외하고도 셋이 더 안 나왔어. 갈굉촉, 포명봉, 서유동. 놈은 그렇다 치고 그놈들은 왜 안 나오는 거지?'

궁금증이 치밀었지만 꾹 눌러 참았다.

지금은 치고 들어갈 필요가 없다. 때가 되면 놈들이 먼저 기어나오리라.

"볼 게 뭐 있다고 쥐뿔 나게 돌아다녀? 그래, 뭐 건진 거 있어?"

"없수다."

"없…… 수다? 야, 이놈 봐라! 아주 이제 막장이라고 막 대드네."

"대접 잘 받았으면 입 다물고 계슈. 괜히 턱주가리 한 대 얻어맞고 이빨 날아가면 늘그막에 개고생이니까."

"어쭈! 요놈 아주 본색을 드러내네. 어디 개망나니 아니랄까봐 티내는 거냐?"

구생 갈굉촉과 호리수 서유동이 티격태격했다.

구생은 재미있어서 호리수를 계속 건드렸고, 호리수는 약이 올라 맞받아쳤다.

원래 사는 세계가 달랐던 사람들이다. 넉넉하게 살아온 구생은 호리수를 받아줄 수 있지만, 잡초같이 살아온 호리수는 구생이나 절죽원주같이 정통 학문을 익힌 사람들이 부러움과 질시의 대상으로밖에 비치지 않았다.

용검대주 앞에서는 어쩔 수 없이 함께 섞여서 행동했지만 두 번 다시 만날 이유가 없는 사람들이다.

"지금 장난이나 치고 있을 때가 아닌 것 같소. 이곳은 그냥 동굴이 아니오. 상관세가의 폐관 수련장이오. 상관세가 사람들에게는 성역이나 다름없는 곳인데…… 그런 곳에서 화장을 해버렸으니."

절죽원주가 침중한 표정으로 말했다.

"흥! 성역은 쥐뿔이…… 어느 놈의 성역에 시체를 들여놓는답디까. 성역에서 시체를 갈가리 찢어발기는 일은 어느 곳 풍습이랍디까. 시체를 들여놓는 순간부터 이곳은 묘지가 된 거요."

호리수 서유동이 툭 쏘았다.

"허허! 듣고 보니 그 말이 맞는군. 하지만 저들은 그렇게 생각하지 않을 거야. 결국 모든 원인은 화풀이할 대상에게 집중되겠지. 저 사람, 그리고 우리."

절죽원주가 손을 들어 루검비를 가리켰다.

"미친놈. 죽으면 끝인데 뭔 짓을 한 거야. 화장을 하면 죽은 놈이 살아오기라도 하나? 괜히 안 해도 될 짓을 해 가지고는 사람 골머리 아프게 하네."

구생 갈굉촉이 고개를 살래살래 흔들었다.

상관세가에서 볼 것은 다 봤다. 정기가 빨려서 죽은 시신도 실컷 봤고, 운 좋게도 정사 중에 흡정하는 과정까지 지켜봤다. 그리고 상관세가에서 흡정마공을 버리지 않고 연구하려고 한다는 사실까지 알아냈다.

더 이상 상관세가에서 볼일이 없다. 하면 이제 빠져나가야 한다. 이렇게 썩은 냄새가 진동하는 곳은 늪지와 같아서 오래 머물수록 수렁에 깊이 빠져든다.

구생은 상관세가쯤은 얼마든지 빠져나갈 자신이 있었다. 그래서 제자 앞으로 거짓 편지를 쓰라고 할 때도 당당히 써줬다.

의원은 약을 다룬다. 약도 과하게 쓰면 독이 되니 약을 쓰려면 독을 알아야 한다. 시시콜콜하게 약이니 독이니 말하지 않아도 '이 시대 최고의 의원'이라는 말을 들을 정도면 '이 시대 최고의 독인(毒人)' 이라고 해도 과언이 아니다.

하물며 통천동에는 경계 서는 무인도 몇 되지 않는다.

독분(毒粉)을 조금만 사용해도 넉넉히 빠져나갈 수 있다.

그는 오래 있을 생각이 없었다.

상관세가에서 정혈이 빨린 시신을 어떻게 다루는지 보았고, 흡정마공의 연구가 어느 정도나 진척되었는지도 파악했으니 오물이 묻기 전에 몸을 빼내야 한다.

언제? 오늘.

한데 루검비가 이 사단을 만든 것이다.

이제 상관세가의 모든 이목이 통천동에 집중되었으니 무슨 수로 빠져나간단 말인가.

"야! 미친놈아, 헛지랄 그만하고 뚫린 입으로 말 좀 해봐라. 이제 어떻게 할래?"

루검비는 대답하지 않았다. 돌부처라도 된 듯 두 손 모아 기도에 전념할 뿐이다.

"구생, 기다려 봅시다. 왜, 결자해지(結者解之)라 하지 않았소. 지금은 우리 목숨이 저 친구 움직임에 달린 것 같으니……저 친구가 어떻게 움직이나 지켜봅시다."

절죽원주가 한쪽 구석에 털썩 주저앉으며 말했다.

두 손 모아 기도한다. 부디 좋은 곳으로 가서 잘 지내라고 간절히 소원한다.

시신을 태우는 불길이 그의 육신마저 삼킬 듯 넘실거린다.

기름 솥에 들어간 것처럼 뜨겁다. 한 줌 재가 되고 있는 시신들처럼 자신도 활활 불살라지는 느낌이다.

한데 고요하다. 평화롭다. 여체에 대한 탐심도, 사람을 죽이고 싶은 살심도 일어나지 않는다. 아무것도 하지 않고 두 손모아 기도만 하고 있을 뿐인데, 마음이 한없이 기쁘다.

루검비는 성신을 체험하는 중이었다.

교주와 잔화는 아는 사람이다. 그들이 천국에 가도록 기도하는 것은 당연하다. 하지만 용검대 무인들은 죽이지 않으면 죽었어야 하는 원수였다. 그들까지 편안한 곳으로 가라고 빌어줄 필요는 없다. 오히려 반대로 잘 죽었다고 고소해하는 것이 마땅하다.

루검비는 적개심을 버렸다.

세상은 사랑으로 보듬어져야 한다.

세상을 감쌀 수 있는 포괄적인, 폭 넓은 사랑이 되어야 한다.

육체적인 사랑뿐만이 아니라 정신적인 사랑까지 함께 이루어져야 한다.

환희교의 교리를 화녀들과 정랑들은 육체적인 사랑으로만 해석했다. 이는 교주도 다르지 않다. 정신적인 사랑은 '무한한 자유'란 말로 잘못 이해했다.

혼인이라는 굴레를 벗어나 이 세상 누구와도 사랑을 나눌 수 있어야 하고, 자신을 원하는 사람이 있으면 싫고 좋음에 상관없이 정사를 나눠야 한다는 해석은 크게 잘못된 것이다.

모두 성신 때문이다.

성신은 남녀를 불문하고 회음혈에서 일어난다. 비처(秘處)에서 일어나 척추를 타고 위로 솟구친다.

'성신으로 상대를 감싸라'는 말도 잘못 이해하기 딱 알맞다.

운우지락을 나누면서 채음보양, 채양보음을 함께하여 서로의 정기를 주고받으라는 말과 무엇이 다른가. 합궁하여 음양을 서로 교환하면서 진기를 양성하는 채화대법(採花大法)을 두루뭉술한 말로 표현한 것에 지나지 않는다.

교주도 그렇고, 화녀도 그렇고, 정랑들도 그렇다.

그들은 무림을 안다. 무림에 흘러다니는 무공도 어느 정도는 안다. 어느 문파에 어떤 무공이 있는지는 귀동냥할 필요도 없다. 아무나 병장기를 소지한 사람을 붙들고 한두 시진만 이야기를 들으면 상당히 많은 무공에 대해 들을 수 있다.

중원에 산재한 정사마(正邪魔)의 무공들…….

그들은 그런 무공들에 대해 들었다. 그래서 환희교의 교리를 듣는 순간, 채화대법을 떠올릴 수밖에 없었다. 꼭 채화대법이 아니라도 비슷한 무공을 생각했을 게 틀림없다.

무인은 모든 게 무공으로 통한다.

여기에 큰 잘못이 있다.

화룡은 무공이 아니다. 마음이다. 평온한 마음, 사랑하는 마음…… 그래서 기쁘고 즐거워진다.

수문장은 음양의 조화가 깨진 사람을 바로 일으켜 세우는 임무를 맡는다. 정사를 나눌 수도 있고, 합궁없이 이체관통으로 치료할 수도 있다.

그런 임무를 맡기 위해서는 모든 사람을 포용할 수 있는 대성인(大聖人)이 되어야 한다.

대성인…….

부처와 같은 대성인…….

대성인이 나타나기를 언제까지 기다릴 수는 없고, 환희교도를 조정해 줄 존재는 필요하고, 그래서 인위적으로 대성인과 비슷한 존재를 만들어낸 것이 환희밀공을 통한 수문장이다.

살신성인(殺身成仁)을 요구하는 것은 아니다. 타인을 위해 자신을 희생한다면 의미가 없다. 작게는 환희교도들, 크게는 세상 사람들을 기쁘게 하면서 자신도 기쁘게 살아야 한다.

교주는 이러한 뜻을 알고 있었다. 수문장의 역할은 물론이고, 탄생 배경까지 알았다.

모든 것을 알면서 짐짓 모르는 척 창기처럼 살았다. 수문장을 탄생시켜야 한다는 일념 하나로 사신 것이다.

'좋은 곳으로…… 부디 좋은 곳으로…… 이승에 남긴 한(恨)은 훌훌 털어버리고 모두 좋은 곳으로…….'

회음혈에서 일어난 화룡이 전신을 휘돌았다.

상관세가 무인들의 생기…… 그들의 저주가 생명을 얻어 몸속을 휘젓는다.

좋지 않은 화룡이다.

결국은 끝없는 살심을 불러일으키고, 여자만 보면 겁탈하고 싶어서 미치게 만드는 독 중 독(毒中毒)이 되리라.

파아아아아……!

루검비는 화룡을 아낌없이 쏘아냈다.

껴안고 있는 사람은 없다. 정사를 나누고 있는 것도 아니다. 누가 있다면 오히려 이런 짓을 못한다. 아무도 없는 빈 허공이기에 불순한 기운을 쏟아낸다.

상상을 했다.

용검대 무인을 껴안을 때처럼, 악마를 껴안는다. 이체관통으로 화룡을 상대의 몸 안에 불어넣는다.

악마는 지고지순한 음기를 지니고 있다. 그래서 음기를 만난 화룡은 정신없이 빨려 나간다.

파아아아아……!

상상은 상상일 뿐이다. 생각이나 상상만으로는 아무 일도 일어나지 않는다. 상상이 힘을 얻으려면 머릿속의 그림이 실제로 일어난 것처럼 오감으로 느껴야 한다.

악마가 만져진다. 살결이 뱀처럼 미끄럽고 축축하다. 냄새도 난다. 오뉴월 뙤약볕에 썩어가는 생선 냄새다. 소리도 들린다. '크크크!' 하고 웃어댄다.

파아아아아……!

화룡이 거침없이 이체관통한다.

루검비는 자신의 몸 상태를 고려하지 않았다.

그나마 이곳 통천동까지 올 수 있었던 것은 무인들의 생기를 빼앗았기 때문이다. 불순한 화룡이라 할지라도 그것이 없었다면 한 발짝도 떼지 못했다.

화룡이 다 빠져나가면 어떻게 될까?

생기가 모두 소멸된다는 소리인데…… 그럼 죽을 수밖에 없지 않은가. 생기를 잃고도 살 수 있는 인간은 없으니까 말이다.

천에 하나, 만에 하나로 간신히 목숨을 부지한다 치자. 비루먹은 망아지 꼴이 될 게 뻔한데…… 그러면 상관세가 무인들에게 되잡히는 것은 물어보나마나고…….

이성적으로 이것저것 따지면 결코 행하지 못할 일이지만, 루검비는 화룡을 쏘아내는 데 아무 거리낌이 없었다. 솔직히 말하면 화룡이 빠져나간 후의 일은 생각나지도 않았다.

시원하다. 상쾌하다. 차디찬 냉수를 들이켰을 때처럼 뱃속이 뻥 뚫린다.

혈귀한테 고문을 받으면서 교리의 진의를 깨달았다.

방 안에서 환희밀공의 구결을 적어 주며 교리와 환희밀공과의 상관관계를 생각했다. 상관관계가 아니다. 환희밀공에 대한 모든 것을 되짚어봤다.

며칠밖에 되지 않지만 지난 십여 년 동안 환희밀공을 수련한답시고 호된 고통을 겪을 때보다 훨씬 값진 시간이었다. 지난 며칠간 얻은 것이 과거 십여 년의 성과보다 훨씬 컸다.

또 있다.

통천동에서 체험한 찰나의 각성(覺性)은 모든 것을 능가한다.

어떠한 깨달음도, 어떤 생각도, 어떤 수련도 지금의 각성을 따라잡지는 못한다.

'무림…… 무림은 내가 있을 곳이…… 아니다. 난 사람들 속에서…… 그들과 함께 웃고 떠들며…….'

화룡이 사라지자 갑자기 세상이 어두워졌다.

생기가 소멸되니 당연히 죽음이 찾아온다.

루검비는 옅은 미소를 지으며 고개를 푹 떨궜다.

2

"이놈, 죽었네?"

루검비의 맥을 살피던 구생이 어이없다는 듯 입을 쩍 벌렸다.

숨이 멎어버린 루검비를 보고 누가 방금 전까지 매섭게 검을 휘두른 사람으로 보겠는가.

"죽어요? 정말 죽은 게요?"

절죽원주도 놀란 표정으로 달려왔다.

그는 엉겁결에 맥을 짚었지만 곧 자신의 실책을 깨닫고 급히 손을 뗐다.

루검비의 사망을 선고한 사람은 다른 사람도 아닌 구생이다.

사람 목숨에 관한한 그의 말은 곧 법이다. 그의 말을 믿지 않는다는 건 그의 권위에 도전하는 것과 진배없다.

"뭐 이런 인간이 다 있어? 내 별별 급사 다 봤지만 이런 일은 처음이네. 사인이 뭐요?"

호리수 서유동도 놀란 빛을 감추지 않았다.

급사는 종종 볼 수 있다. 멀쩡하다가도 느닷없이 죽곤 한다. 하지만 루검비 같은 죽음은…… 이건 급사라기보다는 불심 깊은 고승의 입적(入寂)처럼 보인다. 다가올 죽음을 알고 아무런 두려움 없이 태연히 맞이했다.

"허! 이런 일이 있나. 어떻게 이런 일이……."

구생은 두 번, 세 번 반복해서 맥을 짚었다. 눈꺼풀을 뒤집어보기도 하고, 입을 벌려 혀의 상태도 살폈다.

"구생, 사인이 뭡니까?"

절죽원주가 답답함을 이기지 못하고 물었다.

"명이…… 명이 다했소이다."

구생이 떨떠름한 투로 말했다.

"명이 다하다니요?"

"자연사했다는 소리외다. 수명이 다했어요."

"허!"

삼 인은 한동안 말을 잇지 못했다.

루검비가 파란을 일으켰다. 조용하던 호수에 큼지막한 바위를 던져 넣었다. 그래서 이제 막 모든 사람의 이목이 집중되었는데, 정작 당사자는 감쪽같이 증발해 버렸다.

세 사람은 멀거니 꺼져 가는 불길만 쳐다봤다.

저벅! 저벅……!

차분한 발자국 소리가 통천동을 울렸다.

세 사람은 동굴 밖으로 나왔다. 상관세가 무인들이 들어올 때까지 기다릴 심산이었다. 하지만 들어올 기미는 없었다. 불길이 완전히 꺼질 때까지 기다렸지만 아무도 들어오지 않았다.

결국 서유동이 루검비를 둘러업고 걸어나왔다.

"이놈, 죽었습죠."

서유동은 홍의를 입은 무인들을 보자 업고 있던 루검비를 짐짝 내려놓 듯 던져 버렸다.

무인 한 명이 재빨리 달려와 루검비의 상태를 살폈다. 그리고 상관파를 향해 맞다는 뜻으로 고개를 끄덕였다.

"사인이 뭐냐?"

무인은 대답하지 못했다. 그가 서유동을 보자 서유동은 시큰둥한 표정으로 말했다.

"급사입죠. 느닷없이 뒈지는데…… 자세한 건 구생 어르신께서 말해주실 겁니다요."

"구생 어르신? 허! 정말 쥐약 먹을 인간이네. 늙은이가 어쩌고저쩌고 할 때는 언제고 이제는 어르신이야? 쯧! 그건 그렇고…… 이놈 말이 맞네. 급사를 했는데, 사인이 따로 없어. 심장마비도 아니고 뭣도 아니네. 자연사야. 의심스러우면 살펴봐. 저기 많이 있잖아."

그가 백초원 의원들을 가리켰다.

상관파는 피식 웃었다.

금방 탄로날 일을 가지고 거짓말을 할 정도로 미련한 사람들은 아니다. 구생이 급사를 했다고 말했으니 믿어야 한다. 그역시 루검비의 느닷없는 죽음이 의아스럽기는 하지만 마음 한편으로는 무거운 짐을 내려놓은 듯 홀가분하기도 하다.

홍의랑주가 입을 열었다.

"루검비, 급사다. 가주님께 보고드려라."

용검대주 상관외는 통천동 근처에도 가지 않았다. 그렇다고 가산에서 눈길을 떼지도 않았다.

용검대주 상관외의 주위에는 네 명의 교두가 자리하고 있었다.

풍위를 비롯하여 정옥성, 사동승, 후광운이다.

용검대에는 십교두가 있지만 이들 사교두를 제외한 다른 육교두는 좀처럼 그의 곁에 다가오지 못했다. '상관(上官)'이라는 성(性)을 쓰는 친족들이기 때문이다.

친족이면 더 가까워야 하지 않을까?

그 말이 맞다. 아무래도 피는 물보다 진하다. 하지만 그 피가 정(情)을 담지 않고 감시의 눈초리를 번뜩인다면 이야기는 달라진다.

그들 육교두의 배후에는 숙부(叔父)가 있다.

그들이 보고 들은 것은 모두 숙부의 귀로 전해진다.

알면서도 어쩌지 못하는 세가(世家)의 한계랄까?

상관외는 그런 연유로 육교두를 멀리하고 자신이 직접 선발하고 수련시킨 사교두만 가까이했다.

당연하다.

육교두는 언제든지 사숙들에게 돌아갈 수 있다. 그렇기에 충성도도 약하다. 뱃속에 다른 생각이 들어 있지 말란 법이 없다. 하지만 사교두는 갈 곳이 없다. 자신만의 직속 수하인 셈이다.

그들 중 정옥성에게 통천동을 주시하는 임무를 맡겼다. 그리고 정옥성은 반나절 만에 깜짝 놀랄 만한 보고를 해왔다.

"급사? 놈이? 놈이 죽었다고?"

상관외의 눈길은 자연스럽게 서화를 향했다.

"급…… 사? 그럴 리 없어. 절대 죽을 놈이 아냐."

서화가 혼잣말로 중얼거렸지만 그녀의 말을 듣지 못하는 사람은 없었다.

"훗! 절대 죽지 않는다는 말은 어폐가 있지. 사람은 누구나 죽게 되어 있는 것 아닌가. 내가 궁금한 건 멀쩡하던 인간이 갑자기 급사를 할 수 있느냐는 거야."

"오늘은 하루 종일 놀라운 일투성이군요."

풍위까지 혀를 차며 말했다.

놈이 상관세가의 내부 경계를 담당하는 수경원(守警院) 무인을 죽이고 가산으로 도주했다는 말을 들은 게 반나절 전이다.

그때도 깜짝 놀랐다.

정혈이 쏙 빨려 살아 있는 목내이나 다름없던 위인이 하루 아침에 멀쩡해져서 도주했단다.

그럴 수 있다. 환희밀공이라면 얼마든지 불가능을 가능으로 바꿀 수 있다.

그를 주시하지 않을 수 없다.

한데 팔팔 뛰던 놈이 느닷없이 죽었단다. 공격한 사람도 없는데 저 혼자서 죽었단다.

"구생 갈굉촉이 말한 것이니 틀림없다고 봐도 되지 않을까요?"

정옥성이 말했다.

"구생이 그렇게 말했다면 그렇겠지. 후후! 지금 놈의 시신은 어디 있나? 아! 내가 맞춰볼까? 아버님이 가져갔을 거야. 지하 밀실로. 안 그래?"

"……."

정옥성은 대답하지 못했다.

상관세가에서 '지하 밀실'에 대해 말할 수 있는 사람은 몇 되지 않는다. 상관외처럼 가주의 눈 밖에 나도 목숨이 위태롭지 않은 사람이나 마음 놓고 말할 수 있다.

지하 밀실은 환희밀공과 연관이 있다. 그렇기에 밀실에 관한 말은 그 누구도 입 밖으로 꺼내서는 안 된다.

"환희밀공에 대한 건 모두 밀실에 쌓아두는군. 석벽에, 놈의 시신에…… 구생이나 절죽원주는? 그들도 끌려갔겠군."

상관외는 혼자 묻고 혼자 답했다.

"준비하라는 건?"

불쑥 사동승을 보며 말했다.

"거의 끝나갑니다. 큰 덩치를 갑자기 처분하는 일이라 조금 시간이 지체됩니다."

"시간은 얼마든지 지체되어도 좋아."

"제가 직접 추진하고 있으니 보안은 염려하지 않으셔도 됩니다."

상관외는 고개를 끄덕였다.

"후후! 삼대가 먹고살 만한 재산을 달라. 부가의 이놈…… 준다. 주긴 주는데 네놈도 걸맞은 걸 내놔야 할 거야. 후후!"

상관외도 환희밀공을 놓을 생각이 없었다. 기적처럼 소생하는 루검비를 보자 더욱더 욕심이 났다. 다만 다른 곳에서 길을 찾을 뿐이다. 루검비가 아니라 부가의에게서.

그가 말했다.

"오는 보름까지 마무리 짓도록 해. 좀이 쑤셔서 오래 기다릴 수 없어. 서화, 넌 지금 이 순간부터 내 곁에 붙어 있어. 항상. 잠도 내 곁에서 자고 배변도 내 앞에서 처리해. 왠지 아나? 후후! 아버님이 후회하고 있기 때문이지. 널 내게 준 걸. 아버님은 말이야, 환희밀공에 대한 것이라면 종잇조각 하나까지도 모두 끌어모을 거야. 하물며 환희밀공을 곁에서 지켜본 너는……"

그의 눈은 뜨거운 불길을 담은 채 서화의 몸을 훑었다. 이 순간, 그가 보고 있는 여인은 서화가 아니라 교주였다. 서화는 사라지고 교주가 다소곳이 앉아서 그의 말을 듣고 있었다.

특이한 구조다.

천장에는 주먹만 한 야광주(夜光珠)가 수십 개나 박혀 있다. 벽에는 횃불이 밝혀져 있고, 불빛이 야광주에 반사되어 사방이 꽉 막힌 밀실을 대낮처럼 밝혀준다.

"돈깨나 들였군."

호리수가 빈정거렸다. 하지만 그의 눈매는 빈정거림을 넘어서 굶주린 늑대처럼 표독하게 빛났다. 큰숨 한 번 몰아쉴 동안에 번뜩였다가 사라져 버린 눈빛이지만.

"방은 육정법(六正法)을 따랐고, 빛은 주천(珠天)에서 끌어왔군. 상관세가에 대목장(大木匠)이 있다는 소리는 듣지 못했는데, 어디서 초빙해 왔을 리도 없고."

절죽원주가 희망의 고리를 끊었다.

말은 하지 않았지만 육정법과 주천법 다음에는 오방살법(五方殺法)이 있다. 허락을 받지 않고 문밖으로 나가면 비명을 지를 틈도 없이 죽는다.

육각의 방에 문이 여섯 개 있는 육정법은 쉽다. 치밀한 계산만 하면 누구라도 만들 수 있다. 주천법은 어렵다. 횃불의 위치와 야광주의 위치, 빛의 반사 각도를 한 치의 오차도 없이 배치해야 한다.

오방살법은 실전되었다.

육정법의 어느 문으로 나가더라도 빠져나갈 수 없는 살법이 전개되어야 하는데, 그러기가 쉽지 않다. 웬만한 암기나 기관 정도로는 상승고수를 잡아놓지 못한다.

평범한 자들을 잡아놓자고 많은 돈을 들인 것이 아니지 않은가. 누구도 침입하고 없고, 누구도 빠져나갈 수 없는 곳을 만들고자 천금을 들인 것이 아니겠는가.

"우라질. 세상에서 가장 견고한 뇌옥(牢獄)에 갇힌 것 같군."

구생 갈굉촉이 툴툴 웃었다.

상관가주는 자신의 손으로 직접 루검비를 살폈다. 머리끝부터 발끝까지 세밀하게 뒤졌다.

암수(暗手)는 발견되지 않는다.

고문의 흔적은 뚜렷하지만 죽음에 이르게 할 정도는 아니다.

"너는 참 골치 아픈 애로구나."

상관가주가 고개를 절레절레 흔들었다.

자연사가 되었든 무엇이 되었든 루검비는 급사했다.

이것이 중요하다. 급사…… 왜?

혹여 환희밀공에 알지 못할 치명적인 허점이 있는 것은 아닐까? 느닷없이 진기가 뒤엉켜 주화입마(走火入魔)를 당하는 것은 아닌지. 심장마비도 전조가 있는데, 설마 아무런 징후가 없었으려고.

상관가주는 루검비의 시신을 없앨 수 없었다.

하나씩 한다.

우선 환희밀공을 알아야 한다. 환희밀공이 그림의 떡인데 주화입마부터 생각하면 어쩌란 말인가.

그동안 루검비의 시신은 차디찬 지하 한천수(寒泉水)에 담가둔다. 하면 세월이 얼마가 지나든 썩지는 않을 게다.

환희밀공을 수련해 내고, 타인의 진기를 마음껏 흡취할 수 있을 때, 놈의 시신을 살핀다.

지금 보이지 않는 것도 그때가 되면 보이리라.

이유없는 죽음은 없다. 반드시 원인이 있어서 죽었다. 그 원인이 환희밀공을 아는 자의 눈에는 보이리라.

"푹 쉬고 있거라."

상관 가주는 루검비의 시신을 한천수에 담갔다.

그르르릉……!

우렁찬 굉음을 흘리며 벽이 돌아갔다.

육정법으로 만들어놓은 벽면 여섯 개가 완전히 한 바퀴 원을 그리며 돌았다.

"헛! 허허! 허!"

구생 갈굉촉조차 농을 건네지 못하고 헛바람만 불어냈다.

벽은 빙글 돌아 반대쪽을 드러냈다. 그리고 그곳에 정인군자라면 차마 눈뜨고 보기 어려운 요상한 그림들이 그려져 있었다. 여섯 면 중 사 면에 남녀가 마구 뒤엉켜 나뒹구는 엉큼한 그림들이 빼곡이 들어찼다.

묘사는 놀랍도록 세밀하다. 남녀의 성행위가 노골적으로 드러나 있으며, 한 번만 봐도 따라 할 수 있도록 손, 발, 몸의 위치를 정확히 잡아냈다.

"우리…… 한동안 빠져나갈 수 없을 것 같지 않아?"

구생이 중얼거렸다.

"이게 지법의 그 그림이라면…… 어쩌면 이곳이 우리 무덤이 될 것 같소이다."

절죽원주도 중얼거리듯 말했다.

그들은 절망을 말했지만 절망스럽게 보이지 않았다. 아니, 오히려 호기심이 동한 듯 두 눈에 광채까지 어렸다.

호리수는 한술 더 떴다. 그는 벌써 석벽 앞으로 달려가 그림 하나하나를 꼼꼼히 살펴보는 중이었다.

구생과 절죽원주는 호리수를 핀잔하지 않았다. 그럴 틈이 없었다. 그들의 눈길도 어느새 그림에 머물렀고, 그림이 뜻하는 바를 파악하기에 여념없었다.

그러던 어느 한순간,

"읍!"

호리수가 느닷없이 신음을 토해내며 뒤로 물러섰다.

그의 얼굴은 새빨갛게 달아올랐고, 눈동자는 붉게 충혈되어 있었다. 뒤로 물러선 후에도 그는 거칠어진 숨을 고르느라 진땀을 흘렸다.

"후읍! 후읍! 후읍!"

연신 크게 숨을 들이마시며 숨을 골랐지만 좀처럼 격동을 참을 수 없는지 이맛살을 잔뜩 찌푸렸다.

"으음! 이것참, 요물일세."

구생도 석벽에서 눈을 돌렸다.

절죽원주도 마찬가지다. 멀찍이 떨어져서 그림을 쳐다본 것뿐인데 음약(淫藥)을 복용한 것처럼 하물이 우뚝 섰다.

색욕(色慾)! 그렇다. 뜻밖에도 그림을 보고 색욕을 느꼈다.

"이걸 어린 꼬마 놈이 보고 따라 했단 말인데…… 도대체 어떤 인간이 이따위 그림을 그려놓은 거야? 어린놈에게 가르칠 생각은 어찌한 게고. 아무리 세상이 말세라지만."

"꼭 그렇게만 말할 건 아니죠. 이건 그냥 그림일 뿐입니다. 보아하니 여기서 색욕을 느낀 게 나만은 아닌 듯싶어서 하는 소리오만…… 색이란 마음에서 일어나는 것이니 그림 탓이 아니라 내 인격 탓을 해야겠지요."

절죽원주가 눈을 잠시 감았다 떴다.

그의 표정은 편안해져 있었다. 눈빛도 고요했다. 하나 출렁이는 호기심만은 여전히 숨기지 않았다. 그때,

짝! 짝! 짝!

어둠 속에서 박수 소리가 들리더니 눈빛이 날카로운 초로의 무인이 모습을 드러냈다.

상관세가를 이끄는 가주, 상관기다.

그들은 지하 밀실에 가둬놓은 장본인이기도 하다.

"가주, 가주께서는 세상의 이목도 두렵지 않은가 봅니다."

절죽원주가 뼈있는 말을 했다.

"절죽원주, 입 다물지."

상관가주의 어투가 상당히 거칠었다.

중원 대석학에 대한 예의 같은 것은 눈을 씻고 찾아봐도 없었다. 하기는 그럴 요량이었으면 통천동이나 지하 밀실에 가둬놓지도 않았으리라.

"상관가주, 하늘은……."

"입 다물라니까. 귀 먹었나?"

"허어!"

"목숨 하나로 끝날 것, 괜히 수십 개로 늘이지 말란 소리야. 세상에는 영문도 모르고 죽는 사람이 어디 한둘이어야 말이지."

"협…… 박이오?"

"협박인 것 같은가?"

"……."

절죽원주는 입을 다물었다.

절죽원주만큼 세상을 오래 산 사람치고 혈혈단신인 사람은 거의 없다. 혈육이 되었든, 제자가 되었든, 벗이 되었든 반드시라고 해도 좋을 만큼 곁에 사람이 있다.

절죽원주에게는 부인이 있다. 자식들이 있고, 제자가 있다. 그들 모두가 열 손가락처럼 깨물면 아프다.

대충 어림잡아도 백여 명은 훌쩍 넘어서는 사람들.

상관가주는 그들을 죽이겠다고 협박한다. 감쪽같이, 사고가 난 것처럼 위장하여 죽이겠단다.

충분히 그러고도 남을 위인이다. 그리고 그럴 만한 힘도 있다. 당장 홍의랑만 해도 몇 사람쯤 세상에서 지워 버리는 것은 일도 아니다.

이 순간, 상관가주는 사람이기를 포기한 게다.

"역시 절죽원주군. 말귀를 빨리 알아들으니. 구생은 어떤가?"

구생은 고개를 돌려 버렸다.

상관가주의 눈길이 호리수를 쫓았다.

"말씀만 하시지요. 미비한 힘이나마 힘껏 보태겠습니다."

호리수는 포권지례(抱拳之禮)까지 취하며 공손히 답했다.

"후후! 후후후! 하하하! 좋아. 이제 뭔가 그림이 되는 것 같군."

상관가주는 호탕하게 웃으며 그림이 그려져 있지 않은 빈 석벽 앞으로 걸어갔다.

"여기 여든일곱 자가 적혀 있어. 환희밀공의 구결이지."

아무것도 없는 벽면…… 그곳에 글이 음각되어 있다. 음화(淫畵)에 눈이 팔려 글이 적혀 있는 줄도 몰랐다니. 보통 음화였다면 그 정도로 정신이 팔리지는 않았으리라. 환희밀공 지법 석화라는 것을 짐작했기에 온 정신이 쏙 빠졌던 것이다.

"환희밀공…… 구결이라고 하셨습니까?"

호리수가 떨리는 음성으로 물었다.

"불행히도 미완성이야. 완성시킬 수 있을까? 있을 거야. 인간의 신체를 구생처럼 잘 아는 사람도 없고, 절죽원주의 학문에 호리수 자네의 잡학이라면…… 되겠지?"

"최대한, 아니, 꼭 해내겠습니다."

호리수는 수하라도 된 듯 공손히 대답했다.

3

덥다…… 알몸으로 눈밭을 뒹굴었으면…… 춥다…… 장작이라도 활활 태웠으면…… 배고프다…… 뱀이라도 잡아서 껍질을 쭉 벗긴 다음에 오도오독 씹어 먹었으면…….

온갖 갈망이 전신을 휘젓는다.

"하아!"

깊은 숨을 토해냈다.

흐릿한 의식 속에 온갖 망상이 떠오른다.

죽음 직전에 이른 서화가 깔깔 웃는다. 나신(裸身)의 교주가 비 맞은 참새처럼 품속에 안겨 오돌오돌 떤다. 잔화는 한쪽 팔을 붙들고 생기 좀 나눠 달라며 떼를 쓴다.

"하아!"

또 한 번 깊은숨을 토해냈다.

망상이 사라지며 칠흑같은 어둠이 밀려온다.

'지옥?'

얼핏 든 생각이다.

생기를 모두 토해낸 것까지는 기억난다. 뜨거운 불길을 쳐다보며 마지막 숨을 몰아쉬었던 것도 생각난다.

죽음은 정말 싱겁다.

알고 보면 아무것도 아닌데 숨 한 번 떨어지는 과정을 정말 무서워한다.

죽은 사람들은 모두 같은 생각을 할 게다.

죽음을 담담히 맞겠다고 부처님께 기원하고, 깊은 산에서 도를 닦은 사람들이 불쌍하게 여겨질 것이다.

그럴 필요 없는데. 아주 잠깐 만에 끝나는데.

루검비는 눈이 어둠에 익을 때까지 기다렸다.

똑! 똑! 똑……!

천장에서 물방울이 떨어진다. 물방울 떨어지는 소리가 천둥처럼 크게 들린다.

환청이 아니다. 생시와 똑같다.

다른 느낌도 전해진다.

너무 춥다. 온몸이 얼음 속에 틀어박혀 있는 것 같다.

팔한지옥(八寒地獄) 중에 알찰타지옥(頞晰陀地獄)이 있다. 추위가 너무 심해서 말을 하지 못하고 혀끝만 움직일 수 있다고 한다. 오죽하면 말도 못하고 '아타타' 라는 소리만 질러대서 아타타지옥(阿吒吒地獄)이라고까지 불릴까.

그곳에 온 건가? 알찰타지옥에? 그래서 이렇게 추운 건가?

추위를 참고 잠시 더 있었다.

사실은 무엇을 할지 알지 못했다. 머릿속이 텅 비어 아무 생각이 나지 않았다.

감각이 살아나기 시작했다.

느낌은 손끝에서부터 왔다.

축축한 액체가 만져진다. 손을 움직이자 부드러운 느낌이 계속 따라붙는다.

그것이 물이라는 것을 알게 되기까지는 시간이 조금 더 필요했다.

'물속? 내가…… 흠!'

어찌 된 영문인지 죽지 않았다.

생기를 한 점 남김없이 모두 뽑아버렸는데, 질기디질긴 게 목숨인가? 아직껏 숨이 붙어 있다.

주위를 두리번거리며 둘러볼 여유도 생겼다.

도무지 알지 못할 일투성이다.

동굴에서 시신을 태우다가 죽었는데, 왜 이런 곳에 와 있을까? 자신이 두 발로 걸어오지 않았으니 누가 데려다 놓았을 텐데, 누가 그랬으며 이곳은 어디인가?

생각은 차차 해도 늦지 않다.

당장 시급히 해야 할 일은 물속에서 벗어나는 거다. 한기가 뼛속까지 치밀어 이가 딱딱 부딪친다.

옷을 벗어 물기를 쫙 짜낸 후, 아무 데나 넓게 펼쳐 놓았다.

젖은 옷을 입고 있는 것보다 발가벗고 있는 것이 훨씬 낫다. 몸을 싹싹 비벼 물기를 말린 후에 팔다리를 오므리고 앉아 있으면 조금이나마 괜찮아진다.

불을 피웠으면 좋겠는데 불을 지필 도구가 전혀 없다.

아쉽지만 체온만으로 버텨야 한다.

"으득! 으드득! 으…… 굉장히 추운데…… 여기가…… 으드 드…… 대체 어디지?"

음성이 쩌렁쩌렁 울리는 것으로 보면 동굴인 것 같다.

통천동의 또 다른 곳인가? 하기는 통천동은 상관세가 무인 들의 폐관수련장이라고 하니 상식으로 이해되지 않는 곳도 있 을 것이다. 특이한 무공을 수련하려면 그에 맞는 환경이 필요 할 테니까.

여기는 음한지기(陰寒之氣) 같은 음공(陰功)을 수련하기에 딱 알맞은 곳이다.

"후읍!"

루검비는 무의식중에 큰숨을 들이켰다. 사실 숨을 들이킨 것은 큰 문제가 되지 않는다. 숨을 들이킴과 동시에 회음혈을 활짝 열어 화룡을 일으켰다는 게 중요하다.

십여 년간 오직 환희밀공만 머릿속에 담으며 살아왔다.

환희밀공이 생각했던 무공이 아니라서 조심스럽게 수련해 야 한다지만 본능적으로 이끌어지는 것을 어쩌랴.

쏴아아아아!

모두 쏟아져 나가 존재조차 찾지 못할 줄 알았던 화룡이 불 끈 일어섰다.

'이, 이건!'

루검비는 깜짝 놀라고 말았다.

화룡은 존재했다. 화룡이라는 말보다는 실뱀이라는 말이 더 어울릴 정도지만 분명히 되살아났다. 그뿐만이 아니다. 화룡은 자신의 존재를 드러냄과 동시에 양물마저 불끈 곤두세웠다.

예전과 다르지 않다. 조금도 변하지 않았다. 크기는 다를지언정 성질은 똑같다.

"분명히 모두 쏟아냈는데!"

죽음을 각오하고 깨끗한 백지를 선택했다. 아무것도 없는 상태에서 새롭게 시작해야 돌아가신 교주가 웃을 것 같았다. 자신이 죽을 것을 알면서, 자칫하면 루검비 또한 잘못될 것을 짐작하면서 한줄기 생명줄만 남기고 화룡을 모두 뽑아냈다.

교주의 뜻 따위는 개의치 않는다.

교주에게는 기필코 수문장을 만들고 말겠다는 의지가 있었다. 환희밀공을 완성시키겠다는 신념이 가득했다.

그런 건 생각나지도 않는다.

루검비가 활활 타오르는 교주의 시신을 보면서 느낀 것은 단 한 번뿐이었던 정사가 너무도 깨끗하고 아름다웠다는 것이다.

첫 경험이라서 그런 것은 아니다. 실제로 정사를 벌인 적은 없지만 늘 여자 생각으로 하루를 시작하고 마무리했으니 수십 명을 안아본 것이나 다름없다.

여자라면 이가 갈린다.

멀리서 걸어가는 모습조차 보고 싶지 않다.

첫 경험조차 없는 사내가 이런 말을 하면 우스울까?

그랬던 그에게 첫 경험은 큰 감흥을 주지 못했다. 더군다나 정신적인 교감도 없이 춘약에 중독된 사람처럼 육체적인 이끌림만 좇았을 뿐이니 느낌이란 게 별로 크지 않다.

솔직히 교주가 불에 활활 타는 모습을 보기 전까지는 교주에게 어떤 감정을 가지고 있는지 알지 못했다.

그녀는 세속의 육신을 벗고 환희극락으로 갔다.

성스러움에 가득 차서, 날개옷을 입고 훨훨 날아갔다.

미친놈 소리를 들어도 좋으나, 새까맣게 타들어가는 모습을 보면서 진정한 자유를 보았다. 혼탁했던 세상사를 홀홀 떨쳐버리고 오직 기쁨과 환희만 있는 곳으로 가는 것 같았다.

죽음이 힘들어 보이지 않았다. 이런 죽음이라면 괜찮지 않을까 싶었다.

그러자 교주와 나눴던 정사가 떠올랐다.

비몽사몽간에 나눈 정사여서 뭘 어떻게 했는지 기억이 가물거리던 것이 생생하게 되살아났다.

교주님의 나신은 너무 아름답다. 깨끗하다.

순백의 영혼이 깃들어 있기에 세상이 만들어낸 오물로는 그녀를 더럽히지 못한다.

교주님은 마지막 순간에 차기 교주를 찾아 환희교를 일으키라고 하셨다.

차기 교주…….

교주를 고르는 기준조차 모른다. 어떤 여인에게 환희교를 맡긴단 말인가. 아무 여인이나 붙잡고 이것이 교리이니 달달 외우라고 강요할 수는 없지 않은가.

하지만 어떤 여인을 골라야 하는지 한눈에 보인다.

아름다워야 한다. 첫눈처럼 깨끗한 영혼을 간직하고 있어야 한다. 세상의 이치를 한눈에 꿰뚫어 보면서 만인을 사랑으로 감싸 안는 성녀여야 한다.

예전 같으면 세상에 그런 여인이 어디 있냐고 웃었을 게다.

있다. 교주가 산 증거다.

너무 아름다운 여인과 영원히 잊지 못할 황홀한 만남을 가졌다.

교주는 용기도 주었다.

화룡을 모두 쏟아내고 깨끗한 그릇에서 새로 시작하라는 마음을 주셨다. 혹여 잘못되어 죽는다 해도 죽음 자체가 어렵지 않으니 담담히 부딪치라고 말씀하신다.

기꺼이 그리했다.

마음 가득히 평화와 사랑을 생각하며 지난 죄를 속죄했다. 용서하라, 용서하라 말하며 그들에게서 받은 것을 아낌없이 쏟아냈다.

당연히 죽었어야 한다.

용케 살아났어도 화룡은 사라졌어야 한다.

루검비는 무릎 사이에 얼굴을 묻고 깊은 생각에 침잠했다.

풀이나 나무, 새나 나비, 개미, 거미…… 인간.

살아 있는 모든 생물에게는 이 세상 무엇과도 바꿀 수 없는 강력한 무기를 가지고 있다.

생존 본능이다.

살고자 하는 본능은 생물이 가진 본능이나 이론 중 최상위에 존재한다.

자신은 죽음까지도 염두에 두고 화룡을 쏟아냈다.

그것은 맞다. 자신의 생각대로 화룡은 모두 빠져나갔다.

교주가 마지막 생명줄이라며 남겨놓았던 화룡과 통천동에 오기 위해 죽여야만 했던 무인 두 명의 화룡까지 모두 쏟아냈다. 그리고 염려했던 대로 생기가 모두 빠져나가자 죽음이 찾아왔다.

루검비 자신이 자신을 느낄 수 없는 완전한 무아(無我)의 상태였다.

그때, 누군가가 자신을 만졌다.

대충 짐작이 간다. 그 자리에는 시신 태우는 연기가 자욱하게 번져도 동굴을 빠져나가지 않은 세 사람이 있었다.

그들 중 한 명이, 혹은 그 이상이 자신을 만졌다.

그들의 손이 육신을 만지는 순간, 생존 본능이 발동했다. 타인의 기운을 빼앗아 목숨을 부지시켰다.

이체관통같이 강력한 흡정공을 통한 것이 아니라 살갗에서 빨아들인 것이기 때문에 미미하기 이를 데 없지만 간신히 한 목숨 부지하기에는 충분했다.

타인에게서 빨아들인 생기.

그토록 버리려고 애를 썼건만 더러움에 물든 화룡이 다시 쌓였다.

루검비는 안다. 지금 주위에는 아무도 없다. 전처럼 다시 화룡을 방출하면 빈 그릇이 깨끗이 비워진다. 그리고 이번에는 생존 본능조차 할 것이 없다.

루검비는 화룡을 방출하지 않았다.

깨끗함이 지고무쌍한 목표나 그로 인해 목숨을 잃어서는 안 된다. 오판은 한 번이면 족하다. 충동심에서 행했든 냉철한 계산하에 시험을 한 것이든 결과를 알았으니 다시 반복할 필요는 없다.

깨끗함을 채우면서 더러움을 버려야 한다.

수문장으로서 화녀와 정랑을 도와주다 보면 어쩔 수 없이 그들의 더러움을 받아들여야 한다. 자신이 쌓은 깨끗함을 건네주고 그들의 더러움을 끌어와야 한다.

연후, 자신은 또 깨끗함을 쌓으며 더러움을 버린다.

환희교의 수문장으로 산다는 것은 끝없이 버리고 버리는 구도자의 삶을 의미한다.

루검비는 일어났다.

음한지기가 가득한 동굴이니 시험해 볼 것이 있다.

꾸우…… 꾸우……!

화룡이 비명을 질렀다.

'잘못되었다!'

느낌은 시작하자마자 단번에 왔다.

얼음처럼 차갑던 물에 들어가 환각을 불러일으켰다.

악마를 상상하며 화룡을 쏘아냈던 것처럼 여인을 그리며 음기를 빨아들였다.

자연의 음기는 깨끗함의 정수(精髓)다.

음기를 키우려면 음기가 가득한 곳으로 가고, 양기를 키우려면 뜨거운 화염을 찾는다.

기본 중에 기본이 아닌가.

사람에게서 받아들인 음기와 양기가 더러움에 물든 것이라면 자연에서 받아들이면 되지 않는가.

다행히 흡정 요령은 안다.

상상으로 사람을 그리되, 실제로 체험하는 것처럼 강한 상태까지 이끌어야 한다.

인위적인 환각 상태다.

그 정도의 상상이 아니라면 생각은 생각으로 그칠 뿐이다.

화룡을 쏘아낼 수 있으니 수룡도 끌어들일 수 있으리라.

화룡을 키울 수 없으니 수룡이라도 받아들여서 활력을 찾고자 함이었다. 추위조차 견디지 못하는 비실거리는 몸으로 무엇을 할 수 있겠나. 뭐를 하든 몸부터 튼튼해야지.

생각대로 수룡은 들어왔다. 아니, 예상 밖으로 강렬하게 밀려왔다. 제방이 무너진 것처럼 이제 그만 됐다는 생각이 들어도 막을 수가 없었다.

거센 폭포수 아래에 서 있는 느낌이다. 쏟아지는 물줄기가 너무 거대해서 어떻게 받아들일지를 모르겠다. 분명한 것은 육신이 받아들이기에는 너무 크다는 것이다.

한데 정작 큰 문제는 그다음에 생겼다.

기(氣)가 맞지 않는다.

한천(寒泉)의 기운은 인간의 음기보다 훨씬 차갑고 딱딱하다.

처음에는 무지막지하게 많은 양이 쏟아져 들어오니 그래서 그런가 보다 했다. 한데 아니다. 성질이 전혀 달라서 섞이지 않는다.

나무가 쇳물을 빨아들이는 것과 같다.

물을 빨아들여야 하는데, 흡수가 되지 않는 쇳물을 빨아들인다.

나무가 녹여 먹을 수 있도록 쇠의 기운만 흡수했다면 좋은 영양이 되었을 게다. 하나 쇳물을 그대로 빨아들인다면 결국은 나무도 쇠도 아닌 것이 되고 만다.

인간도 마찬가지다.

자연의 기를 직접 흡취할 수 있다는 생각은 크게 잘못되었다.

맑은 공기를 들이마셔서 기운을 북돋고, 청량한 기운을 느끼며 마음의 평온을 찾는다고 해서 자연의 기운이 고스란히 전해져 온 건 아니다.

인체는 본인도 알지 못하는 활동을 한다.

외기(外氣)를 코나 피부로 받아들이는 것까지는 의지로 할 수 있지만 그다음에 일어나는 일은 알지 못한다.

몸은 안으로 들어온 외기를 자신의 생기로 만든 거름망에 일차 걸러낸다. 연후, 탁기(濁氣)는 버리고 순기(順氣)만 흡수한다. 흡수된 순기는 생기와 어울려 몸속을 휘돈다.

뇌가 강화된 생기의 영향을 받아 상쾌함을 느끼는 것은 이런 일련의 과정이 끝난 후다.

루검비는 거름망을 만들 여가도 없이 직접 한기를 받아들였다.

정상적인 흡정 과정을 통하지 않고, 상상이라는 인위적인 과정을 통했기 때문에 벌어진 사단이다.

"우욱!"

그는 급히 상상 속의 여인을 밀쳐 내고 한천에서 기어나왔다.

몸이 쑤신다. 아프지 않은 곳이 없다.

수십 자루의 단검이 몸 안에 틀어박혀 있는 것 같다. 고개를 돌리고, 어깨를 움츠리는 작은 동작에도 '악!' 소리가 날 정도로 고통이 치민다.

힘들더라도 환희밀공을 한 번 더 일으켜야 한다.

시간을 지체해서도 안 된다. 지금 바로 몸 안에 틀어박힌 한천의 기운을 쏟아내야 한다. 그렇지 않으면 한천의 기운은 변변치 못한 화룡을 아예 박살 낼 것이고…… 죽음이다.

"으으으으윽!"

루검비가 뼈마디가 으스러지는 고통을 참으며 몸을 일으

컸다.

고통이 너무 심해서 상상이 일어나지 않는다. 직접 눈으로 본 것처럼 여인의 모습을 그려내야 하는데, 가장 아름다웠던 교주의 모습조차도 희미하다.

'교주님, 힘을…… 한 번만 더 힘을…….'

지금까지 살아오면서 자신에게 가장 큰 충격을 준 여인이라면 단연 교주다.

그녀와 나눈 정사를 어찌 잊는단 말인가.

교주의 얼굴을, 나신을, 그때 그 광경을 떠올렸다.

천법을 만든 유희성은 재미있는 말을 남겼다.

정상적인 사람은 눈으로 사물을 본다. 하면 장님은 사물을 보지 못하는 것일까? 장님이 보는 세상은 어떤 것일까? 같은 걸 봤을 때 장님과 정상인이 거의 비슷하게 설명하는 건 어찌 된 연유일까?

엄밀히 말하면 눈이 세상을 보는 게 아니다. 눈이라는 도구를 통해서 뇌가 사물을 보기 때문이다.

찻잔을 보고 찻잔의 모양을 뇌에 각인시킨 다음, 눈을 감는다. 그리고 머릿속으로 찻잔을 떠올린다.

찻잔을 보는 것일까, 보지 못하는 것일까?

장님도 세상을 본다.

손으로 만지고 피부로 느껴서 사물의 윤곽을 잡은 후, 머릿속으로 그린다.

뇌가 사물을 본다.

여인의 모습도 눈이 보는 게 아니라 뇌가 본다. 반대로 말하면, 눈으로 보지 못해도 뇌가 봤다고 명령을 내리면 눈으로 본 것과 진배없는 광경이 펼쳐진다는 것이다.

세상은 이를 두고 환각이라고 한다.

그렇다. 환각도 엄연히 사람이 보는 광경 중에 하나다. 전혀 쓸모없는 게 아니라 때때로 아주 유용하게 쓰이기도 한다. 루검비처럼 버리는 것을 업(業)으로 삼은 사람에게는 꼭 필요한 도구이기도 하다.

교주와 정사를 나눈다.

교주가 활짝 웃는다. 그녀의 손길이 몸 곳곳을 누빈다. 가슴도 만지고, 엉덩이도 만진다.

"교주님! 교주님!"

루검비는 정신없이 매달렸다.

악마를 떠올렸을 때와는 전혀 다른 느낌이다. 그때는 쓰레기를 버린다는 느낌이 강했는데, 지금은 상상이지만 교주의 정기를 받아들인다는 느낌이 강하다.

정상적인 정사, 음기를 받아들이고 양기가 교류한다.

"교주님!"

파파파파팟!

이체관통이 이루어졌다.

한천의 기운은 교주의 수룡을 발견하자 득달같이 달려들어 물어뜯는다.

양기는 양기를 배척한다. 음기는 음기를 멀리한다. 같은 기운끼리는 강력한 반발력으로 밀어내고, 성질이 다른 기운에는 아교처럼 달라붙는다.

퍼억! 퍽퍽퍽……!

한천의 기운이 무척 나약해 보이는 수룡을 몰아쳤다.

반공(胖功)이다.

원래 반공은 사내에게 사용하는 것으로, 승장혈과 수분혈 사이에 가상의 양기를 심어놓고 빠져나온다. 하면 상대의 진기는 불순물을 제거하기 위해 허상인 줄도 모르고 끝없이 돌격하다가 기력이 쇠잔해 죽는다.

혈맥이 터지고, 신경이 끊어지고, 장기가 손상된다.

지금은 조금 다르게 운용했다.

교주와 계속 정사를 벌인다. 놓고 빠져나오는 것이 아니라 끊임없이 보여준다. 한천의 기운은 이체관통을 한 몸인 줄 알고 돌격을 거듭한다.

"하악!"

루검비는 거친 숨을 토해내며 사지를 부르르 떨었다.

정사가 끝났다.

실제로 루정(漏精)까지 했다.

한천의 기운은 모두 빠져나갔고, 이리 채이고 저리 채이던 화룡은 겨우겨우 숨을 자리를 찾았다.

"하아아……!"

길게 길게 숨을 쉬었다.

어떻게 빈 그릇을 채운단 말인가.

스스로 성장하려면 몇십 년으로도 부족하다. 색욕에 물든 화룡이라면 당장에라고 만들 수 있지만, 원하는 바가 아니다. 타인에게서 흡취하는 것도 안 된다.

어쩌란 말인가!

第十八章
체위(體位)를 보는 눈

환희밀공

1

"단단히 각오해야 할 거요."

"괜찮아요. 그래도 저흰 살잖아요."

"후후! 아직 이해하지 못하는구려. 내 말은 죽는 게 오히려 편하다는 말이었는데."

"알아요. 아무 걱정 마시고 먼저 가 계세요."

그들은 담담하게 이별을 나눴다.

떠나는 사람도 남는 사람도 현실을 담담하게 받아들였다.

"그럼."

"어서 가세요. 아버님이 기다려요."

사내가 나갔다.

여인은 멍하니 멀어져 가는 사내를 쳐다봤다. 그러다가 화들짝 놀라 부지런히 움직이기 시작했다.

미리 싸놓은 봇짐을 등에 졌다.

모두 다 버리고 간다. 간단한 패물과 옷가지 몇 개만 챙겼다.

그녀는 아이들의 손을 잡고 어둠 속으로 스며들었다.

긴 시간을 물만 마시며 버텼다.

워낙 추운 곳이라 흔하디흔한 벌레 한 마리 눈에 띄지 않는다. 쥐나 뱀, 박쥐 같은 것이라도 있으면 허기를 면할 텐데, 살아 움직이는 것은 고사하고 풀 한 뿌리 구경할 수 없다.

누군가 오지 않을까 하는 기대도 했다.

사람은 오지 않는다.

그동안 몇 번을 잤는지 모른다. 환희밀공과 환희교의 교리에 대해서 깊이 생각하다가 수마(睡魔)가 밀려오면 잠을 청했다. 배고파도 잠을 잤다.

혼자 산속에 떨궈져 있을 때도 먹는 걱정은 하지 않았는데, 이제는 굶어 죽는 걸 걱정해야 할 판이다.

오는 사람이 없으면 스스로 일어나 움직여야 한다. 한데 체력이 좀처럼 돌아오지 않는다.

원래 간신히 숨만 붙어 있을 정도였다.

서화가 그랬던 것처럼 일 장 거리를 기어가는 데 손발을 다 사용해도 족히 일다경은 걸릴 것이다.

그래서 어떻게든 화룡을 키우기 위해 한천에 들어갔던 것인데 차라리 들어가지 않느니만 못하게 되었다.

지금은 몸을 일으키는 것조차 힘들다.

환희밀공을 다시 일으킨다? 솔직히 엄두도 나지 않는다.

지법을 겪으며, 천법을 겪으며 인간이 느끼는 감정 중에 색욕이 가장 무섭다고 생각했다. 색욕만 조절할 수 있으면 여한이 없을 것 같았다.

지금은 달라졌다. 색욕쯤은 아무래도 상관없다. 여자만 보면 미치고 환장한다고 해도 기꺼이 환희밀공을 수련하리라. 정말 받아들이는 것이 색욕뿐이라면 당장에라도 시전한다.

한천의 한기(寒氣).

동굴 천연의 음기(陰氣).

어느 것 하나 두렵지 않은 것이 없다. 괜히 화룡을 일으켰다가 예상치 않은 사태가 벌어질까 봐 겁난다.

화룡도 일으키지 못하고, 먹을 것도 없고, 춥기는 얼어 죽을 지경이고…… 시간이 지날수록 몸은 약해져만 갔다.

'이러고 있으면 죽는다.'

루검비는 이를 악물고 몸을 일으켰다.

"후우! 후우! 후우!"

걷는 것 가지고 고민을 해본 적은 없다. 천법을 수련할 때는 하루에도 산을 몇 번씩 오르락내리락거렸다.

손바닥으로 한 뼘에서 두 뼘 정도 걷고는 거친 숨을 몰아쉰다. 큰숨을 네 번 내지 다섯 번 정도 몰아쉰 후에야 터질 것 같은 가슴을 진정시킬 수 있었다.

그러면 또 한 걸음 내딛는다.

갓 걸음마를 시작한 어린아이가 쪼르륵 달려갈 거리를 걷는데 거의 반나절은 소요한 것 같다.

'여기서 좀 쉬었다가……'

그는 이십여 보쯤 걸은 후, 석벽에 등을 기대고 섰다.

마음 같아서는 앉고 싶지만 전신에 힘이란 힘은 다 풀려서 앉으면 일어설 수 없을 것 같다.

길은 있는 곳일까?

느낌상 통천동은 아닌 것 같은데…… 사람이 데려왔으니 나가는 길이야 있겠지만 누가 지키고 있는 것은 아닌지. 철문 같은 것으로 막아놓지는 않았는지.

"후우! 후우! 후우……!"

그는 선 채로 거의 반 각 정도를 쉰 다음, 다시 발길을 떼었다.

그르르릉……!

우렁찬 굉음과 함께 천장이 무너질 듯 들썩거렸다.

지진이라도 난 걸까? 몸이 흔들리고 흙먼지가 우수수 떨어진다.

"음!"

루검비는 신음과 함께 걸음을 멈췄다.

갑자기 시야가 환해졌다. 밝은 빛이 쏟아져 들어와 눈을 뜰

수가 없었다.

손을 들어 눈을 가렸다.

잠시 아무것도 보이지 않았다. 그러다가 조금씩 밝음에 익숙해지자 낯선 사람들이 보였다.

"응? 죽지…… 않았네?"

루검비를 본 그들은 잠시 당혹한 듯했다.

"어지간히 명이 긴 놈이군. 아버님, 어쩔까요?"

"오히려 잘됐다. 죽었다기에 섭섭했는데…… 우선은 계획대로."

"네."

그들은 재빨리 다가왔다. 그리고 누군가가 루검비의 뒷머리를 세차게 가격했다.

픽!

"으음!"

루검비는 신음을 흘리며 몸을 뒤척였다.

뭐가 뭔지 모르겠는데…… 머리가 깨질 듯이 아프다.

두두두두……!

말발굽 소리도 들린다. 몸도 중심을 가누지 못할 정도로 마구 흔들린다.

"깨어났습니다."

사람 음성도 들려왔다.

"귀찮은 놈이군. 갈 길이 멀어."

"네."

루검비는 간단한 몇 마디만 주워들을 수 있었다.

퍽!

눈에서 불똥이 번쩍 튀었다.

촤아악!

얼음 송곳이 온몸을 찌른다.

루검비는 깜짝 놀라 몸을 부르르 떨었다.

누가 곤히 잠자는 사람을 깨운단 말인가, 그것도 무식하게 물을 끼얹어서.

루검비는 고개를 흔들며 정신을 수습했다.

흐릿하던 초점이 고정되고, 낯선 사람을 본 후에야 앞뒤 사정이 연결되었다. 그리고 자신이 처한 상황도 깨닫게 되었다.

누군가에게 납치되었고 알지 못할 곳으로 끌려왔다.

'누구……?'

난생처음 보는 사람이다.

예순 정도 된 초로의 노인인데, 이목구비가 상당히 단정해서 젊었을 적에는 여인깨나 울렸을 법하다.

한데 눈가에 살기가 번뜩인다.

살아오면서 사람을 만난 적이 거의 없다. 그러니 새삼 원한 같은 게 있을 리도 없다. 누구기에 철천지원수 대하듯 원한에 가득 차서 노려본단 말인가.

주위를 둘러보았다.

너른 강이 있다.

자신은 강변에 쓰러져 있고, 뒤에는 장한 두 명이 병장기를 뽑아 든 채 사위를 경계하고 있다.

"일어낫!"

루검비는 억센 힘에 이끌려 억지로 일으켜 앉혀졌다.

"루검비, 섬서성 육반산의 육반루가와는 어찌 되는 사이인가?"

노인이 물어왔다.

'육반루가……'

오랜만에 들어보는 명칭이다.

결코 잊어서는 안 될 말이나 까마득히 잊어버리고 살았던 말이기도 하다.

루검비는 대답하지 않았다.

아직 환희교가 무엇인지 모르겠다. 환희밀공에 대한 확신도 없다. 깨달은 것이 있고, 수련하고 싶은 것은 있지만 현재로서는 말할 게 없다.

사람들은 환희밀공을 흡정마공 정도로 치부해 버렸다. 실제로도 그렇다. 환희밀공은 오직 사람을 죽이는 도구로만 사용되었다. 정혈을 빨아먹는 빨판이었다.

환희교는 무엇인가? 창기들의 집단이다.

그 외에 또 무엇이 있나? 무엇을 내세울 수 있나?

자신이 그렇게 알고 있고, 세간 사람들이 그리 인식한다.

육반루가와 환희교를 연결 지을 수는 없다. 아직은 그만한 확신이 들지 않는다. 환희교가 정교(正敎)라는 자신이 없다. 환희밀공이야말로 사랑으로 이루어진 무공이라고 말하지 못하겠다.

'아직은…… 아직은…….'

"말하지 않아도 좋아. 아무래도 상관없으니까."

"……."

"알고는 있어야겠지. 난 자네가 죽인 백초원주 금령의 아비일세. 여기는 오라비들이고."

초로의 노인이 장한들을 소개했다.

"우리가 자네를 어찌했으면 좋겠나?"

금령의 아버지와 오라버니!

루검비는 깜짝 놀라 반듯이 앉았다. 순간,

"으음!"

그는 느닷없이 치민 극통에 자신도 모르게 신음을 토해냈다.

남들 같으면 척추가 펴지니 시원할 게다. 하나 그는 말로 표현하지 못할 통증을 느꼈다.

수십 자루의 칼날이 등을 쑤셔댄다.

'몸의 조화가…… 완전히 깨졌다.'

화룡은 언제 죽을지 모를 병자처럼 비실거리고, 수룡은 정체되어 응고되었다.

빨리 기혈을 풀지 않으면 영원히 폐인으로 살아야 하리라.

루검비는 몸 상태 같은 건 잊어버리고 초로의 노인을 향해 죄스러운 마음을 열었다.

"죄송합니다. 할 말이 없습니다. 진심으로 죄송합니다."

온 마음을 다해 말했다.

할 말이 없다. 더군다나 금령에 대한 것이라면 입이 열 개라도 말할 수가 없다.

"우린 자네를 빼냈어. 왜 그랬는지 아나? 령이를 죽인 자, 우리 손으로 처리해야 마땅한 것이지. 가주님은 뜻은 알지만, 우리에게도 도리가 있으니까."

"죄송합니다."

그녀를 죽일 마음은 눈곱만치도 없었다. 환희밀공이, 저주의 색욕이 그녀의 목숨을 앗았다.

"우리가 누군지 알면 조금은 덜 억울할 것 같아서 알려준 것뿐, 죄송 운운하는 소리는 듣고 싶지 않네. 자네가 그런 말을 하는 것도 가당치 않고."

초로의 노인은 얼음처럼 투명한 침을 꺼내 들었다.

살기가 진하다. 이들에게는 어떤 용서도 바랄 수 없다.

'이래서 마음이 풀리신다면……'

루검비는 담담히 상황을 받아들였다.

"령이가 흡정마공에 죽었다더군. 용검대 무인들도 흡정마공에 당했고. 자넨 다 죽었다가 되살아나기도 했다면서?"

노인은 조금도 망설이지 않고 빙침(氷針)을 푹 찔렀다.

아랫배, 단전(丹田)!

"끄으윽!"

비명을 토하지 않을 수 없었다.

아프다. 너무 아프다. 세상에는 왜 이다지도 아픈 것이 많단 말인가. 고함을 지르지 않으면 안 되는 아픔이 이토록 많으니 어찌 산단 말인가.

"비명을 지르다니, 자넨 너무 이기적이군. 다른 사람의 기운을 빨아먹는 기생충이 되려면 인성(人性) 정도는 버려야 하는 것 아닌가?"

노인의 말이 맞다.

루검비는 흘러나오는 신음을 억지로 되삼켰다.

"자네가 어떤 흡정마공을 쓰는지 알 도리가 없지. 상관가주조차 알아내지 못했다면 말 다한 것이고. 그렇다고 자넬 망가뜨릴 수 없는 건 아니지."

푹!

머리 위, 백회혈(百會穴)에 침이 꽂혔다.

'끄으으윽!'

이번 고통도 극심하다.

백회혈에는 침을 조심히 써야 하는데, 이들에게는 조심해야 할 이유가 없다. 침을 잘못 써서 병신이 되면 어떤가. 죽으면 어떤가. 아무 거리낌이 없다.

푸욱! 푹!

양쪽 손목, 양계혈(陽谿穴)!

파팟!

양쪽 발목, 해개혈(解谿穴)!

"쇄빙침(碎氷針)이라는 것이네. 침이 몸속에 들어가 주위에 있는 것을 모두 얼려 버리지. 일시적인 손상이 아니라 누구도 고치지 못할 영구 손상을 입을 걸세. 단전을 파괴하고, 백회혈을 막고, 손발의 신경을 다 끊어버리면 병신이 되지 않을 수 없지. 사람을 병신으로 만드는 아주 간단한 방법일세."

빙침은 멈추지 않았다.

파앗! 팟!

양쪽 가슴 흉향혈(胸鄕穴)에 극통이 치밀었다.

"팔과 가슴을 동시에 무력화시키는 방법으로는 여러 가지가 있겠지만 최상의 방법은 역시 근(筋)을 잘라 버리는 것이겠지. 꽤 아플 텐데 비명을 지르지 않는군. 인성을 상실한 기생충이라 이건가?"

금가(金家)는 살인을 하지 않는다.

의술(醫術)을 천술(天術)이라 여겨서 활인(活人)에 힘쓰는 가문이다.

무엇이 이들을 이토록 분노케 한 것인가.

팟! 푸욱!

무릎 안쪽 곡천혈(曲泉穴)도 끊겼다.

혼자 힘으로는 기어다니지도 못하는 식물인간이 된 것이다.

"끝까지 비명을 안 지르는군. 내 육십 평생을 살면서 처음본 독심(毒心)일세. 끝났다. 이제 그만들 가거라."

초로의 노인이 빙침을 거뒀다. 그러자 오라비라고 소개했던 두 사내가 재빨리 루검비를 안아 들고 배에 올라탔다.

"아버님!"

"저승에서 보자꾸나."

그들의 마지막 인사였다.

상관가주는, 아니, 상관세가는 금령의 죽음을 너무 쉽게 처리했다.

그들에게 금령은 부속가(附屬家)의 일개 여인에 지나지 않았던 것인가.

그렇게 생각할 수도 있다.

그녀는 빼어난 미모를 지녔다. 의술도 고절했다. 그녀 스스로 일가를 세울 조건이 된다. 그만한 조건을 갖췄기에 백초원주 자리를 기꺼이 내줬다.

그것 외에는 없다.

그녀에게는 가문이라고 할 것도 없다.

시골구석에서 약초나 뜯어 파는 촌 늙은이와 아비처럼 살다가 죽을 오라비가 둘 있을 뿐이다.

약초꾼이 있고, 하인도 몇 있지만 눈여겨볼 건 없다.

한마디로 시골 어디서나 볼 수 있는 작은 의원(醫院)에 불과했다.

하니 금령의 죽음을 마음대로 처리한다 한들 누가 뭐라 하겠는가.

하지만 금가(金家)의 입장은 달랐다.

상관세가에서 백초원주라는 자리를 주지 않았어도 금령은

스스로 일가를 세웠으리라. 그녀 스스로 상관세가 백초원주라는 명성만큼이나 당당한 명성을 얻었을 게다.

그녀가 상관세가를 도운 것이지, 상관세가로부터 받은 것은 없다.

주기만 했지 받지는 않았다고 확신한다.

왜? 모두가 그놈의 사랑 때문이다. 용검대주 상관외를 마음에 두지 않았다면 상관세가로 들어갈 이유가 없었다.

한낱 무가에 불과했던 상관세가를 만인을 긍휼히 여기는 명가(名家)로 탈바꿈시킨 게 모두 백초원 때문 아닌가. 백초원에서 그 많은 사람들을 치료해 주지 않았다면 지금처럼 상관세가를 보는 눈이 호의적이지는 않으리라.

그렇다면 상관세가도 그만한 대우를 해줘야 한다.

루검비를 사로잡았을 때, 제일 먼저 금가의 의사를 물었어야 한다.

용검대 무인들의 죽음도 있으니 루검비의 처리를 온전히 금가에 넘기기는 어렵다. 그러나 말 한마디라도, 금령을 왜 죽였냐고 묻기라도 해야 하지 않나.

상관세가는 금가를 버렸다.

금령이 죽는 순간, 금령은 물론이고 금가까지 내쳐졌다.

그들은 금령의 시신도 돌려주지 않았다. 억울하게 죽은 사람, 고이 묻어주지도 않고 통천동으로 데려가서 갈가리 찢었다.

그런 사실도 통분한 백초원 의원이 말해주지 않았다면 까마득히 몰랐을 게다.

이럴 수는 없다. 이건 사람의 도리가 아니다.

그렇다고 상관세가를 상대로 언성을 높일 수는 없었다. 아니, 그거야말로 상관세가에서 바라고 있을 게다. 그러잖아도 마음 한구석이 찜찜한데 싹 쓸어버릴 기회를 주는 것이니까.

금가는 참을 '인(忍)'만 되뇌며 기회를 노렸다.

원통하지만 상관세가 무인들을 상대로 직접 원한을 풀 방법은 없다. 그들은 너무 거대한 철벽이다. 의술밖에 모르는 금가 의원들이 무인들을 상대로 복수 운운하기는 참으로 고단하다.

금가에서 할 수 있는 최대의 복수는 우습기 이를 데 없지만 루검비의 시신을 빼내오는 것이다.

상관가주는 루검비를 이용하려고 한다.

그 일을 훼방 놓는다. 그리고 루검비의 시신을 자신들 손으로 분시(分屍)한다. 그럼으로써 금령의 원한도 풀고 상관세가에 대한 섭섭함도 해소한다.

금가는 그 일에 목숨을 걸었다.

그렇게라도 하지 않으면 원통해서 견딜 수 없었다. 그만큼 그들에게 금령은 보물이었다.

이제 금가와 상관세가는 적이 되었다.

적이라고 할 것까지도 없다. 일방적인 추살과 도주만 남았다.

상관세가는 금가의 배신보다 루검비라는 존재가 세상에 드러나기를 바라지 않기 때문에 지옥 끝까지라도 쫓아올 것이다.

이 싸움에서 살아남기를 바라지 않는다.

모두 죽으리라. 하지만 루검비만은…… 분시하여 짐승 먹이로 주었으면 쉽게 끝날 수 있었는데 놈이 살아 가지고…… 아니, 잘되었다. 놈의 존재를 세상에 알릴 수만 있다면…….

2

초로의 노인은 모닥불을 피웠다.

날씨는 구월 초가을의 쌀쌀함을 여실히 드러냈다. 더군다나 강가에서 맞이하는 새벽안개는 저절로 몸을 움츠러들게 만들었다.

저벅! 저벅!

어스름한 안개를 뚫고 묵직한 발자국 소리가 들렸다.

"정말 빠르군."

노인은 지나가는 말처럼 중얼거렸다.

"섭섭한 마음은 알지만…… 돌아올 수 없는 강을 건너셨습니다."

묵직한 음성이었다.

"사람을 귀히 쓸 줄 모르는 집안일세. 그리고도 옆에 사람이 붙어 있길 바라면 안 되지. 상관세가는…… 상관 사람들만 다 투기에도 좁아 보이지 않나? 후후후! 날이 좀 으스스하구먼. 이리 와서 불기나 쐬게."

사내는 거침없이 걸어와 불가에 앉았다.

홍의랑주 상관파다.

"자네가 와서 다행이네."

"그렇습니까?"

타닥! 타닥……!

바싹 마른 나무가 톡톡 튀는 소리를 내며 타들어갔다.

"어르신, 누가 도와줬습니까?"

"허허!"

"말씀하시기 곤란합니까?"

"허허허!"

"어르신도 그렇고 두 분도 그렇고…… 평생 의술만 배우신 분들이죠. 그런 분들이 삼엄한 경계를 뚫고 들어갔다는 게 믿어지지 않는군요. 그것도 중지 중 중지인 가주님의 밀실까지 말입니다."

"그래서 누가 도와줬다는 건가?"

"외(巍)가 아닌가 싶습니다만."

"허허허! 자네는 상관외를 그렇게 모르는가? 외가 어디 그럴 사람인가?"

"아녀자만은 살리고 싶군요."

"……"

노인은 어깨를 부르르 떨었다.

며느리 둘과 손자 손녀가 넷.

이들만은 건드리지 않았으면 싶었는데, 헛된 소망이었나

보다.

"잡았는가?"

"날이 밝기 전에."

"홍의랑이 움직이면 하늘도 두 쪽 낸다더니만, 정말 무섭군."

"무공도 모르는 아녀자들을 잡은 건 자랑거리가 아닙니다. 하나 흥정거리는 되는 것 같습니다."

"거부하네."

상관파는 두 번도 권유하지 않았다. 그럴 줄 알았다는 듯 고개를 주억거렸다.

"하나만 더 여쭙고 물러나겠습니다. 루검비를 어쩌실 생각입니까?"

"무뇌옥(無牢獄)은 알고 있겠지?"

상관파의 눈가에 광채가 번뜩였다.

"무천에 넘길 생각이시군요."

"상관세가도 무천이라면 눈치 좀 살펴야 하지 않겠나."

"시신은 아무 증거도 되지 않습니다."

상관파의 미간이 절로 찌푸려졌다.

시신을 넘기는 이유가 무엇인가? 시신만으로도 무엇을 증명할 수 있다는 건가? 말이 안 되는 것 같은데, 의가(醫家)인 금가에서 추진한 일이니 손 놓고 있기에는 찜찜하다.

노인은 의미 모를 웃음을 지어 보였다.

"아무 증거도 되지 않으니 놓아주게."

얻을 게 없다.

노인은 이미 상관세가에 마음의 문을 닫아걸었다.

상관파는 일어섰다.

"먼 길, 편안히 가십시오."

피워놓은 모닥불에서 푸른 연기가 뭉클 솟구쳤다.

"청무연(靑蕪煙)! 물러섯!"

상관파는 느긋하게 뒷짐을 지고 있다가 깜짝 놀라서 황급히
뒤로 물러섰다.

푸른 연기에 휩싸인 노인은 썩은 두부처럼 흐물흐물 무너져
내리고 있었다.

청무연은 닿기만 해도 살이 썩는 부시독(腐屍毒)의 일종이
다.

중요한 점은 청무연이 금가의 물건이 아니라 상관세가에서
비장하고 있던 비독(秘毒)이라는 것이다.

상관파가 청무연을 못 알아볼 리 없다. 위험성을 모를 리 없
다.

홍의랑주는 강변에서 일 리 정도 벗어난 후에야 걸음을 멈
췄다. 그리고 급히 풍향을 살폈다.

"서향(西向)."

천만다행으로 바람은 옆으로 흐른다.

그쪽에는 십여 가구 정도 모여 사는 작은 마을이 있는데, 청
무연의 횡액을 벗어나지 못할 것 같다.

평생 사람을 살려오던 노인이 죽음을 맞이하면서 여러 사람을 죽였다. 단지 추적자들의 발길을 잠시 지체시키기 위해서 평생 하지 않던 악행을 저지른 것이다.

상관세가에 등을 돌려도 단단히 돌렸다.

"가주님께 전서를 올려."

시신을 가지고 할 수 있는 일이 있을까?

자신은 알지 못한다. 짐작도 못하겠다. 하지만 가주님은 알 수 있을지 모른다. 가주님만 알고 있는 일이 있다면.

두 번째 명령도 떨어졌다.

"한 시진 안에 놈들을 잡는다. 가라."

노인은 강을 등지고 독을 펼쳤다. 누가 봐도 강을 건너지 못하게 하려는 배수진(背水陣)이다.

반대의 상황도 가정할 수 있다.

실제로는 강을 건너지 않았으면서 강을 건넌 척하는 거다.

노인은 추적을 모른다. 도피도 모른다. 평생 침만 놓고 뜸만 뜨며 살아왔다. 그런 노인이 하루아침에 홍의랑을 따돌릴 정도로 도피의 달인이 되었다.

불행하게도 홍의랑은 추적 경험이 풍부하다.

그들은 노인을 만나기 전, 십 리에 걸쳐서 주요 길목이란 길목에는 모두 눈[目]을 배치해 놓은 상태였다.

보고는 즉시 들어왔다.

"강을 건넜습니다."

"무천이냐?"

"확실히는 모르지만 장양(長養) 쪽으로 방향을 잡은 것으로 봐서 무천행도 고려해야 합니다."

"이동 수단은?"

"말입니다."

"강을 건너자마자 말로 바꿔 탔다?"

"그렇습니다."

"후후! 틀림없이 준마(駿馬)겠지?"

"말로 추격하기는 쉽지 않을 것 같습니다."

상관파는 잠시 망설였다.

루검비를 데려간 자들은 무공을 모른다. 자신이 나서지 않아도 길목을 지키는 자들로 충분히 잡을 수 있다. 전서 한 통만 띄우면 일 각 안에 잡아챈다.

문제는 그들을 보호하는 자가 있다는 거다.

그가 누군가?

누군지는 모르지만 상관가주에게 불평불만이 대단히 많은 자인 것만은 틀림없다.

그자가 나선다면 길목을 지키는 무인들로는 어림없다. 개죽음을 당할 뿐만 아니라 종적을 잡아챘다는 사실까지 노출된다. 하면 다른 도피 수단을 택할 것이 자명하다.

어찌할까?

"놈들을 무양(武揚)으로 몰아. 빠른 배를 준비해라. 무양(武揚)으로 간다."

관도(官道)에 홍의를 입은 무인들이 모습을 드러냈다. 그들은 노골적으로 상관세가의 이름을 거들먹거리며 오고가는 길손들을 검문, 검색했다.

"어쩌지?"

"샛길로 빠지자."

두 사람은 선택의 여지가 없었다. 빠른 말을 믿고 질주해 볼까 하는 생각이 없지 않았지만 틀림없이 되잡힐 것이라는 불길한 예감을 떨칠 수 없었다.

"이리 가면 장양인데……."

"일이 이리된 것…… 행로를 바꿔야지. 장양으로 가서 배를 타고 무양으로 가자."

"괜찮을까요?"

"시간이 관건이라고 했어. 오늘 안에 빠져나가지 못하면……."

"가봅시다."

두 사람은 옆길로 말을 몰았다.

"무천으로 가시는 겁니까?"

무양에는 무천 분타가 있다.

"알 것 없다."

돌아오는 대답은 쌀쌀맞았다.

"힘들 겁니다."

"뭐?"

"늦은 것 같습니다."

"뭐라는 소리야?"

"무천으로 가실 수 없다는 말입니다."

루검비는 개미 기어가는 소리로 중얼거렸다. 기력이 탈진하여 큰 소리를 낼 수 없었다. 그나마 귀에 들릴 수 있도록 말한 게 그가 낼 수 있는 최대한의 음성이었다.

"말을 멈추십시오. 악의는 없습니다."

"수작 부리지 마."

"금령 소저께 지은 죄, 죽어서도 갚지 못한다는 것 알고 있습니다."

"입 다물어!"

살기가 짙게 깔린 음성과 둔탁한 통증이 동시에 덮쳤다.

퍼억!

"쯧! 이토록 쉽게 유인책(誘因策)에 말려들다니. 정신이 있는 게야, 없는 게야!"

쇳소리처럼 카랑카랑한 음성이 귓전을 두들겼다.

루검비는 눈을 감은 채 말을 들었다. 눈을 뜨고 싶어도 뜰 기력이 없었다. 사지가 무력하고 머리는 두 쪽이 나는 것처럼 아파왔으며, 코에서는 비린내가 풍겼다.

"죄송합니다."

"말했잖은가! 무조건 뚫고 나가라고!"

"홍의랑 무인들이 지키고 있어서……."

"창으로 한 겹 헝겊을 뚫지 못한단 말인가! 준마까지 내주었는데, 그 이유를 정녕 모르는가!"

"이제 어떻게 해야 할지……."

"한 명이 죽어줘야겠네."

"그럼 됩니까?"

"누가 죽겠나?"

"제가……."

"제가 죽겠습니다."

두 사내가 동시에 나섰다.

"쯧! 우애(友愛)가 밥 먹여준다면 좋으련만. 자네, 자네가 죽게. 자네는 다음에 죽고."

그가 죽을 사람을 골라냈다.

"형님!"

"나중에 봄세. 내 먼저 가서 기다릴 테니 천천히 와. 꼭 이놈을 무천에 넘겨줘야 하네."

루검비는 대화 내용으로 사태를 짐작했다.

형이 남는다. 동생이 자신을 데리고 무양으로 간다.

또 한 사람, 두 사람을 조종하는 듯한 또 한 사람은 누구인가?

"여기 청무연이네. 홍의랑 무인이라 해도 능히 백 명 정도는 죽일 수 있어. 하니 조심해서 사용하게."

"네."

"부시독이니 흔적은 남지 않을 게야."

"이자들은 누굽니까?"

"재수없는 놈이지. 잘못된 날, 잘못된 장소에 있었으니 생벼락을 맞는 게지."

루검비는 궁금증을 참지 못하고 눈을 떴다.

말 두 필이 보인다. 그리고 말 위에 장한 두 명이 죽은 듯이 축 늘어져 있다.

어떻게 돌아가는 상황인지 대충 짐작된다.

형이 말을 타고 홍의랑 무인들을 유인하면, 동생이 자신을 데리고 빠져나간다는 계획이다.

형은 죽는다. 홍의랑 무인들이 가까이 오면 청무연인가 뭔가를 터뜨려 자진한다. 청무연은 부시독이니 세 사람은 빠른 속도로 썩어들어 갈 게다.

용모는 파악할 수 없고 죽은 사람만 발견하게 되는 것이다.

낯선 사내와 두 형제는 등 뒤에 있어서 볼 수 없었다.

그들이 말을 주고받았다.

"자네는 지금 즉시 이놈을 데리고 배를 타게. 어선이니 어부로 위장해야 돼. 오늘 하루 동안 강에서 고기를 잡고, 날이 어두워지면 강가에 배를 대고 숨게. 불을 피워서는 안 돼. 집에 들어간 것처럼 감쪽같이 사라져야 돼."

"무슨 말씀인지 알겠습니다."

"내일도 같은 일을 반복해. 탈출은 모레 늦은 아침. 그때쯤 홍의랑이 물러설 게야. 주의를 끌지 않도록 각별히 조심하게."

낯선 사내는 홍의랑에 대해서 잘 아는 듯 세심하게 행동 요령을 말해주었다.

두두두두……!

언덕 위에서 말발굽 소리가 요란하게 들렸다.

"휴우!"

동생은 큰 한숨을 토해냈다.

어제만 해도 좋은 낯으로 대화를 나누던 사람들인데, 이제는 쫓고 쫓기는 입장이 되었다.

야속하다. 이럴 수는 없다.

동생은 눈물을 뚝뚝 흘리며 어망을 펼쳤다.

"무천의 힘이 어느 정도입니까?"

루검비가 물었다.

그는 무림을 잘 몰랐다. 솔직히 이번 일이 있기 전에는 상관세가라는 가문이 있는지조차 몰랐다.

무천은 많이 들었다.

서화와 잠시 세상을 돌아다니며 물정을 배울 때, 귀가 따갑도록 들은 소리가 무천이다.

현 무림을 지배하는 최고 기관.

무천의 말은 곧 법이다.

어떠한 문파도, 어떤 사람도 무천의 말을 거부하지 못한다.

그들의 권력은 절대무쌍해서 구파일방(九派一幇)의 장문인도 구금할 수 있다.

무천은 문도를 양성하지 않는다. 각 문파에서 절대기재를 선출하여 임무를 맡길 뿐이다. 그래서 문파라는 명칭을 사용하지 않고 기관이라는 말을 쓴다.

더 깊은 것은 알지 못한다. 알려고도 하지 않았다. 당시, 그에게는 환희밀공의 완성이 무엇보다도 중요했다.

"무천이 현 무림을 지배한다고……."

단순한 생각이지만…… 무천과 상관세가는 같은 정도 문파다. 같은 길을 걷는 문파끼리는 '우호적인 관계'라는 것이 있고, 잘못된 일도 어느 정도까지는 눈감아준다.

흡정마공을 연구했다는 정도로 상관세가가 무천의 견제를 받을까?

루검비가 묻고 싶은 것은 그것이었다. 이들이 괜히 헛죽음을 하는 것 같아서 지켜보기 힘들었다. 빠져나가려는 게 아니라 금령에 대한 죄책감에서 정확한 일처리를 원했다.

하나 그는 뒷말을 잇지 못했다.

퍼억!

동생이 들고 있던 노로 머리를 후려쳤다.

하늘에 별이 총총하다. 서늘한 바람은 수면을 후려친 후, 휘파람을 불며 사라진다.

끼익! 끼이익!

노 젓는 소리가 조용하게 울려 퍼졌다.

"후욱!"

루검비는 가슴을 억누르고 있던 탁기를 쏟아내며 눈을 떴다.

그동안 한 가지 배운 것이 있다. 금가 사람들과는 말이 되지 않는다. 일이 잘되고, 잘못되고를 떠나서 그들에게 자신은 죽일 놈에 지나지 않는다.

인기척이 나자 동생이 힐끔 쳐다봤다.

"……."

두 사람을 말을 나누지 않았다.

둘 모두 대화가 필요없다는 걸 너무도 잘 안다. 한 사람은 그를 무천에 데려가면 되고, 또 한 사람은 끌려가면 된다. 데려가는 일에 조금이라도 귀찮게 하거나 방해가 된다면 기절이 있을 뿐이다.

'늦은 아침에 움직이라고 했는데……'

홍의랑을 잘 아는 사람이 비책을 말해주었으면 따라야 한다.

그가 보기에도 금가 사람들은 어수룩했다.

의술 하나는 뛰어나다. 비수로 근맥을 잘라내는 솜씨는 감탄이 절로 나올 만큼 절묘했다. 소름이 쪽쪽 끼치도록 아픔을 주었고, 다시 재기할 수 없도록 확실히 잘라냈다.

그 외에는 모든 게 어눌하다.

이들은 알까? 자신이 빠져나가려고 마음만 먹으면 얼마든지 빠져나갈 수 있었다는 사실을? 지금은 근맥이 잘리기 전까지만 해도 마음만 먹으면 순식간에 생기를 빼앗을 수 있었다.

이들이 금령의 친부, 친형제임을 밝히지 않았다면 얌전히 근맥이 잘리는 일은 없었을 게다.

이들은 자신만큼이나 무림을 모른다.

상관세가 사람으로 살았으면서 홍의랑의 무력이 어느 정도인지 짐작조차 못한다.

노로 얻어맞고 기절했는데…… 얼마나 지났을까?

아무리 길게 기절했다고 해도 이틀 동안 누워 있었다는 건 말이 안 되고…… 길어야 하루다. 그렇다면 낯선 사내가 말해준 것보다 훨씬 빨리 움직이고 있다는 결론이 된다.

'기껏 참아야 이틀인데, 무엇이 급하다고……'

루검비는 눈을 감아버렸다.

3

퍼엉! 퍼엉!

노랗고 붉은 폭죽이 일시에 솟았다.

어둠이 순식간에 씻겨 나갔다. 사방은 대낮처럼 환해졌고, 강심(江心)에서 외롭게 노를 젓고 있는 사내의 모습이 선명하게 드러났다.

쒜엑! 쒜에엑!

날카로운 파공음이 바람을 갈랐다.

퍽! 퍼퍼퍽!

사내는 비명을 내지를 틈도 없이 고슴도치가 되었다.

붉은 핏물이 주르륵 흘러내려 뱃전을 물들였다.

"끄으윽…… 끄윽……!"

그는 루검비를 쳐다보며 뭔가를 말하려 했다.

'끝났어.'

구할 수 있는 목숨이 아니다. 송판을 꿰뚫 듯 앞뒤 좌우에서 틀어박힌 화살 때문에 쓰러지지도 못할 것 같은데 어찌 살리랴.

루검비는 그에게서 시선을 거뒀다.

금령에 대한 죄책감은 이로써 씻는다.

금가 사람들이 할 만큼 하게 해줬다. 손과 발의 근맥도 잘렸다. 백회혈에 틀어박힌 침은 어지럼증을 일으킨다. 빈혈에 걸린 사람처럼 세상이 빙빙 도는 통에 가만히 누워 있어도 괴롭다.

그는 지금이야말로 자신이 행동해야 할 때임을 깨달았다.

홍의랑의 손아귀에 걸려들면 다시 또 상관세가로 끌려갈 것이고, 원하지 않는 상황과 부닥칠 게다.

일단은 홍의랑의 추격에서 벗어나야 한다.

그는 엉금엉금 기어 사내가 붙잡고 있던 노를 끌어안았다.

누구든 그저 마음만 먹으면 할 수 있는 일이건만 그에게는 달리는 말에 올라타는 것만큼이나 어려웠다.

팔은 어깨부터 쓰지 못한다. 손목을 꺾는 것도 못한다. 다리는 없다고 생각해야 한다.

이마와 배만을 이용해서 기었다.

척! 처억! 척! 처억······!

멀리서 일던 물결 소리가 점점 가까워졌다.

보나마나 홍의랑 무인들이 다가오는 소리리라.

루검비는 망설임없이 몸을 좌우로 흔들었다.

출렁! 출렁!

배가 서서히 요동쳤다. 좌우로 흔들거리다가 종래는 심하게 뒤뚱거렸다.

루검비는 기회를 놓치지 않고 한쪽으로 기울어질 때 데구루루 몸을 굴렸다.

첨벙!

육신이 물에 잠기는 소리는 노 젓는 소리만큼이나 컸다.

"시신이 없습니다."

"찾아라."

"이틀을 뒤졌지만 없습니다."

"찾아."

"넷!"

수하가 급히 물러갔다.

시신을 찾지 못한다는 것쯤은 상관파도 안다.

방금 물에 빠진 사람도 물속으로 잠기면 쉽게 찾지 못한다. 십 중 삼사 정도는 바로 찾고, 다시 삼사 정도는 십 리나 이십 리 정도 떠내려간 다음에야 찾는다. 그리고 나머지 삼사 정도는 영원히 찾지 못한다.

하물며 야밤에 빠진 시신을 찾기란 불가능에 가깝다.

그래도 그는 쉽게 물러나지 않았다.

괜히 기분이 나쁘다. 아무래도 무엇인가가 발목을 붙잡는다.

미신이라고 해도 좋고 기분 탓이라고 해도 좋지만 그는 자신의 직관을 믿었다. 어떠한 논리나 추론이나 증거보다도 온몸으로 젖어드는 느낌을 중요시했다.

이번에도 마찬가지다. 이성적으로는 그만 물러나도 된다고 생각되는데, 느낌은 께름칙하다.

'찾지 못할 거야.'

루검비는 풀밭에 누워 푸른 하늘만 쳐다봤다. 그밖에 그가 할 일은 없었다.

허리부터 발아래는 물속에 잠겨 있다. 오른손도 물속에 있고, 왼손만 풀밭에 걸쳐져 있다.

몸을 뒤집고 싶어도 뒤집을 수 없다.

등을 비비적거리며 나아가 보려고도 해봤지만 꼼짝도 하지 않는다.

자칫 잘못 움직여서 머리와 다리의 방향이라도 달라지면 물속에 얼굴이 잠길 것 같아서 함부로 움직이지도 못하겠다.

"후후! 후후……!"

가느다란 웃음이 새어 나왔다.

역시 병신이 되는 것만은 막았어야 했나. 근맥에 빙침을 박도록 내버려 두다니. 멍청해도 이토록 멍청할 수가 있나.

동정심, 일시적으로 일어난 충동, 감성, 죄의식…….

그때는 정말로 노인의 한을 달랠 수 있다면 온몸이라도 주고 싶었는데, 어째서 그런 감정이 들었던 거지? 방심이었나?

어쨌든 그가 짊어질 현실은 너무 무거웠다.

해가 지고 어둠이 찾아왔다.

초가을의 밤은 춥다.

술잔을 기울이기에는 딱 좋은 날씨겠지만 하루 종일 강에 몸을 담그고 있는 루검비에게는 그야말로 북극에 있는 기분이다.

딱딱! 딱딱딱!

무슨 소리가 나서 귀를 기울였다.

루검비는 이내 피식 웃었다. 너무 추워서 자신도 모르게 이를 부딪치고 있었다.

몸이 그렇다면 물속에 잠긴 두 발은 이미 동상에 걸린 게 아닐까? 그렇다면 두 발을 잘라내야 하는데…… 그러고도 환희교를 재건할 수 있을까?

이 세상을 더 살아가야 할지, 여한이 있는지 없는지, 숨은 어떻게 쉬어야 하는지…… 가장 근본적인 것부터 모르겠다.

그럼에도 오직 하나, 청음산(淸陰山) 쌍괴목(雙槐木)에 가야 한다는 생각만은 간절하다.

교주님은 그곳에 교리가 있다고 했다.

화녀나 정랑들이 알고 있는 교리가 아니라 진정한 환희교의 교리일 것이다.

그것만은 보고 싶다.

환희밀공과 연관이 있든 없든 상관없다. 도대체 진정한 환희교의 교리가 무엇인지 알고 싶다.

지금 당장 간절한 소망은 그것뿐이다.

어둠이 지나고 날이 밝았다.

햇살이 뜨겁다. 오뉴월의 태양만 뜨거운 게 아니다. 초가을의 부드러운 햇살도 간밤에 얼었던 몸을 단숨에 녹일 만큼 따사롭다.

시간이 무심히 흘러간다.

개미가 기어올랐다. 지렁이도 기어간다. 축축한 실 같은 것이 꾸물거리며 얼굴을 가로지르고, 지네처럼 다리가 여러 개인 곤충도 입 주변에서 어슬렁거린다.

아무도 오지 않는다면 이렇게 죽는다.

그렇다. 죽음이 발 앞에 있다. 한 발만 더 내딛으면 영원히 돌아올 수 없는 저승으로 간다.

이판사판이라는 말을 아는가?

'이렇게 된 것……'

루검비는 환희밀공의 구결 삼백육십오 자를 처음부터 끝까지 읊조렸다.

무공 구결로 알고 외웠으나 대단한 경전일 뿐, 무공이 아니다. 아니다. 무공이다. 검식에 맞출 수도 있고, 도법에 맞출 수도 있다. 권각이나 창술에 맞춰도 된다.

코에 걸면 코걸이, 귀에 걸면 귀고리인 만능 심법이다.

지법에서 익힌 자세도 떠올렸다.

색욕만 일으키는 모습이라고 해도 그와는 떼려야 뗄 수 없는 자세들이다. 그가 영원히 부둥켜안고 가야 할 모습들이다. 하나하나 익숙할 대로 익숙해져서 자연스럽게 흘러나와야 한다.

어쨌던 지법은 환희밀공의 한 부분이다.

천법도 떠올렸다.

유희성이 남긴 경전 백 권을 처음부터 끝까지 외웠다. 석관 안에서 행했던 운공도 되새겼다.

많은 시간이 필요했지만, 현재 남는 게 시간이다.

모든 걸 끝내자 어느새 날이 져 사위가 어둑해지고 있었다. 하루를 온전히 보낼 수 있는 방법을 찾아낸 것이다.

루검비는 거기서 그치지 않았다.

사지를 움직일 수 없는 몸이 무엇을 할까 싶다.

이게 모두의 생각이다. 일반 사람들의 생각이다.

루검비는 석관에서처럼 환희밀공을 일으켰다.

화룡이 일어나려고 꾸물거린다. 알몸의 교주는 그의 팔을 베고 누웠다. 아! 그녀의 수룡이 화룡의 냄새를 맡았는지 혀를 날름거리며 달려든다.

루검비는 환상 속에 빠져들었지만 한편으로는 냉정한 시선으로 자신이 변해가는 모습을 지켜봤다.

수룡은 강의 수기(水氣)다.

이는 한천의 수기처럼 날카로운 칼날이 되어 전신을 난자할 게다.

지금은 그것도 좋다. 아무것도 먹지 않고, 움직이지 않고 이 대로 있다가는 꼼짝없이 죽는다. 무엇이 되었든 강한 충격이 필요하다. 정신뿐만이 아니라 육체적으로도 깜짝 놀랄 일을 만들어야 한다.

루검비는 알면서도 환희밀공을 일으켜 수룡을 받아들였다.

이체관통!

수룡과 만난 화룡은 기사회생(起死回生)한 것처럼 요란하게 꾸물거렸다. 자신의 기력을 생각하지 않고 허겁지겁 수룡을 쫓아 전신을 휘돈다.

"으윽! 으으윽!"

루검비는 몸을 뒤틀었다.

몸에 맞지 않는 기운이 온몸을 휘젓고 다니는 것도 힘들지 만 화기(火氣)가 양물에 집중되어 온갖 음란한 환상을 일으키 는 게 더욱 견디기 힘들었다.

여자와 정사를 나눈다.

지법에 그려진 백팔십 개의 자세가 모두 동원된다.

여자는 생각이 없다. 뇌가 없다. 시키면 시키는 대로 움직이 는 인형(人形)이다.

루검비는 이런 상상의 끝을 안다.

참을 수 없는 고통이 찾아올 것이다. 전신이 쪼개져 나가는 것 같고 뼈란 뼈는 모두 흩어져 제멋대로 날뛸 것이다. 신경도 갈라진다. 머리끝부터 발끝까지 안 아픈 곳이 없다.

화룡의 성질을 건드리기만 하고 제대로 풀어주지 않은 대가다.

고통이 극심한 데는 여자와 정사를 나눠서는 안 된다는 마음도 큰 몫을 했다. 그 당시 나이 때는 정사 장면을 상상하는 것만으로도 큰 죄를 짓는 기분이었다.

그때나 지금이나 나이는 별반 차이가 없지만, 육체가 변했다. 당시는 동정이었고, 지금은 정사를 나눈 경험이 있다. 정사라는 게 무조건 죄가 되는 게 아니라 아름답고 큰 즐거움이 될 수 있다는 것을 알았다.

루검비는 조금도 죄스럽게 생각하지 않고 교주와 나눴던 정사를 떠올렸다.

이십 년이나 연상인 교주.

도저히 범접할 수 없었던 여인.

그녀는 이제 영원한 연인이 되어 그의 품속에 누웠다. 그때, 파앗!

참고 참았던 욕정이 폭발했다. 양물에 집중되었던 화기가 화산처럼 뿜어져 나갔다.

몽정인가?

아주 잠깐이지만 그런 생각이 들었다. 그러나!

"악! 끄으으윽!"

루검비의 몸이 벼락을 맞은 것처럼 펄쩍 들썩였다.

몸이 흠씬 두들겨 맞은 것처럼 쑤신다.

해가 중천에 걸렸으니 거의 반나절 정도 혼절한 것 같다.

"후후! 요즘은 툭하면 기절이군."

움직이지 않던 시체가 말을 해서인지 이마에 앉아 있던 개구리가 깜짝 놀라 뛰어올랐다.

"두 번 다시 하고 싶지 않은 운공이었어."

루검비는 싱겁게 말하며 팔을 들어 올렸다.

머리가 지끈거린다.

어찌 된 게 요즘은 두통이 한시도 떠나지 않는다. 두통뿐인가. 고문을 당하지 않으면 제 스스로 고통 속에 빠져 허우적거리니 무슨 놈의 팔자가 이런가.

"후후!"

루검비는 손가락으로 관자놀이를 지그시 눌러 두통을 가라앉혔다.

그때다! 그는 눈을 번쩍 떴다. 그리고 눈동자를 옆으로 굴려 관자놀이에 닿아 있는 손가락을 쳐다봤다.

손이 움직인다.

"이, 이게!"

금가의 노인은 영구적인 손상을 입을 거라며 쇄빙침을 꽂았다.

그 말은 거짓이 아니다. 쇄빙침은 몸 안으로 들어오는 순간 얼음 녹 듯 녹아버렸다. 차디찬 얼음물이 되어 주위에 있는 신경과 살점을 모두 얼려 버렸다.

칼로 도려내고 아픔을 느끼지 못하는, 말 그대로 영구적인 손상을 입었다.

한데 다시 움직인다. 고통도 없고, 불편함도 없다. 힘이 조금 없다는 느낌은 들지만 꼼짝도 못할 때에 비하면 아쉬운 소리를 할 형편이 아니다.

'조화(調和)······ 마음의 조화······.'

세상에서 가장 귀중한 진리를 체득하는 순간이다.

환희밀공은 마음을 중시한다. 마음으로 떠올리는 것만으로는 아무 가치가 없다. 현실로 일궈내야 한다.

그는 사지를 움직일 수 없는 불구자였다. 하나 환희밀공을 떠올리는 순간만큼은 예전의 정상적인 몸이라고 생각했다. 불편한 몸은 전혀 생각하지 않았다.

몸은 불구자였으나 마음은 정상을 원했다. 원한 것뿐만이 아니다. 믿었다. 확고하게 믿었다. 그리고 한발 더 나아가 믿는다는 마음까지도 버렸다. 몸이 정상인데 믿고 자시고 할 것이 무엇인가.

그러자 환희밀공이 응답했다.

그를 정상적인 몸으로 만들어주었다.

새삼스러운 것도, 기적도 아니다. 세상 이치가 그렇다.

땅에 떨어진 씨앗은 적절한 온도와 수분만 있으면 발화한다. 꽃이 되기도 하고, 나무가 되기도 하며, 곡식이 되기도 한다.

우리가 할 수 있는 것은 물을 주고 햇볕을 적절히 쬐어주는 것뿐이다. 씨앗이 어떻게 해서 발화하여 나무가 되는지는 신의 영역이니 관심을 가질 필요가 없다.

바로 화룡이 하는 일이다.

마음이 하는 일이다.

내 마음이 나를 이끌어간다. 마음을 일으키는 것은 나이니, 내가 나를 이끈다.

내 몸은 내가 생각한 대로 된다.

'환희밀공!'

루검비는 환희밀공의 실체를 똑똑히 봤다.

환희밀공의 위대함을 직접 체험했다.

화룡도 내가 일으키는 것이고, 수룡도 내가 일으킨다. 죽이고자 하면 죽이고, 살리고자 하면 살린다.

아쉬운 면도 있다.

세상 사람들에게 설명하지 못한다는 거다.

그가 농부에게 할 수 있는 말은 씨앗을 심고 잘 가꾸기만 하면 곡식이 자란다는 거다.

아주 당연한 말이다.

농부도 이견을 달지 않고 순순히 받아들인다.

정말 그럴까?

아니다. 씨앗과 곡식의 문제를 넘어서 마음의 문제로 들어서면 사람들은 해설을 요구한다.

땅속에서 씨앗이 어떻게 변하는데요? 발화요? 그건 어떻게 되는 건데요? 어떤 이유에서 뭘 먹고 자라죠?

하나부터 끝까지 완전히 납득할 만한 설명을 해줘야 믿는다.

화룡이 하는 일, 자신이 하는 일로 간단히 구분 지어버리면 되는 것을 굳이 모두 알려고 한다.

환희교의 사랑은 그런 맥락에서 나왔다.

설명할 수 없으니 설명하지 않는다. 사랑을 나누면서 몸소 느끼게 하라. 진정한 화룡, 진정한 수룡을 느끼고 움직이면 자아(自我)를 깨달을 것이다.

화룡을 느낄 수 있는 가장 빠른 길이 남녀 간의 사랑이니 사랑을 나누라.

창기들의 난잡한 정사가 아니다.

상대가 원하면 아무하고라도 정사를 나눠야 한다는 말도 틀렸다.

수룡을 느끼고자 하는 자, 화룡을 느끼고자 하는 자, 자아를 깨닫고자 하는 자가 서로를 돕는 것이다. 육체적인 굴레를 벗어나 대아(大我)를 깨닫는 것이니 세간에서 말하는 정사라는 잣대로 재어서는 안 된다.

청음산 쌍괴목에 있다는 교리가 무엇인지 모르지만 굳이 볼 필요가 없을 것 같다.

환희교를 알았고, 환희밀공을 알았다.

'다시 한 번……'

환희밀공에는 '운공(運功)'이라는 말을 사용할 수 없다. 상상 속의 세계, 자신이 만든 자신의 세계에 침잠하는 것을 어찌 운공이라고 말하랴.

그는 교주와 자신이 만든 세계에 들어갔다.

그 속에서 백팔십 가지의 모든 체위가 이루어졌다. 화룡과 수룡이 어울렸고, 서로의 음양이 어떤 조화를 이루는 지도 깨달았다.

백팔십 가지의 자세에 음양의 기세가 각기 다르다.

환희밀공에 이토록 체위가 많은 것은 그만큼 음양의 수위를 많이 나눴기 때문이다. 단순히 쾌락을 추구하는 도구로 지법의 석화를 해석해서는 곤란하다.

간공, 상공, 반공도 죽이는 술법이 아니다.

모두가 치료의 도구이다.

칼은 요리사가 잡으면 좋은 음식을 만드는 활인의 도구가 되고, 살인자가 잡으면 살인 병기가 된다고 했다.

그 말이 맞다.

환희밀공은 누가 어떻게 해석하느냐에 따라서 방중술이 되기도 하고, 의경(醫經)이 되기도 하며, 양생법(養生法)의 정수(精髓)가 되기도 한다.

모두가 잘못된 해석, 자아(自我)를 떠올려야 마땅하다.

"하아!"

밤바람이 상쾌하다.

교주와의 정사는 너무도 뚜렷하게 각인되어 현실에서 벌어진 일처럼 여겨진다.

너무도 황홀하고 아름다웠다.

화룡은 생기를 얻어 펄펄 날았고, 수룡은 조신하게 율동했다.

루검비는 물속에서 몸을 빼냈다.

태어나서 처음이다, 밤하늘이 이토록 아름답게 느껴지는 것은.

*   *   *

그는 봤다. 기적을 직접 눈으로 목격했다.

쇄빙침의 효력은 그 누구보다도 그가 잘 안다. 쇄빙침을 금가에 흘러가게 만든 게 그이니 그보다 더 잘 아는 사람이 있을 수 없다.

인체의 어느 부위든 걸리면 병신을 만들어 버리는 치명적인 병기다.

루검비는 쇄빙침을 한두 대도 아니고 아홉 대나 맞았다.

평생 식물인간으로 살아야 한다.

한데 멀쩡하게 일어났다.

누구의 도움을 받은 것도 아니다. 이틀 동안 멀거니 누워만 있다가 기적처럼 일어났다.

"환희밀공……."

그는 신음처럼 환희밀공이란 말을 쏟아냈다.

환희밀공은 단순한 흡정대법이 아니다. 죽은 살을 다시 살리고, 부러진 뼈를 자연스럽게 치유해 주는 불사신공(不死神功)이다. 쇄빙침을 맞고도 멀쩡하다면 그게 불사신공이지, 뭐가 불사신공인가.

마공이라고 해도 좋고 사공이라고 해도 좋다.

세상 사람들이 어떤 손가락질을 하든 꼭 습득하고 싶다는 욕망이 절로 일어난다.

"가볍게 생각할 게 아니잖아. 환희밀공이 대체 뭐란 말인가. 세상을 바꿀 무공이라도 된단 말인가."

그는 멀어져 가는 루검비를 끝없이 쳐다봤다.

第十九章

세상살이

환희밀공

1

　세상은 번잡하다. 많은 사람들이 모두 제 목소리를 내며 살기 때문이다.

　루검비는 장터를 돌아다니며 낯선 물건들을 구경했다.

　서화와 함께 돌아다니던 기억이 난다. 참으로 많은 것을 질문했고, 대답해 줬다. 어머니처럼, 친누이처럼 자상하게 돌봐주었다. 부족한 것이 있으면 말하기 전에 미리미리 챙겨주었다.

　그런 분의 마음이 돌아섰다.

　이제는 오로지 눈에 띄는 대로 죽이고 말겠다는 일념 하나로 살아가는 것 같다.

　루검비는 서화를 원망하지 않는다.

그녀가 검을 들이대도 웃으면서 받을 자신이 있다. 맞상대가 아니라 심장을 찌르겠다면 찔릴 각오가 서 있다.

자신이 그녀의 원망을 불러일으켰다.

그녀의 수룡을 잘못 건드렸다. 사랑으로 보듬어 감싸 안아야 되는데, 핍박하고 짓눌렀다.

마음의 형상이 분노로 표현되는 건 그 때문이다.

이체관통으로 그녀의 생기를 빨아들인 행위는 단순히 기운만 빼앗은 것이 아니다. 그녀가 지닌 수룡의 본질까지 나쁜 방향으로 바꿔 버렸다.

모두가 자신이 저지른 과오다.

인과응보(因果應報).

이것이 환희교에서 말하는 또 하나의 중요한 교리다.

모든 일에는 원인과 결과가 있다. 원인없이 일어나는 결과란 단 하나도 없다. 알고 저지른 행위든 모르고 저질렀든 자신이 저지른 무언가가 있기에 어떤 결과가 자신에게 들이닥친 것이다.

찰떡, 시루떡, 인절미…… 참새구이, 지네구이, 개구리구이…… 장터에는 먹을거리도 많다.

꼬르륵!

뱃속에 든 거지가 신호를 보내왔다.

그는 큰 것을 안다. 난해하던 불경(佛經)도 한꺼번에 풀렸다. 도경(道經)도 이해한다. 하지만 세상을 모른다. 사람들이 편히 살아가는 세상에 대해서는 너무도 무지하다.

반대로 말하면 씨앗이 뿌려서 발화하고 곡식이 되는 과정은 알지만 물을 주고 햇볕을 주는 과정은 모르는 셈이다.

세상을 배워야 한다.

그는 한참 동안이나 떡시루 앞에 앉아 있었다.

"아침부터 재수없게. 비키지 못해!"

빼빼 마른 아낙이 빽 고함을 내질렀다.

루검비는 피식 웃고 물러났다.

모든 게 신비하다. 신기하다. 새롭다.

'뭘 한다⋯⋯.'

세상을 모르는 그였지만 원하는 것을 사려면 돈이 있어야 하고, 돈을 벌려면 일을 해야 한다는 사실쯤은 안다.

태어나서 처음으로 돈 걱정이라는 것을 해봤다.

"밥 세 끼 주고 하루 열 문(文)이다. 하려면 하고."

루검비는 열 문의 가치를 몰랐다.

동전 천 문이 은 반 냥의 값어치밖에 안 되고, 쌀 한 석 값밖에 안 된다는 것을 알 리가 없다.

"뭘 해야 합니까?"

"이런 일 처음이야?"

"힘은 좀 씁니다."

"비루먹은 망아지 꼴을 해서 뭔 힘을 써. 저기 가서 나무나 날라."

투박하게 생긴 장한이 내던지듯 말했다.

아버지를 돌아가시게 만든 전란은 끝났다.

당시 패퇴하여 쫓겨갔던 주원장은 결국 승리하여 명(明)을 세웠다.

명이 건국된 지도 삼 년이 지난 홍무(洪武) 사년(四年), 루검비는 하남성(河南省) 장갈(長葛)에서 도지휘첨사(都指揮僉事)를 지낸 장휘군(長輝君)의 저택 공사에 삯꾼으로 들어갔다.

막일은 보기와는 전혀 달랐다.

처음에는 조금 힘들다는 정도였는데, 사흘이 지나자 아침에 일어나기가 힘들었다. 이레가 지나고 여드레가 흘러갈 무렵에는 하루하루 견디는 것이 용하다 싶었다.

"거, 보기보다는 잘하네. 힘도 꽤 쓰고."

"……."

루검비는 씩 웃었다.

사람들은 그에게 '순둥이'라는 별명을 지어주었다.

말을 좀처럼 하지 않고 좋은 말이든 싫은 말이든 빙그레 웃는 것으로 화답하기 때문이다.

일은 썩 잘하지 못했다. 하나 무식하리 만치 열심히 했다. 막일이란 눈치를 봐가며 쉬어주기도 해야 하는데, 그는 자신의 집을 짓는 것처럼 열심히 했다.

"이봐, 그런다고 돈 더 주는 것 아냐."

"이것만 나르고요."

"듣자 하니 열 문밖에 못 받는다면서? 그 값 받고 일하는 사람이 어디 있어? 가서 더 달라고 해. 이 사람아, 백 문씩은 받아야지. 나머진 모두 다른 놈이 떼먹는다는 거 몰라?"

"전 충분해요."

"충분해? 열 문이? 아이구, 저 순둥이를 어쩌나."

사람들은 자신의 일처럼 안타까워했다.

루검비는 전혀 아쉽지 않았다. 아니, 대단히 만족했다.

잠은 아무 곳에서나 자면 된다. 하루 세 끼 공짜로 밥을 먹으니 열 문이라는 돈이 고스란히 쌓인다. 투전(投錢)을 하는 것도 아니고, 술을 마시는 것도 아니며, 부양할 가족이 있지도 않다.

그를 약간 모자란 사람으로 보는 것도 무리는 아니다.

일을 한다. 땀을 흠뻑 흘리고, 찬물에 멱을 감는다.

그때의 상쾌함이란 일해본 사람이 아니면 모른다.

막일이 아무리 힘들다 한들 삼법의 고통에 비하랴. 죽고 죽이는 무림에 비할까.

그는 하루하루가 즐거웠다.

막일은 많은 사람을 부담없이 만나게 해준다.

"내가 말이야. 지금은 이래 봬도 소싯적에는 끝내줬다고. 얼굴 잘생겼지, 돈 있지, 밤일 끝내주지. 나 좋다고 따라다니던 여편네가 한둘이 아닌데 말이야."

"사람 죽여봤어? 그럼 창에 찔려 죽는 것 봤어? 내 앞에서 사람 패는 말들 하지 마. 전쟁터에서 이 꼴 저 꼴 다 본 사람이야. 비위 틀리면 콱들 다 죽여 버릴 테니까."

독한 화주(火酒) 한 병이면 어떤 사람에게든 결코 잊을 수 없는 과거사가 술술 새어 나왔다.

투전판도 재미있다.

막일을 하는 사람들이라고 얕보면 큰코다친다. 그들의 투전판에는 주사위부터 골패(骨牌), 팽이돌림, 귀뚜라미 경주 등등 없는 것이 없다.

또 한 군데, 흥미로운 곳이 있다.

그곳 여인들은 돈만 주면 동침을 한다.

서화와 다니면서 창기들의 존재를 알았다. 기루도 알고 길에서 몸을 파는 로화(路花)도 안다.

이들도 그런 부류 중에 속하겠지만 돈만 밝히지 않고 속정까지 나눈다는 게 이색적이다.

"자네도 한 명 골라보지그래? 자네, 혹시 총각 아냐?"

"관심없습니다."

"맞네, 총각. 하하! 야! 여기 총각 있다! 먼저 주워 먹는 게 임자야!"

"누구? 누가 총각이야? 쳇! 순둥이? 쟤는 너무 순해서 안 돼. 저런 애가 한 번 빠지면 완전 미친다고."

"몸 튼실하겠다, 성격 좋겠다, 일 잘하겠다. 너희 같은 년들에겐 보물이지 뭘."

"우리가 뭘 어때서! 이놈의 새끼가 어디서 막말하고 자빠졌어!"

그들은 금방이라도 잡아먹을 듯 으르렁거리지만 술 한 잔이면 만사를 잊는다.

참 편한 사람들이다. 이 얼마나 좋은 세상인가.

세상은 좋지 않다.

짓밟는 자가 있고, 밟히는 자가 있다. 주먹을 휘두르는 자가 있고, 맞기만 하는 자가 있다. 우격다짐이 법인 줄 알고 살아가는 사람은 너무 많다.

루검비는 어떤 사람을 대하든 빙긋 웃었다.

환희밀공은 전혀 쓰지 않았다. 아니, 늘 썼다. 아침에 일어나서 잠들기까지 숨 쉬고 먹고 마시는 것이 모두 생기와 연관 있으니 환희밀공을 수련하는 게다. 다만 의식적으로 화룡을 일깨우지는 않았다.

한 달 정도가 지나자 그의 품삯은 오십 문으로 늘었다.

한데 늘 돈이 없다.

품삯을 받아서 허리춤에 찔러 넣은 후, 늘 잠을 청하던 담장 밑으로 와보면 빈 전낭(錢囊)만 달랑거린다.

그는 오늘도 품삯을 받았다.

오십 문을 전낭에 넣고, 허리춤에 찔러 넣었다. 그리고 서너 걸음이나 걸었을까? 소동 한 명이 어깨를 스치며 지나갔다.

소동은 늘 그 시간에 그곳을 지나간다.

정확히 말하면 소동이 아니라 소녀다. 사내 복장을 하고 다녀서 소동처럼 보이지만 여인만이 뿜어내는 강력한 수룡의 기운은 숨기지 못한다.

스읏!

이번에도 옷깃을 스쳤다.

'놀랍도록 빠르군.'

루검비는 늘 당하면서도 매번 감탄을 쏟아냈다.

그녀의 손은 예술이다. 어떤 때는 뱀같이 흐물거리고, 어떤 때는 문어처럼 나긋나긋하다.

그는 전낭을 같은 곳에 찔러 넣지 않았다. 허리춤에 넣기는 했지만 항상 위치가 달랐다. 어떤 때는 깊이, 어떤 때는 등에 가깝게, 어떤 때는 허리띠에 꽁꽁 감싸기까지 했다.

그때마다 그녀의 손은 움직임을 달리했다.

그는 그녀의 고벽(痼癖)을 찾아냈다.

손을 쓰기 전에 호흡이 유난히 길어진다. 손을 쓰는 순간부터 거두는 순간까지를 한 호흡으로 셈하는 듯하다.

하나 그것뿐이다. 손이 허리춤에 닿고, 전낭을 풀어내는 광경까지는 지켜보지 못한다. 그것은 그야말로 번갯불에 콩 구워먹듯 순식간에 일어났다 사라진다.

짝! 짝! 짝!

루검비는 오늘도 마음속으로 박수를 쳤다.

"어때?"

"순둥이 아냐. 아주 엉큼한 놈이야."

"그렇지?"

"네년이 손을 쓰는 순간 놈의 발길이 한 호흡 느려졌어. 알아?"

"느낌은 있었어."

"네년이 죽으려고 환장했구나. 느낌이 있었는데 손을 썼단 말이야? 재수없게 걸렸으면 손모가지 뎅겅 잘린다는 거 몰라?"

"정말 말끝마다 재수없는 소리 할 거야? 손모가지가 뭐야! 재수없게시리."

"내일부터 저놈 건드리지 마. 아무래도 느낌이 안 좋아."

"아니, 끝까지 해볼래."

"뭐? 네년이 정말……."

"됐어. 더 이상 내 비위 건드리지 마. 알았지?"

작달막한 체구의 소동과 일흔 가까이 된 노인은 언성을 높여가며 티격태격 말을 주고받았다.

손을 쓴다, 안 쓴다. 건드린다, 건드리지 않는다.

심상치 않은 대화가 오가건만 그래도 그들의 대화에 간여하는 사람은 없었다.

다른 곳이라면 몰라도 장갈 땅에도 두 조손(祖孫)을 건드리는 사람은 없을 게다.

"건드리지 말라니까!"

"내가 건드린다는데 왜 그래!"

"이 계집아! 느낌이 안 좋다니까!"

"난 좋기만 한데, 왜! 계속 간섭할 거면 우리 찢어져!"

"이 계집이 이젠 머리 컸다고 할아비를 버리네. 아이구! 늙으면 죽어야지. 이거야 원, 서러워서."

"그러게 왜 안 죽고 그래! 빨리 죽으란 말이야!"

"뭐! 에라이, 싸가지없는 계집아! 내가 희희낙락하는 네 꼴 보기 싫어서라도 오래 산다. 오냐! 어디 두고 보자. 벽에 똥칠할 때까지 살 테니까."

두 조손의 대화는 루검비의 귀에도 들렸다.

환희밀공의 오의(奧義)를 깨달은 후, 그의 능력은 놀라울 정도로 발전했다.

의지력, 추리력, 분석력······.

세상이 확 밝아지면서, 세상의 이치가 선명하게 보이면서부터 인간이 가질 수 있는 모든 능력들이 자연스럽게 향상되었다.

그중 하나가 집중력이다.

집중(集中)이란 무엇인가? 가운데로 모은다는 뜻이다. 무엇을? 의지를? 아니다. 모든 걸 모은다. 집중하려는 대상 외에 다른 것은 일체 배제하고 오로지 한곳만 바라보는 게 집중이다.

루검비의 집중력은 자신도 깜짝 놀랄 만큼 탁월했다.

귀를 집중하면 먼 곳의 소리도 들을 수 있다.

두 조손은 자신들이 대화를 굳이 숨기려고 하지 않았기 때문에 어렵지 않게 엿들을 수 있었다.

두 조손은 그들이 관계를 따서 조손신투(祖孫神偸)라고 불린다.

여자가 한 손으로 달을 훔친다는 소월신투(銷月神偸)이며, 노인은 뼛속까지 훔칠 수 있다 하여 유수신투(誘髓神偸)라 불린다.

그들은 무슨 특별한 목적이 있어서 이곳에 온 건 아니다. 큰 공사판에 먹을 것이 많기 때문에 왔다. 그들은 루검비를 만나기 전에도 여러 사람을 속 썩였다. 물론 루검비처럼 집중적으로 털지 않고 한두 번 터는 데 그쳤지만.

소월신투는 왜 루검비만 괴롭히는 것일까?

그 이유를 루검비는 안다.

알지 못하는 사이에 그녀의 수룡이 루검비의 화룡에 끌린 것이다.

이렇게 기운이 기운에 끌리는 현상은 모든 세상의 잣대를 능가한다. 학식이나 재물이나 첫인상이나…… 여심을 자극할 수 있는 어떠한 조건도 끌어당기는 기운을 당하지 못한다.

이는 루검비도 어쩌지 못하는 부분이다.

그는 화룡을 알지만 제어하지는 못한다. 그러려면 텅 빈 그릇을 가득 채워야 하는데, 어떻게 해야 깨끗한 화룡을 채울 수 있는지 방법을 찾지 못했다.

나쁜 방법은 안다.

타인의 수룡이나 화룡을 흡취하는 채양보음, 채음보양이라는 간단한 방법이 있다.

혹여 꿈에서라도 생각해서는 안 되는 방법이다.

그런 방법으로는 나쁜 기운만 들이게 된다. 깨끗하게 화룡을 키울 수 있는 방법을 찾아야 하고, 찾지 못한다면 현재 상태에서 멈춰야 한다.

루검비는 밝은 달을 보며 깊이 생각했다.

소월신투는 시간이 지날수록 깊이 끌려들 게다. 무엇 때문인지 원인도 모른 채 마냥 좋다는 느낌만 가질 것이다. 좁은 강이 큰 강을 만난 것처럼 주체하지 못하고 빨려들 게다.

환희교를 전파하기 딱 좋은 기회다.

서로의 기운이 조화를 찾고 있으니 동조까지는 바라지 않아도 최소한 교리를 설파할 수 있는 기회는 제공된 셈이다.

루검비는 고개를 내저었다.

교리를 설파하기에는 아직 세상을 너무 모른다. 겨우 한 달정도 막일을 한 것 정도로는 세상을 읽지 못한다.

다른 이유도 있다.

가장 큰 문제이기도 한데…… 자신이 없다.

화룡과 수룡의 어울림까지는 일사천리로 진행될 것이다. 하면 그다음은 어찌 되는가? 소월신투가 환희교의 교리를 이해하지 못하고 일부일처(一夫一妻)만을 고집한다면 어찌하는가. 차기 교주를 찾아야 하는 그의 임무조차 비웃어 버릴 수 있다. 그때는 어찌하는가.

싸우거나 헤어지는 것은 해결책이 안 된다.

기운의 어울림은 반드시 상생 조화로 끝나야 하고, 서로를 발전시켜야 한다.

그렇지 않은 남녀 간의 운우지락은 쾌락에 불과하다.

그 점이 자신없었다.

더군다나 그녀는 무림인이다. 그녀와 얽히면 다시 무림에 휘말리는 건 시간문제다.

'떠날 때가 된 것 같군.'

스스스슷!

은밀한 손길이 가슴을 짚었다.

누군지는 벌써 알고 있다. 칠순 노인, 유수신투다.

루검비가 유수신투가 십 장 밖에서 기어올 때부터 반갑지 않은 습격을 예상했다.

우선 그의 화룡이 뜨겁게 들끓었다.

무인의 말을 빌리면, 진기가 가득 끌어올려졌다.

루검비 같은 막일꾼 하나 처리하면서 진기를 가득 끌어올린다면 믿겠는가?

아무도 믿지 않는다.

사실이 그렇다. 진기를 끌어올린 유수신투조차도 자신이 전력을 다해 진기를 이끌었다는 사실을 모른다. 자신이 의도한대로 육성이나 칠성 정도 끌어올렸다고 생각한다.

그 말이 맞다. 의도적인 진기는 그 정도밖에 일어나지 않았다. 하나 나머지 진기가 일어났다는 말도 맞다. 유수신투가 의식하지 못하는 부분, 살기를 억누르는 데 사용되었다.

진기를 육성이나 칠성 정도 끌어올렸다면 화룡의 움직임은 물 흐르듯 유연했으리라.

두 번째로 그의 습격을 알려준 것은 그의 몸에서 풍기는 시궁창 냄새다.

그의 오감은 쇄빙침을 맞기 전에 비해서 배는 발달되었다.

후각도 그렇다. 짐승만큼이나 발달한 후각은 유수신투의 냄새를 한 점 거름없이 고스란히 전달해 주었고, 참으로 견디기 힘들었다.

"엉큼한 놈! 깨어 있는 것 안다. 일어낫!"

"……."

"어쭈!"

유수신투는 쇄골 아래 고방혈(庫房穴)을 쥐어뜯 듯이 움켜잡았다.

"으윽! 이, 이게 무슨…… 누구요?"

"이놈 봐라? 너 정말 의뭉스럽게 이럴 거야?"

"이, 이봐요. 이것 좀 놓고……."

"네놈 정체가 뭐야?"

"정체라니 무슨 말…… 아악! 제, 제발 이것 좀 놓고……."

"한마디만 한다. 네놈이 누군지, 뭐 하는 놈인지 관심없어. 하니 지금 당장 일어나서 사라져. 한 번만 더 내 눈에 띄면 그때는 목을 분질러 버릴 거야."

"아, 알았으니까 제발 이것 좀 놓고…… 크으윽!"

루검비는 오만상을 찌푸렸다.

고방혈을 쥐어뜯는 손아귀는 쇠집게처럼 단단했다.

유수신투의 독문절기 중에 하나인 철골지(鐵骨指)에 제대로 걸려들었으니 식은땀이 절로 날 수밖에 없다.

그래도 이건 많이 봐주고 있는 게다. 살심을 품고 철골지를 펼치면 살과 뼈가 종잇짝처럼 찢겨 나간다.

이 순간, 루검비의 머릿속에는 철골지의 운공도해(運功圖解)가 그려지고 있었다.

훔치려고 해서 훔친 건 아니다.

유수신투가 그의 고방혈을 잡는 순간, 자연스럽게 이체관통이 이루어졌다. 루검비가 잡을 때뿐만이 아니라 상대가 잡았을 때도, 즉 신체 접촉이 이루어지는 순간 이체관통은 이루어진다.

그다음은 루검비의 마음먹기에 달렸다.

간공으로 생기를 빨아들이든, 상공으로 양기를 정화시키든, 반공으로 혈맥을 터뜨려 죽이든.

루검비는 뛰쳐나가려는 화룡을 붙잡기 위해 식은땀을 쏟아냈다.

그러는 과정에서 자연스럽게 유수신투의 진기 흐름이 읽혔다.

단전이 시작점이고, 검지 끝 상양혈(商陽穴)이 종착지다. 진기는 음과 양으로 나눠 두 가닥의 경로를 흐르며, 상양혈에 도착해서는 음양의 성질을 이용하여 강력한 힘으로 서로를 끌어당긴다.

쇠집게처럼 강한 힘은 진기의 인력(引力) 때문에 생긴 현상이다.

"한 번만 더 내 눈에 띄면…… 알았어!"

"네, 네. 지금 바로 사라질 테니까 제발 이 손 좀……."

유수신투가 눈을 부라리며 손을 놓았다.

2

밤길을 걷는 건 익숙하다. 많은 것을 얻고 떠나는 길이라 마음도 홀가분하다. 단지 이끌려 온 여심(女心)을 어떻게 해야 하는지에 대해서는 시급하게 해결 방법을 모색해야 한다.

세상의 반은 여인이다. 그리고 그들 중 많은 여인들이 화룡에 이끌려 다가올 것이기 때문이다.

삼법으로 키워진 큰 그릇 때문에 여난(女難)을 심각하게 고려해야 한다. 정법(正法)대로 행한다면 환희교의 수문장이 되겠지만 사심(邪心)에 휘둘리면 희대의 색마가 되고 말리라.

이제 어디로 갈까?

교리를 찾아 청음산으로 갈까, 아니면 계속 세상을 알아볼까?

차기 교주를 찾아 환희교를 재건하는 문제는 서둘러서는 안 된다. 시간을 두고 차근차근히…… 환갑이 넘어서 재건할 수도 있고, 고희를 넘길 수도 있다.

성급히 환희교만 일으키면 사창가나 다름없던 예전의 환희교가 될 뿐이다.

'당분간 부처님 곁에 있어야겠군.'

갈 곳이 정해졌다.

부처님 시중을 들면서 불교의 경전과 자신이 깨달은 바를 비교해 볼 참이다.

재미있는 작업이 될 것 같다.

세속에서도 불경을 구해서 연구할 수 있지만 스님이 옆에 있으면 의심나는 바를 바로바로 물을 수 있어서 좋을 것이다.

유수신투에게 쫓겨가는 밤길이지만 발걸음은 가볍기만 했다.

그러다…… 발걸음이 무거워졌다.

한 걸음, 한 걸음 내딛는 발걸음이 천 근처럼 무겁다.

많은 사람들이 그를 기다리고 있었다.

그들 중 몇몇은 투전판에서 본 사람이고, 몇몇은 싸움꾼으로 정평난 자다. 다른 사람들도 몸이 크고 어깨가 떡 벌어진 것이 힘깨나 쓴다는 소리를 듣고 있을 게다.

이들이 왜 자신을 기다리고 있는 것일까?

간단하다. 소월신투와 정반대의 이유 때문이다.

용력이 강한 사람들 또는 지혜가 뛰어난 사람들은 보통 사람들보다 화룡이 강하다.

화룡과 화룡이 부딪쳤다.

처음에는 단지 '기분 나쁜 놈' 정도로만 인식하다가, 자주 부딪치다 보니 '언젠간 꼭 좀 손봐줄 놈' 으로 바뀌었을 것이다.

싫은 이유를 물어보면 '아무 이유 없다. 괜히 싫다' 는 대답이 돌아올 게다.

이것도 풀어야 할 과제다.

길을 막아선 사내들은 단지 힘이 셀 뿐이지만 정작 화룡이 강한 무인과 부딪치면 어찌할 텐가. 죽지 않으려면 죽이는 수밖에 더 있는가. 하면 다시 살기, 색기에 물든 화룡이 길러질 것이고…….

'매 좀 맞겠군.'

안면있는 사람에게 빙긋 웃어 보이며 길을 재촉했다.

제발 이대로 고이 보내주기를…… 하나 그의 바람은 바람으로 그치고 말았다.

"야! 너 좀 보자."

말이 끝나기 무섭게 사내의 우악스런 주먹이 안면을 강타했다.

화룡은 화룡을 밀쳐 내고, 수룡은 강하게 끌어당기고…… 본인의 의지와 상관없이 벌어지는 일.

여인은 그저 느낌이 좋은 것뿐이고, 사내는 싫은 놈을 본 것뿐이다.

이런 식이라면 사람들과 섞여 살 수 없다.

불가도 마찬가지다. 아니, 더 심하다. 승려는 양기를 축적(蓄積)시키는 관계로 화룡이 유난히 강하다.

틀림없이 부딪친다.

'미치겠군.'

루검비는 간신히 몸을 일으켜 누구 집인지 모를 담벼락에 등을 기대고 앉았다.

엉망진창으로 쥐어 터졌다.

입안은 아예 거덜이 났고, 눈두덩이도 큼지막하게 부어올랐다. 옷은 찢어져 걸레처럼 너덜거리고, 몸 곳곳에 시퍼런 멍이 인장처럼 새겨졌다.

그는 이번에도 뛰쳐나가려는 화룡을 억누르느라 진땀을 흘렸다. 거기에 한 가지 더 늘었다. 유수신투의 철골지를 쓸까 하는 유혹도 이겨내야 했다.

무공을 썼다면 상황은 지금과 정반대가 되었을 게다.

장한들은 결코 광검소천을 받아내지 못한다. 검이 아니라 주먹으로 펼쳐도 가슴뼈가 부러지며 즉사했을 것이다.

힘도 너무 강한 힘은 쓰지 못하는 법이다.

'미치겠군.'

루검비는 또 한 번 같은 소리를 되뇌었다.

얻어터진 것을 추스르기도 전에 또 하나의 고난이 다가왔다.

"어멋! 누가 이랬어요? 많이 다쳤어요?"

소월신투가 짐짓 처음 본 것처럼 다가서며 말했다.

하기는 그녀의 의상이 완전히 바뀌었으니 그럴 만도 하다. 전에는 사내 복장만 하고 다녔는데, 어디서 구했는지 노란색

꽃 문양이 자수된 화사한 옷을 입고 있었다.

그러고 보니 머리도 손질했다.

단정하게 땋은 머리에 옥으로 만든 나비가 앉아 있다.

"괜찮습니다. 잠시만 이대로……."

"안 돼요. 이러다 죽어요. 어멋! 이 피 좀 봐."

소월신투는 무림 여인이 아닌 것처럼 호들갑을 떨며 바싹 다가와 루검비를 상처를 살피기 시작했다.

'미치겠군.'

세 번째로 흘러나온 소리다.

우선 멀지 않은 곳에서 날카로운 살기가 줄기줄기 뻗쳐 나온다.

살기의 임자가 누구인지는 고약한 냄새만 맡아도 충분히 알 수 있고…….

그보다 더 심각한 것은 소월신투가 그를 만지는 순간, 화룡이 다시 들끓기 시작했다는 점이다.

이번에는 여인만 보면 색욕을 들끓던 예전과는 많이 다르다.

수룡을 취할 생각이 없다. 여인과 조화를 이뤄 화룡을 키우고, 여인의 수룡도 키워주고 싶다. 상극(相剋)에서 상생(相生)으로 돌아섰으니 즐겁지 아니한가.

아니다. 이것은 그만의 생각이다.

여인의 입장은 완전히 다르다. 지금은 비록 화룡에 이끌려 다가섰지만 그 이상의 진전은 바라지 않는다. 틀림없다. 정신적인 교감없이 육체만을 사랑한다는 것은 돈을 주고 여인을 사는 것과 진배없다.

여인에게 음약을 먹여 육체를 취하는 것과 화룡에 이끌려 온 여인을 취하는 것과 무엇이 다른가.

'무심(無心)…… 무행(無行)…….'

루검비는 화룡을 꾹 짓눌렀다.

"일어설 수 있어요? 여기서는 안 되겠어요. 멀지 않은 곳에 소녀의 거처가 있으니 그리로 가요."

더 이상의 접촉은 곤란하다.

무엇보다 들끓는 마음을 억누르지 못하겠다.

확실히 머리로 아는 것과 습관이 되어 몸에 붙은 것과는 큰 차이가 있다.

그는 심력(心力)을 모아 유수신투를 바라봤다.

소월신투에게 향하려는 화룡을 억지로 틀어 유수신투에게 쏘아 보냈다.

'나와라. 나오지 않으면 소월신투가 위험하다. 낯선 놈에게 겁간당해도 좋은가!'

반응은 즉시 왔다.

"안 돼!"

뭐가 안 된다는 것인가? 소월신투는 백 번을 되새겨 봐도 알지 못하리라.

쒜에엑! 퍼엉!

루검비의 몸은 파공음 소리와 함께 데구루루 굴렀다.

철골지와 함께 유수신투의 독문절기로 소문난 파심장(破心
掌)에 정통으로 심장을 격타당했으니 살기는 틀렸다.

"뭐 하는 거야!"

루검비는 소월신투의 앙칼진 음성을 들으며 혼절했다.

"정말 웃기는 놈이지 않나."

사내는 루검비를 보면서 히죽 웃었다.

일신에 지고한 무공을 지녔으면서 사용하지 않는다. 무지렁
이 같은 놈들에게 죽도록 얻어터지면서도 반식(半式)조차 뻗
어내지 않는다.

웃기는 놈이다.

그것보다 더욱 놀라운 점은 유수신투의 파심장을 육신으로
받아냈다는 거다.

물론 놈은 혼절했다. 하나 되살아날 수 있다는 확신이 있으
니 몸뚱이로 받아낸 게 아닌가. 조금이라도 확신이 덜했다면
검초를 쏘아냈을 것이다.

보면 볼수록 탐난다. 그리고 탐나는 보물이 너무 손쉽게 손
에 들어왔다.

"네놈을 연구했지. 그래서 조금 준비한 것도 있고."

그는 품에서 가죽으로 만든 수갑(手匣)을 꺼내 루검비의 양
손에 채웠다. 두 발도 족쇄로 묶었다. 역시 가죽으로 만든 것
이다.

그런 후, 그는 루검비의 등덜미를 잡아챘다.

"네 몸에는 손대지 않는 게 상책이지. 상책을 쓸 수 없을 때는 가급적 등을 택하는 게 중책이고. 후후후!"

그는 즐겁게 웃었다.

"저자가 왜?"

유수신투는 잠시 두 눈을 끔뻑거렸다.

"아는 사람이야?"

"상관세가의 이숙(二叔) 상관락(上官樂)이란 자다."

"상관…… 세가? 이숙?"

소월신투가 고개를 갸웃거리며 이해할 수 없다는 표정을 지었다.

"느낌이 아주 안 좋아. 여기서 끝내자. 응?"

"요상한 무공을 사용하는 자인데, 궁금하지 않아?"

"궁금하기야 하다만……."

"다른 건 몰라도 날 희롱한 건 못 참아. 날 가지고 놀았단 말이야."

"하긴…… 요상하긴 해. 그 자식은 꼭 자기를 죽여달라, 때려달라고 말하는 것 같았어."

조손신투는 마음에서 일어나는 변화를 간과하지 않았다. 그들은 이유없는 마음의 변화를 주시했고, 원인을 루검비에게서 찾았다.

"어떤 수법인지 꼭 알아내고 말겠어. 그건 그렇고…… 뭔 마음으로 파심장을 쳐낸 거야? 그것도 전력을 다해서. 설마 정말 죽이고 싶었던 거야?"

"계집아, 넌 그것만 봤냐? 전력을 다한 일장에 격중당하고
도 죽지 않는 놈이 있다는 건 못 봤어?"

"아! 그렇지!"

유수신투와 소월신투는 잠시 서로를 쳐다보며 눈을 끔뻑였
다.

"좋아, 가자."

유수신투가 먼저 말했다.

상관락은 상당히 신중했다.

십 리 정도 나아간 후에는 일다경가량 멈춰 서서 주위를 살
폈다. 오가는 사람도 유심히 살폈고, 지형지물도 눈여겨보았
다.

"그놈 참, 더럽게 조심스럽네."

"쉿! 들려!"

"저놈 귀가 무슨 당나귀 귀냐! 소곤거리는 소리를 듣게."

"어휴! 내가 말을 말아야지. 정말 못산다니까."

두 조손은 조심스럽게 미행했다.

은신, 잠입, 미행은 신투가 지녀야 할 기본 소양이나 다름없
다.

상관락이 비록 뛰어난 무인이지만 신투라 소문난 그들 역시
미행이라면 누구에게 양보할 생각이 없다.

상관락은 상관세가로 가지 않았다. 근처에도 가지 않았다.

하남성(河南省) 소황산(小黃山)과 상관세가를 연결 지어서 생각할 사람은 아무도 없을 것이다.

"흠! 이거 까다로운데."

유수신투가 침울하게 말했다.

상관락은 산을 타기 시작했다.

이 점이 어렵다. 산에서 미행한다는 것은 얼핏 생각하면 숨을 곳이 많아서 쉬워 보이지만 정반대로 상당히 어렵다. 이쪽에서 숨을 곳이 많으면 저쪽도 많다.

조금이라도 가까이 따라붙으면 즉시 발각되고, 멀리 뒤쫓아 가면 종적을 놓치기 십상이다.

"이공추(二空追). 어때?"

"쯧! 그것밖에 더 있나. 하늘? 땅?"

"땅."

"계집애가 편한 것은 알아 가지고."

유수신투는 즉시 허공으로 신형을 쏘아 올렸다.

이공추는 두 사람이 하늘과 땅으로 나뉘어 추격하는 추적술이다. 산처럼 나무나 바위가 많은 곳, 혹은 주택이 밀집된 주택가에서밖에 사용하지 못한다.

유수신투는 나무에서 나무로 건너뛰며 상관락을 쫓았다. 소월신투는 상관락을 쫓지 않았다. 그녀는 유수신투가 가리키는 방향으로 신형을 쏘아냈다.

상관락은 미행자가 없다고 생각했는지 느릿하게 산을 올

랐다.

이윽고 그가 발길을 멈춘 곳은 풍광 좋은 곳에 자리 잡은 작은 암자다.

덜컹!

암자 문이 열리며 눈매가 날카로운 무인 한 명이 마중 나왔다.

"루검비 아닙니까? 그놈이 살아 있었습니까? 횡재했군요."

"횡재 소리를 들으려면 아직 멀었네. 힘 좀 써야겠어."

"그래야 합니까?"

사내의 눈빛에 기광이 감돌았다.

"나 혼자서는 벅찬 느낌이 들어서 말이야."

"호오! 대단한 자 같군요. 대체 누구기에 형님께서 벅차다고 말하시는 겐지 궁금합니다."

"유수신투라고 들어봤나? 이공추…… 소문만 듣고는 시큰둥했는데, 놀라운 절기더군. 선배, 그만 나오시지요."

상관락이 돌아서며 수림 한가운데를 노려봤다.

수림에서는 응답이 없었다. 쥐 죽은 듯 조용하기만 했다.

"하하! 선배, 이공추까지 말했는데 계속 숨어 있으면 곤란하지요."

쉐에엑!

상관락은 말을 마침과 동시에 번개같이 뛰쳐나가며 검을 휘둘렀다.

파파파파팟!

수림이 요란하게 흔들렸다.

그사이, 상관락은 십팔 검을 쳐냈다. 검광 한 줄기가 흐르는 사이에 열여덟 개의 변식이 뒤따랐다.

이만하면 어떻게든 반격을 가해오거나 물러서야 한다.

수림은 여전히 조용했다.

"허어!"

상관락은 탄식을 토해냈다.

어느새 사라지고 없다. 뒤쫓아온 것을 알았고, 숨어 있는 곳까지 정확히 알았는데, 검초를 펼치는 사이에 사라져 버렸다.

유수신투만 사라졌다면 체면을 유지하련만 새파란 애송이 계집애 소월신투까지 놓쳤다. 미행하는 것을 참고 참으며 끌고 와 일거에 도륙해 버리려고 했는데…… 이럴 줄 알았으면 절반의 승산에 기대어 일장 격돌을 해보는 건데.

"조손신투가 확실합니까?"

"으흠!"

"이놈이 누군지도 압니까?"

"……."

상관락은 대답할 기분이 아니었다.

이공추는 항상 발각될 위험을 안고 있다. 그래서 항상 대피 수단을 강구해 놓는다.

대비책이 아니라 대피 수단이다.

환경에 따라, 상황에 따라 몸을 숨길 곳을 수시로 찾아야 한다. 그래서 경험이 풍부한 사람만이 허공을 맡는다.

유수신투가 소월신투에게 하늘과 땅을 선택하라고 했지만 처음부터 하늘을 맡을 사람은 정해져 있었다.

상관락이 십팔 검을 쳐올 때, 유수신투는 땅으로 내려섰다. 십팔 검이 수림을 휘저을 때, 그는 계곡 물속으로 입수하여 흔적을 완전히 감춰 버렸다.

소월신투는 조금 편안했다.

유수신투의 모습이 사라지는 것, 이는 지금 즉시 피하라는 신호다.

그녀는 뒤돌아보지도 않고 멀찍이 물러섰다.

상관락이 생각한 것처럼 완전히 빠진 것은 아니다. 그녀도 항시 은신할 곳을 준비해 왔고, 효과적으로 숨었을 뿐이다.

"푸우!"

소월신투는 슬며시 일어나서 양손으로 머리에 잔뜩 묻은 낙엽을 떨궈냈다.

유수신투도 계곡 물에서 나왔다.

두 사람은 한마디 말도 나누지 않았다. 대신 상관락과 상관세가의 사숙(四叔) 상관교가 들어간 암자에서 눈을 떼지 않았다.

"야, 이거 재미있어진다야."

안전을 확인한 유수신투가 입을 열었다.

"루검비, 그자의 이름이 루검비였네. 루 씨라…… 육반루가와 연관있을까?"

"체형으로 봐서는 아니잖아? 육반루가 놈들은 너나 할 것 없이 황소만 한데, 놈은……."

단단해 보이기는 한데 작다.

작은 키는 아니다. 보통 사람들보다는 크다. 하지만 그 정도로 육반루가의 무인들과 비교할 수는 없다. 그들과 비교한다면 작다고 말할 수밖에 없다.

"루검비란 자, 뭐 하는 자인지 궁금해. 루검비, 낚아챌 수 있어?"

"나 혼자?"

"역시 늙으면 죽어야 한다니까. 아무 짝에도 쓸모없잖아."

"알았다, 계집아! 낚아채면 될 것 아냐!"

"호호! 그럼 난 간다."

"보름이면 되냐?"

"넉넉해."

"모가지 조심해라. 그놈들, 만만히 보면 안 돼."

"내 몸은 내가 지킨다니까."

소월신투가 몸을 날려 사라졌다.

그녀는 지금부터 상관세가로 잠입하여 루검비에 대한 모든 것을 파악할 것이다.

유수신투는 위험한 곳으로 달려가는 손녀를 보면서도 말리거나 염려하지 않았다.

무림에서 살려면 보통 사람들과는 다른 삶의 방식을 취해야 한다.

언제 어떤 일이든 과감하게 부딪칠 것이며, 불의로 죽는 일이 발생해도 담담히 받아넘길 줄 알아야 한다.

유수신투는 아들과 며느리를 땅속에 묻었다.

그때 한 말이 '죽은 놈을 어떻게 해'였다.

"저놈을 어떻게 낚아챈다. 만만치 않은 놈들인데……."

그는 루검비를 낚아챌 고민에 푹 빠졌다.

3

루검비는 정신이 들었다. 상관락에게 둘러업혀 있을 때부터 정신을 차리고 있었다.

처음에는 유수신투에게 잡혀가는 줄 알았다.

한데 아니다. 전혀 모르는 자에게 끌려가고 있다. 사내의 몸에는 강맹한 진기가 흐른다. 유수신투나 소월신투가 양성한 진기와는 전혀 다른 종류다.

낯선 진기도 아니다. 너무 많이 보아와서 익숙하기까지 하다.

'상관세가?'

그뿐만이 아니다. 사내는 더욱 낯익다.

어디서 보았을까? 분명히 안면이 있는데…….

루검비는 아는 사람이 적다. 살아오면서 만난 사람이래야 열 손가락으로 꼽을 수 있다. 그래서 사내의 모습을 그려내는 게 그리 어렵지 않았다.

'그자!'

금가 의원들에게 청무연을 주면서 탈출로를 일러주던 자다.

그렇구나. 그자였구나.

한데 어떻게 이자와 다시 얽히게 되었지? 유수신투라면 모를까, 왜 이자의 등에 매달려 있는 거지?

의문은 잠시 접었다.

사지가 결박당해 있으니 할 일이 없다. 그렇다고 멍청하게 끌려가고만 있을 수는 없다.

그는 머리를 차갑게 했다. 그리고 환희밀공을 다시 생각했다.

강변에서 그는 자신 스스로 기적을 행했다. 쇄빙침의 타격을 무너뜨리고 훌륭히 재기했다. 이 세상에서 아마도 그만한 기적은 찾아보기 힘들 것이다.

자신이 지닌 힘은 대단히 컸다.

한데 막상 환희밀공을 쓰려니 제어가 되지 않는다.

자신의 화룡뿐만이 아니라 다른 사람들의 기운들까지 제멋대로 날뛴다.

어떻게든 해야겠는데 지켜보기만 한다.

어떻게 이런 일이 벌어지는 것일까?

강변에서처럼 완벽하게 화룡을 조종할 수는 없을까?

할 수 있다. 충분히 해낼 수 있다.

옛날, 달마(達磨)는 갈댓잎 하나를 타고 장강(長江)을 건넜다.

일위도강(一葦渡江)이라 불리는 것인데, 참 말들이 많다. 세인들은 후대의 선승들이 지어낸 전설이라는 말을 믿는 편이고, 무인들은 무공의 일종으로 본다.

루검비는 다르게 본다.

그것은 전설도 아니고 무공도 아니다.

갓난아이는 때가 되면 걷는 연습을 한다. 일어나려다 엎어지고, 다시 일어나고…… 수십 번 반복을 거듭한 끝에 간신히 몇 걸음을 걷고는 다시 넘어진다.

사람이 태어나서 걷기까지는 고된 반복이 있었다.

그 후, 사람은 걷는다.

너무도 자연스럽게 걷는다.

걷는 것을 두고 무공이니 어쩌니 하는 사람은 없을 것이다.

갓난아기가 일어서기 위해, 걷기 위해 부단히 노력했다는 사실은 잊어버린 것이다. 사람이라면 당연히 해야 할 일쯤으로 간주하고 넘어가 버렸다.

달마의 일위도강도 사람이 걷는 것과 마찬가지다. 무공이 아니라 몸에 붙은 행동 습관이다. 화룡이 달마의 몸을 깃털처럼 가볍게 해주었기에 얼마든지 가능했다.

환희교의 화룡과 불가의 참선 사이에는 일맥상통(一脈相通)하는 무언가가 있다.

그것이다.

자신은 어쩌다 한 번 걸었을 뿐이다.

걷는 것이 습관처럼 굳어져야 하는데 한두 번 행해본 것으로 몸에 붙었다고 생각했다. 반복을 거듭하고, 실패를 밥먹듯이 하다가 종래에는 몸에 붙어서 자연스럽게 행해져도 의식조차 못해야 한다. 그래야 진정한 자신의 화룡이 되는 것이다.

사람은 흔하게 '습관'이라는 말을 쓴다.

습관…… 대단히 무서운 말이다.

자신이 어떤 버릇, 어떤 행동을 몸에 붙이느냐에 따라서 일생이 달라진다. 불철주야(不撤晝夜) 무공 수련에 매진하는 습관을 기르면 절정무인이 되리라. 책을 보지 않으면 밥이 넘어가지 않는 버릇도 좋다. 대학자가 되리라.

화두(話頭)에 매달리는 선승(禪僧)은 몇 날 며칠 동안 움직이지 않고 생각에 집중할 수 있다.

이 모든 것이 기적이다.

사람들을 알게 모르게 기적을 행하고 있으며, 나름대로 화룡을 키우고 있다.

의식으로 키우고, 습관으로 굳힌 후에는 잊어버려야 한다.

루검비에게는 상관락의 등이라고 해서 조용한 산사의 골방과 다르게 생각할 필요가 없다.

모두 생각하기 나름이다.

일체유심조(一切唯心造)라 하지 않던가.

그들이 말을 나눴다.

"혈귀도 어쩌지 못한 놈인데, 괜히 짐만 되지 않겠습니까?"

"혈귀가 최상은 아닐세."

"고문으로 그놈을 능가할 사람이 있다는 겁니까?"

"고문이 능사가 아니란 말일세."

"형님 말씀을 도통 모르겠습니다."

"양귀비를 아는가?"

"형님, 그건!"

"정제하고 정제하고 또 정제한 게 있지. 순도가 매우 높아서 시간도 얼마 걸리지 않을 걸세. 하루나 이틀 정도면 말 잘 듣는 강아지가 될 걸세."

루검비는 인상을 찡그렸다.

양귀비…….

인법에서 겪어봤다.

양귀비는 톱으로 머리를 써는 것만큼이나 큰 충격을 준다.

양귀비의 유혹에서 벗어나기 위해 몸부림을 쳤다. 하도 입술을 물어뜯어서 밥을 먹을 수 없을 정도까지 되었다. 고통이라면 어떻게든 참겠는데, 쾌락이라서 더욱 참기 힘들었다.

고문은 육체적인 타격을 준다.

양귀비는 습관을 바꿔놓는다.

성실함, 부지런함, 순박함…… 이 모든 성품을 쾌락, 게으름, 나태라는 극단의 형태로 변질시킨다.

문제는 전자는 행동을 요구하고, 후자는 움직이지 않아도 된다는 것이다.

서면 앉고 싶고, 앉으면 눕고 싶은 게 인간 아닌가.

게으름이나 나태나 쾌락에 물들어 버리면 다시 성실함을 찾기란 매우 어렵다. 그야말로 매미가 껍질을 벗고 나오는 것처럼 인고(忍苦)의 세월을 견뎌내야 한다.

양귀비도 습관을 길들인다는 면에서는 환희밀공과 맥을 같이 한다.

'매우 강한 양귀비…… 좋은 시련이 되겠군.'

루검비는 속으로 웃었다.

후우욱! 후우욱……!

양귀비가 태워졌다.

하연 연기가 뭉클뭉클 솟구쳤고, 연기는 고스란히 루검비의 콧속으로 빨려들어 갔다.

"쿨룩!"

양귀비를 태우던 상관락이 거센 기침을 하며 밖으로 나갔다.

헝겊으로 코를 막고, 진기로 숨을 조절하지만 그래도 약간은 흡입한 듯하다.

루검비는 몽롱해지는 정신을 간신히 붙잡았다.

자신 스스로 환상을 일으킬 때와 같은 기분이다.

교주와 정사를 벌일 때도 이처럼 몽롱했다. 꿈같기도 하고 물 위를 걷는 것 같기도 하고…… 부드럽고, 포근하고, 아늑했다.

다른 점도 있다. 환상을 불렀을 때는 의지로 상태를 고정시킬 수 있었다. 더 깊게 빨려 들어가지 않고 적정한 선에서 아름다운 그림을 그렸다.

양귀비는 다르다. 한없이 빨려든다. 더 깊게, 더 깊게…… 끝이 보이지 않는 곳으로 계속 추락한다.

의식은 한 점 빛이 되어 멀어진다.

붙잡으려고 발버둥 쳐보지만 점점 희미해진다.

"이틀째인데 괜찮겠습니까? 어휴, 이거…… 공기만 맡아도 머리가 어질거립니다."

"독할 줄은 알았지만 이 정도일 줄은 나도 몰랐네."

"처음 써보시는 겁니까?"

"쓸 일이 있어야지. 혹시나 하고 지니고는 있었지만 이렇게 쓸 줄은 몰랐네."

"독성이 이 정도라면 지금쯤 골수까지 중독되었을 것 같은데요?"

"연기가 가시면 상태 좀 보고……."

'죽일 놈들!'

유수신투의 턱수염이 부들부들 떨렸다.

이건 사파나 마도의 인물들이나 하는 짓이다. 극악하고도 극악한 인간들이나 저지르는 행위다. 어떻게 한 인간을 골수까지 타락시킨단 말인가.

상관세가, 그들을 주시해야 한다.

한편으로는 루검비에 대한 호기심이 치밀었다.

대체 놈이 무엇이기에 상관세가의 이숙과 사숙이 이런 방법까지 취하는가. 놈이 무엇을 가졌나. 막일이나 하는 막일꾼…… 아니다. 사람 마음을 뒤흔드는 희한한 무공을 지니고 있었다. 뭐가 있기는 있는 놈인가?

유수신투는 멀찍이 떨어져서 암자를 지켜봤다.

암자 부근은 온통 양귀비 연기로 자욱하다.

지나가는 새도, 짐승도 중독되고 말리라.

바깥으로 흘러나온 것이 이럴진대, 정작 안은 어떻겠나. 안에서 연기를 흡입하는 루검비는 어떤 상태일까?

두 번, 세 번 생각해도 그때마다 화가 난다. 아니, 들끓어오른 분기를 가라앉힐 수 없다.

'인면수심(人面獸心)의 인간들. 네놈들 낯가죽을 벗길 날이 있을 게다.'

"환희밀공의 구결을 말해주겠나?"

"으으으……."

"여기 한 덩어리 더 있네. 조금씩 나눠서 피우면 한 달은 피울 수 있을 것이네만…… 한꺼번에 피우면 생명을 보장 못하지. 그래도 좋겠나?"

"제…… 발……."

"허허허! 어찌 양귀비를 아는 사람 같군. 피워본 적 있나? 자네 모습을 보니 중독에서 벗어나는 법을 아는 사람 같네그려.
발버둥 치지 말게. 편하게 받아들이게. 심신이 날아갈 듯 상쾌
해지니 좋지 않나. 환희밀공. 말해주겠나?'

"말…… 말…… 말하겠……."

루검비는 제대로 말을 하지 못했다. 술 취한 사람처럼 혀가
꼬여서 무슨 말을 하는지 귀를 기울이지 않으면 알아듣기 힘
들었다. 하지만 협조하겠다는 뜻은 분명히 전해졌다.

"그렇군. 고맙네. 하지만 말일세…… 자네는 전력이 있어서
말이야. 나는 가주처럼 얻다 마는 일은 당하고 싶지 않네. 조
금 더 즐겨줘야겠어."

"제…… 발……."

상관락은 양귀비를 곱게 으깨서 불을 붙였다.

"자네 이름이 뭔가?'

"음…… 으음……."

"허어! 이 사람, 정신 좀 차리게. 이름. 이름이 뭔가?'

상관락은 루검비의 머리카락을 움켜잡고 이름을 물었다.

"루…… 으음……."

쫘악! 쫘악!

루검비의 양쪽 뺨에 불이 붙었다.

상관락은 사정없이 뺨을 후려갈긴 후, 다시 물었다.

"이름이 뭐지?'

"루…… 루……."

"검비. 루검비. 맞지?"

"루……."

"이거 좀 더 피워줄까?"

호박엿처럼 단단하게 뭉쳐진 검은 덩어리를 들어 보였다.

순간, 루검비의 눈에 광채가 어렸다. 방금 전까지도 정신이 혼미했던 사람이라고는 믿기 어려울 정도로 반짝반짝 빛이 났다.

"우우…… 우……."

루검비는 짐승처럼 포효했다. 입가에는 침이 질질 흘러내렸고, 눈은 광기로 번뜩였다.

그는 전혀 다른 사람이 되었다.

"된 것 같군요."

상관교가 흡족한 표정을 지었다.

"된 것 같군. 자, 루검비! 루검비! 정신 좀 차리고…… 내 말 잘 들어라. 환희밀공에 대해서 말해주면…… 알았지? 환희밀공에 대해서 말해주면 이걸 준다. 알았지?"

"으으…… 으으으……."

루검비는 양귀비를 보자 사지를 마구 뒤틀었다. 바들바들 떨기도 하고 머리를 뒤로 젖히기도 하고…… 그러면서도 눈만은 양귀비에 틀어박혀 떨어지지 않았다.

"말해봐. 환희밀공 구결이 어떻게 되지?"

"으으…… 으으으……."

"허! 이거, 너무 세게 돌린 것 같군요."

"그렇군. 잠시 진정시킨 후에 다시 하는 게 좋겠어."

상관락은 양귀비를 조금 태웠다. 아주 조금만.

'환희밀공?'

유수신투는 고개를 갸웃거렸다.

칠십 평생 중원을 쏘다녔지만 환희밀공이란 무공이 있다는 소리는 들어보지 못했다.

보아하니 루검비가 환희밀공을 알고 있고, 상관락과 상관교는 구결을 빼내기 위해 양귀비를 쓰는 모양인데…….

상관세가의 천수검법은 무림인이라면 누구나 인정하는 절공이다. 천수검법 하나만으로도 절정고수가 될 수 있음은 물론이고, 성취 여하에 따라서 무림을 굽어보는 위치에 오를 수도 있다.

상관세가 사람들은 이미 손에 보물을 쥐고 있는 것이다.

그들에게 남은 일이라면 얼마나 보물을 잘 갈고닦느냐 뿐이다.

상관락과 상관교가 그 점을 모르지는 않을 터이다.

한데 자신이 쥐고 있는 보물은 밀쳐 두고 다른 보물을 탐낸다?

이런 경우가 없지는 않다. 아니, 왕왕 있다. 너무도 탐나는 무공이란 항상 존재한다. 삼류무인이 되었든 절정고수가 되었든 무공에 대한 욕심은 끝이 없다.

하나 그것도 정도가 있다.

그는 암자로 들어갈 기회를 엿보았지만 좀처럼 들어갈 수 없었다.

양귀비는 연기뿐만이 아니라 냄새까지 풍긴다.

암자는 단 이틀 만에 시궁창보다도 더한 악취를 지니게 되었다. 어찌나 독한지 근처에만 가도 몸에 배어 떨어지지 않을 정도다.

유수신투에게 암자로 잠입하는 것 정도는 식은 죽 먹기보다도 쉽다. 그런 일은 수도 없이 해봤다. 하나 양귀비 냄새로 찌든 곳에 몸을 들이밀기가 죽기보다도 싫었다.

'계집애가 지랄하겠는데. 빨리 꺼내가야지.'

그는 다람쥐처럼 나무에서 나무로 건너뛰었다.

"글을 모른다고? 그래서 지필묵을 준비해 왔네."

상관락이 종이를 펼치고 붓을 내밀었다.

그동안 상관교는 루검비의 등 뒤로 돌아가 수갑을 풀었다.

그들은 정말 아무렇지도 않게 수갑을 풀었다. 자신들의 무공을 철저히 믿었다. 자신들 두 명이 루검비 한 명 제압하지 못한다는 건 생각지도 않았다.

더군다나 두 팔만 풀어줬을 뿐이다. 두 다리는 아직도 가죽 족쇄에 묶여 있다.

염려할 게 없다. 한데, 숨 한 모금 들이쉴 지극히 짧은 순간에 루검비의 눈빛이 변했다.

타앗! 턱!

루검비의 손이 기묘한 변화를 보였다. 손목이 뱀처럼 영활하게 꺾이면서 부드럽게 상관교의 완맥을 움켜잡았다.

"훗!"

상관교는 깜짝 놀라 손을 빼내려 했다.

한데 빠지지 않는다. 루검비의 손가락은 어느새 쇠집게처럼 단단하게 조여졌다.

"난수(蘭手)! 철골지!"

상관교가 내뱉는 음성에는 힘이 빠지고 있었다.

스으읏!

이체관통이 이루어진다. 화룡이 거침없이 빠져나가 상관교의 진기와 뒤섞인다.

진기는 요동친다. 낯선 화룡의 방문을 받고 본능적으로 저항한다. 이물질을 제거하기 위해 용트림을 한다.

사사사사삿!

루검비의 화룡은 이미 상관교의 몸을 빠져나온 후였다. 하지만 상관교의 진기는 여전히 들끓었다. 루검비가 남겨놓은 가성의 화룡을 공격하기 위해 온몸을 휘젓고 다녔다.

"끄으으윽!"

상관교는 짐승처럼 울부짖었다.

코에서 피가 쏟아진다. 귀에서도 검게 죽은피가 흘러나오고, 입으로도 피를 쏟아낸다.

"이런!"

상관락의 반응도 빨랐다. 이상을 감지하는 순간, 그의 손에서 검광이 번쩍였다.

쒜에엑! 쒜엑! 쒜엑! 쒜에엑!

머리 위로, 어깨로, 몸으로…… 팔을 뻗기만 해도 닿을 거리에서 검광이 난무했다.

스윽! 스스슷!

루검비는 상관교를 놓고 몸을 뒤틀었다.

묘한 자세가 되었다.

달려서 덮쳐 오는 상관락, 옆으로 누워 바라보는 루검비, 쓰러지는 상관교의 상체가 상관락의 검을 가로막는다. 거기에 족쇄에 묶인 두 발이 살짝 움직여 상관락의 다리를 걸었다.

쒜에엑!

상관락은 일검을 쏟아낸 후, 급히 뒤로 물러섰다.

루검비를 죽이는 것은 쉽다. 하나 그를 죽이기 위해서는 상관교의 죽음까지 감수해야 한다. 루검비와 상관교는 붙어 있다시피 하고 놈은 절묘하게도 상관교의 육신을 방패로 삼고 있다.

"네놈이!"

쒜에엑!

상관락이 분노로 치를 떨 때, 천장에서 검을 물체가 불쑥 내리꽂히더니 루검비를 잡아채어 날아갔다.

"유수…… 신투!"

상관락의 고함은 암자를 쩌렁 울렸다.

쿵!

생기를 모두 쏟아낸 상관교의 신형이 힘없이 무너졌다.

第二十章
사람이 으뜸이니

환희밀공功

1

유수신투는 혼란스러웠다.

상관교는 대단한 고수다. 당금 무림에서 그를 이토록 쉽게 죽일 수 있는 사람은 얼마 되지 않는다. 그를 이길 수 있는 사람은 많지만 단 일 초에 절명시킬 수 있는 사람은…… 글쎄? 단 일 초라는 단서를 달면 열 손가락에 꼽지 않을까 싶다.

눈앞에 정신을 잃고 축 늘어진 막일꾼 녀석이 그런 무공을 지녔다.

더욱 놀라운 것은 놈이 사용한 난수와 철골지다.

놈이 어떻게 자신의 독문 절학을 알고 있을까? 초식을 구사하는 숙련도가 상당히 높았다. 난수와 철골지를 완벽하게 이해하고 몇십 년에 걸쳐서 수련한 사람 같다.

이해할 수 없다.

"네놈이 누구든 죽어줘야겠다."

유수신투는 살의를 굳혔다.

불행히도 상관교를 살해하는 장면을 자세히 보지 못했다.

온 정신이 어떻게 놈을 끄집어내느냐에 집중되어 있었기 때문에 놈이 발광하는 장면을 놓쳐 버렸다.

하나 분명한 것은 놈이 상관교를 죽인 건 정통 무공이 아니라는 것이다.

마공 쪽에 가까운 무공이다.

그렇지 않고서야 타격을 제대로 하지도 않았는데 오공으로 피를 쏟으며 죽어갈 리 없다.

무엇보다 놈을 볼 때마다 기분이 안 좋다.

뭐랄까? 그렇다. 놈은 돈벌레 같다.

돈벌레는 바퀴벌레 알을 먹어치운다. 하니 꼭 나쁘지만은 않다. 물리면 몹시 가렵고 오래가지만 해보다는 득이 많다. 그런데도 사람들은 돈벌레를 싫어한다. 무조건 싫어한다. 눈에 보이는 족족 잡아 죽인다. 혐오스럽게 생겼기 때문이다.

루검비는 혐오스럽게 생기지 않았다. 다부지고 단단해 보이니 천생 사내다.

한데 밉다. 이유는 없다. 괜히 밉다.

유수신투는 지금까지 살아오면서 자신의 눈 밖에 난 인간치고 제대로 된 인간을 보지 못했다. 눈 밖에 나는 놈은 항상 그럴 만한 이유를 가지고 있었다.

놈은 왜 미운 걸까?

이유는 모르겠지만, 아직 발견해 내지 못했지만 틀림없이 그럴 만한 이유가 있을 것이다.

"네놈을 깨워서 어떻게 난수와 철골지를 익혔는지 물어보고 싶다만, 나도 상관교 꼴이 날까 봐 겁나는구나. 하니 이대로 그냥 가거라. 너도 편하고 나도 편한 게 좋지 않냐."

유수신투은 철골지를 운용하며 오른손을 추켜들었다. 그때,

스스스스스......!

바람도 없는데 나뭇잎이 흔들렸다.

'제길! 기어이!'

유수신투는 신경을 쫑긋 세웠다.

상관락을 쫓을 때부터 기분 나쁜 움직임을 읽었다.

손녀 년과 자신은 상관락의 뒤를 밟고, 자신들의 뒤는 어떤 미친놈이 따라붙었다.

그놈이 누구인지 알아보고 싶은 마음이 굴뚝같았지만 참았다.

놈의 신법이 극히 정교하다. 신경을 바싹 곤두세우지 않는 한 눈치채기 힘들 정도다. 오죽하면 같이 가는 손녀 년은 미련 멍충이마냥 아무 눈치도 못 챘겠는가.

하나를 보면 열을 아는 법, 그가 시비를 걸어오지 않는 한 미리 달려들 필요는 없다.

그는 늘 곁에 붙어 있었다.

찾아보면 보이지 않고, 무심결에 뒤돌아보면 따라붙는 식

이다.

　루검비를 낚아채서 데려올 때, 그는 미친놈이 남아주기를 기대했다. 자신에게 볼일이 있는 게 아니라 상관락에게 달라붙어 주기를 바라고 또 바랐다.

　한데 자신의 뒤를 밟는다.

　미친놈은 루검비에게 용건이 있다.

　'허! 이놈이 누구기에 이놈 저놈 다 달라붙는 거야? 그것도 하나같이 난다 긴다 하는 놈들만.'

　스윳!

　유수신투는 오른손에 진기를 운집했다. 순간,

　스스스스스……!

　다시 나뭇잎이 흔들렸다.

　분명한 느낌이 왔다. 루검비를 죽이기 위해 손을 내려치면 누군지 모를 미친놈이 분명히 공격해 온다. 아주 강력한 공격이 될 것이고, 상당한 곤란을 겪을 게 예상된다.

　"어떤 새끼야!"

　"……."

　"병신. 숨어서 지랄만 하겠다는 거야?"

　"……."

　"안 나오면 이 새끼 대가리에 구멍 낸다. 내 성질 알지? 난 한다면 해. 괜히 숨어서 지랄 떨지 말고 나와. 면상 좀 보자."

　스스스스……!

　나뭇잎이 또 흔들렸다.

이번에는 조금 달랐다. 나뭇잎만 흔들린 것이 아니라 묵직한 것이 머리를 짓누르는 듯한 느낌까지 들었다.

타탁!

유수신투는 재빨리 루검비를 낚아채어 일 장 밖으로 미끄러졌다.

"어떤…… 너냐?"

유수신투는 눈살을 가늘게 좁혔다.

나타난 사람은 그도 안다.

나이는 서른 후반이니, 자식도 한참 밑에 자식뻘밖에 되지 않는다. 큰놈이 뒈지지 않고 자식을 낳았다면 손주놈 나이가 이 정도 되었을 게다.

이름은 초진량(焦振亮). 성격은 냉혹하며, 머리는 비상하다.

무천의 백이십(百二十) 통령(統領) 중에서도 악질로 손꼽히는 칠통령 중 한 명이다.

"선배, 놈을 죽일 생각이오?"

놈은 첫마디부터 시비조다.

이런 화법에 말려들면 낭패를 본다. 놈은 강하다는 자와는 무조건 드잡이질을 하고 싶어서 안달난 놈이다. 무림 배분(輩分)이나, 위명, 신분 같은 것은 안중에도 두지 않는다.

"이놈을 아냐?"

"놔주쇼."

"뭐야?"

"그 자식, 참 재미있는 놈이오."

"어쭈! 잘 아는 모양이네?"

"알지는 못하고…… 조사 중인 놈이오."

초진량이 귀찮다는 듯이 말했다.

유수신투의 머릿속이 분주하게 돌아갔다.

초진량 같은 놈이 '조사'라고 말할 때는 늘 피바람이 분다. 일개 문파 정도는 쑥대밭이 될 정도로 강력한 용권풍(龍捲風)이다.

놈은 상관락이 양귀비를 쓰는 것도 봤다. 그런데도 나서지 않았다. 불의를 보면 무조건 달려들어 승부를 결판 짓는 놈의 성격을 미루어 보면 정말 많이 참은 것이다.

무천은 이미 상관세가를 노려보고 있다. 그리고 그 한가운데 루검비가 있다.

"좋네. 양보하지. 이놈 정신 들면 하나만 물어보고……."

"거참, 놔주라니까 되게 귀찮게 하시네. 놔주쇼. 안 들립니까? 그냥 놔주쇼."

유수신투는 속으로 웃었다.

폭풍의 한가운데 루검비가 있다면 칼자루는 자신이 쥐었다.

"자식, 지랄하고 있네. 내가 네 밑썻개라도 되냐? 이래라저래라 하게. 까불지 말고 꺼져 있어. 성질나면 이 새끼 콱 죽여 버릴 테니까."

"선배……."

초진량의 눈가에 살기가 감돌았다.

"선배고 지랄이고 꺼져 있으라니까! 말 안 들려!"

"이러면 안 좋은데."

"하! 저 자식이 정말 사람 부아 돋구네."

유수신투는 짐짓 루검비의 목을 움켜잡고 힘을 주었다.

루검비가 무천에 얼마만 한 가치가 있을까?

"신투, 우리 언젠가 꼭 한 번 봅시다."

초진량이 물러섰다.

"하!"

유수신투는 기가 막혔다.

그가 아는 초진량은 어떤 일에서고 물러서는 법이 없었다. 반드시 자신의 뜻대로 일을 진행시키거나, 그렇지 않으면 아예 밥그릇을 깨버렸다. 그래서 무천의 윗사람들도 초진량을 상당히 껄끄러워한다고 들었다.

그런 그가 군말없이 물러섰다.

유수신투는 루검비를 내려다보며 중얼거렸다.

"도대체 네놈 정체가 뭐냐?"

루검비는 자신이 변해가는 모습을 한발 물러서서 객관적으로 지켜보았다.

반인반수(半人半獸).

정확히 자신의 모습이다.

절반은 인간이다. 나머지 절반은 악에 물든 악마다.

악마는 쾌락을 좇는다. 제공된 양귀비에 정신없이 빨려든다. 양귀비를 탐하는 악마의 힘이 너무 커서 인간의 외침 정도는 귓가에도 들리지 않는다.

그는 자신이 얼마나 나약한 존재인지 절실히 깨달았다.

의지로 양귀비의 유혹을 이겨내는 것은 너무 힘들다. 화룡이 빨리 커서 양귀비 같은 것은 들어오는 족족 튕겨내도록 해야 한다. 그런 지경에 이르면 굳이 의지로 양귀비를 이겨내지 않아도 몸이 알아서 멀리할 게다.

유수신투에게 고마움도 느낀다.

그는 칠성각(七星閣)에 자신을 버리고 갔다.

묻고 싶은 게 정말 많을 텐데, 아무것도 묻지 않고 혼자 있게 해주었다.

그 점이 고맙다.

루검비는 양귀비에 찌든 몸을 질질 끌며 산속으로 들어갔다.

어려서부터 산에서 살아온 탓에 사람들과 어울려 사는 것보다 산속에서 홀로 지내는 편이 훨씬 마음 편하다.

대부분의 사람이 한겨울에 산에서 뭘 먹고 사냐고 하는데, 여러 해 동안 산에서 살다 보면 눈 속에서도 먹을 것을 찾을 수 있다.

잔가지를 주워 물에 갠 흙을 발랐다. 그것으로 지붕을 얹고, 벽을 쌓아 몸 하나 뉠 공간을 만들었다.

바람만 들어오지 않으면 된다.

안에서 화톳불이라도 피워놓으면 혹한의 추위도 견딜 수 있다.

준비가 끝나자 루검비는 가부좌(跏趺坐)를 틀고 앉아 운공조식(運功調息)을 취했다.

화룡을 끌어올리는 짓은 하지 않았다.

현 상태에서 화룡을 건드리는 건 굉장히 위험하다.

자신의 몸속에는 불순한 기운이 곁들여져 있다.

양귀비의 독기도 무섭고, 이체관통으로 상관교의 몸을 훑은 것도 큰 영향을 미친다.

스님이 참선을 하듯 조용히 자신을 들여다봤다.

다른 행동은 일체 하지 않았다. 오직 내관(內觀)만 했다.

"흡정대법?"

"사실인 것 같아. 백초원이 무너졌고, 용검대도 스무 명가량이 죽었으니 상당히 타격을 받은 거지."

"음······!"

"어? 왜 그것밖에 안 놀래?"

"뭐?"

"왜 그것밖에 안 놀래냐고? 흡정대법이 출현했다는데 깜짝 놀라야 되는 것 아냐?"

"계집아, 난 이미 봤다."

"보다니 뭘? 설마······ 흡정대법을?"

"저놈이 상관교를 죽였는데, 그게 요상했거든. 때리지도 않았는데 뒈졌단 말이야. 지금 생각해 보니 흡정대법이었군."

"상관교가 죽어? 그런 소리 없던데?"

"뎄졌어. 오공으로 피를 쏟고."

조손신투는 은밀히 몸을 감추고 루검비를 지켜봤다.

소월신투의 눈빛이 예사롭지 않게 반짝였다.

그녀가 지나가는 말처럼 중얼거렸다.

"그런데…… 나 이상해. 쟤만 보면 심장이 쿵쾅쿵쾅 뛰어. 상관세가를 뒤질 때도 쟤가 보고 싶고…… 나 미쳤지?"

유수신투는 못 들은 척했다.

루검비의 일상은 굉장히 단순했다.

꼭두새벽에 일어나 물 한 모금으로 아침 식사를 하고 가부좌를 틀고 앉아 떠오르는 아침 해를 맞이한다.

정오가 될 때까지 루검비는 석상이 된다.

요동조차 하지 않아서 멀리서 보면 딱딱한 돌부처가 앉아 있는 것 같다.

점심은 나무껍질이나 뿌리를 캐먹는다. 그리고 거의 한 시진 정도 산을 거닌다.

특정한 목적이 있는 것은 아니고 자연을 즐기는 듯하다.

산에서 부는 바람, 나무들의 흔들림, 얼음 밑을 흐르는 물소리…….

거처로 돌아오면 다시 참선을 한다.

저녁은 먹지 않는다.

잠을 몇 시에 자는지는 파악하지 못했다.

그는 불을 밝히지 않았다.

늦가을이 될 때까지는 화톳불을 지폈지만, 정작 맹추위가 시작된 다음에는 불기 한 점 없이 지냈다.

그렇게 지내고도 얼어 죽지 않으니 다행이다. 굶어 죽지 않고 어떻게 지내는지 모르겠다.

조손신투는 불을 피웠다.

동물을 잡아 고기도 먹었다. 마을에 내려가 쌀도 사 왔다.

또 한 사람, 루검비를 지켜보는 사람이 있다.

초진량이라고 불리는 무인도 불을 피웠고, 밥을 지어 먹었다.

그는 연기가 나지 않는 나무를 골라 은밀히 불을 피웠지만 조손신투의 이목까지 숨기지는 못했다.

알면서도 모른 척 지낸다.

"재 도사야?"

"끄응! 아무래도 그런갑다. 하는 짓거리가 도사 뺨치네."

"먹지도 않고 불도 안 피우고…… 그래도 잘만 사네."

"야이, 계집아, 정신 차려. 무천에서 조사하는 놈이랬잖아. 무천이 조사하는 놈치고 성한 놈 봤냐? 아니, 그건 그렇다 치자. 흡정대법을 구사하는 놈이 정상이야?"

"그러는 할배는 왜 지켜보는데?"

"난 말이야. 궁금해서 미치겠는 게 있어. 무천이 왜 흡정대법을 가만 놔둘까?"

흡정대법 같은 마공이 출현하면 이유 불문, 참살하는 것이 무천의 관례다.

상관세가도 마찬가지다.

무천은 이토록 조용히 조사한 적이 없다. 상관세가에 문제점이 있으면 공식적으로 통령을 파견하여 조사했다. 상관교의 죽음이 알려지지 않은 것도 의문이다. 흡정대법에 죽었는데 아직도 세상은 그가 살아 있는 것으로 안다.

루검비의 흡정대법이 단순한 마공이 아니라는 뜻이다.

초진량이 산에서 겨울을 나면서까지 그를 지켜보는 건 환희밀공의 본질을 명확히 파악하겠다는 뜻이리라.

유수신투의 생각도 같다.

그는 루검비가 밉기는 하지만 그의 행동에서 잘못된 점은 찾아내지 못했다. 그는 누구와 싸우지도 않았고, 성질이 못되지도 않았다. 막일을 할 때는 오죽하면 순둥이라는 소리까지 들었겠는가.

산에서 하는 짓도 의아스럽다. 흡정대법을 익힌 자의 행동이라고 볼 수 없다.

흡정대법을 수련했으면 사람들 틈에 섞여 살면서 기회를 엿봐야 한다. 술꾼이 술을 찾듯 진기를 빨아먹지 않고는 견디지 못한다. 빨아먹을수록 진기가 강해지기 때문이다. 강함에 중독되었고, 더욱 강해지고 싶은 욕구가 생기기 때문이다.

루검비는 산에서 고승이나 도사 같은 생활을 한다.

도저히 흡정대법을 수련한 자라고는 보기 어렵다.

한 가지 염려스러운 것은 손녀의 마음이다.

계집애가 놈에게 마음을 빼앗긴 것 같은데…… 하필이면 근본도 모르는 놈을…….

"앗! 나왔다!"

소월신투가 말을 하다 말고 벌떡 일어났다.

유수신투는 남몰래 한숨만 내쉬었다.

별일도 아니다. 꼭두새벽이 되어 놈이 일어난 것뿐이다. 이제 개울에 가서 세면을 하고 아침이랍시고 물 한 모금 마시겠지.

이렇게 좋은가? 그저 모습만 봐도 좋은 건가?

천방지축 날뛰던 계집이 마음을 빼앗겼으니 이를 어쩐다?

궁금증이 치밀어 놈을 지켜보기는 한다만 잘한 일인지 모르겠다.

지켜보지 않을 수도 없었다. 계집애가 굳이 지켜보겠다는데 같이 있지 않을 도리가 없었다. '오냐! 너 혼자 지켜봐라' 하고 혼자 내버려 두었다면 냉큼 달려가 말을 걸고도 남을 년이다.

그럼 지금쯤 배가 동산만 하게 불렀을지도 모르고…….

'이그그!'

유수신투는 생각만 해도 끔찍해서 고개를 흔들었다.

"오늘도 물만 마시네. 고기 좀 갖다줄까?"

"계집아! 몇 번이나 말해야 알아들어! 양귀비 독기를 빼내느라고 그런댔지! 말을 하면 좀 들어라."

"그렇긴 해도……."

"너 병이 심해졌다?"

"……."

손녀는 툭 쏘아오지 않았다.

할배의 말에 대꾸할 생각 자체가 없는 게다. 눈에는 오직 루검비만 보이고 다른 사람은 보이지 않으니 그럴 수밖에 없다.

"날 풀리면 혼인한다는 소리 나오겠다?"

"그럴까? 쟤 데리고 살아도 괜찮겠지? 밥은 먹여줄 수 있는데. 흡정대법을 버리라고 하면 말 들을까?"

"드디어 미쳤구나?"

"……."

이번에도 손녀는 아무 대꾸가 없었다.

루검비를 쳐다보는 그녀의 눈이 무척 슬퍼 보였다.

2

인시(寅時)가 되자 저절로 눈이 떠졌다.

루검비는 다른 때와 다르게 눈을 뜬 후에도 한참 동안 누워 있었다.

휘이이잉!

매서운 겨울바람이 산을 휩쓴다.

폭설이 내린 지 얼마 되지 않아서 바람이 불 때마다 눈보라가 심하게 일어난다.

"후후!"

웃었다.

이유는 없다. 그저 웃었다.

하루가 새롭게 시작될 때, 웃음을 지으면 전신에 신선한 활력이 넘친다.

내가 나에게 웃는다.

양귀비의 독기는 말끔히 씻어냈다.

상관교의 생명을 취할 때 묻어온 불순한 양기도 한 점 남김없이 털어냈다.

상상으로 교주를 불러내어 정사를 벌이는 것도 화룡을 버리는 방법 중에 하나다. 틀림없다. 하나 그것은 꽃을 마구 흔들어 꽃잎을 떨구는 것처럼 무리한 힘이 가해진다.

순리대로 풀어가야 한다.

세월이 지나 때가 되면 잎이 떨어진다.

순수한 화룡을 키우다 보면 불순한 화룡을 저절로 소멸된다.

성급해서는 안 된다. 기다려야 한다. 큰 그릇에 반드시 화룡이 가득 담길 것이라고 믿고 기다리면 된다.

산속 생활을 하는 동안 교리를 명확히 알았다. 환희밀공에 대한 의문도 남기지 않았다.

이제 남은 것은 실천, 실행뿐이다.

일어나 문을 밀치고 나섰다.

뽀득! 뽀드득……!

걸음을 내딛을 때마다 깊게 쌓인 눈이 비명을 토해냈다.

평소 같으면 개울로 내려갔으리라. 얼음을 깨고 세수를 한 후, 물 한 모금으로 오장육부를 상큼하게 깨운다.

오늘은 개울로 갈 필요가 없다.

그는 성큼성큼 산 아래를 향해 걸어갔다.

뽀드득! 뽀드득! 뽀득! 뽀득!

루검비가 한 발 걸으면 그도 한 걸음 걸었다. 루검비는 내려 갔고, 그는 올라왔다.

"오랜만입니다."

루검비가 먼저 말을 걸었다.

"날 아나?"

그가 의아한 눈빛으로 말했다.

"제 목숨이 위급했을 때 구해주신 적이 있죠. 감사드립니다."

순간, 초진량의 눈가에 비수 같은 섬광이 흘렀다.

"약에 취해 있었어도 볼 건 봤다는 거군."

루검비를 그를 처음 본다.

눈으로 보는 것은 처음이다. 하나 그가 지닌 화룡은 느낀 적이 있다. 느낌은 뇌로 전달되고, 루검비 같은 사람은 낯선 느낌을 그냥 버리지 않고 차곡차곡 모아둔다.

화룡으로 사람을 알아보는 건 새로운 능력이 아니다. 예전에도 있어왔고 앞으로도 있을 것이다. 무공을 수련한 무인이나 평민이나 누구나 가진 능력이다.

이런 경우, 사람은 화룡을 기질(氣質)이란 이름으로 부른다.

기질이 남다르다. 기질이 특이하다. 기질이 강하다……

기질은 사람마다 각기 다르다.

살아온 환경이 각기 다르고, 생각이 다르기 때문에 같은 자극에도 다른 반응을 보인다.

사람들은 다른 사람의 기질을 알아보지만 크게 생각하지는 않는다. 그저 바람처럼 흘려보낸다. 더욱 세분화시켜 알아볼 필요성이 없기 때문이다.

루검비는 자연스럽게 분류가 된다.

그에게는 큰 그릇이 있기에 작은 그릇들을 분류할 수 있다. 태산(泰山)이 동산(童山)을 굽어본다고 할까?

"용건이 있으신가 봅니다."

초진량은 다짜고짜 목검(木劍)을 빼 들었다.

"우선 네놈이 얼마나 잘났나부터 보고."

그는 산을 오를 때부터 작심하고 올랐다.

목검까지 다듬어서 가지고 온 것은 죽이지는 않겠지만 흠씬 두들겨 패겠다는 뜻이다.

루검비는 빙그레 웃었다.

싸우는 것도 나쁘지 않다.

어차피 무림에서 벗어나지 못할 바에는 아예 본격적으로 무공을 배우는 거다.

난수와 철골지 같은 정식 공부를 습득한다.

"웃어? 후후후!"

쒜에엑!

목검이 겨울 공기를 갈랐다.

"말려야 하지 않아?"

"가만히 있지 못해!"

유수신투는 평소의 그답지 않게 버럭 고함을 질렀다.

싸움은 일방적이다.

초진량은 무자비하게 두들겨 패고, 루검비는 단 한 대도 피하지 못하고 얻어터진다.

목검에는 강맹한 진기가 실렸다.

검처럼 베이지는 않지만 한 대 맞을 때마다 뼈마디가 욱신거릴 것이다.

싸움은 예상외로 길어졌다.

처음에는 한두 대 정도 얻어터지고 끝날 줄 알았다. 한데 열 대를 넘어서고 스무 대에 가까워진다. 목검에 실린 진기도 점점 강맹해져서 이제는 자칫 잘못 맞으면 즉사할 정도까지 되었다.

루검비가 웃고 있기 때문이다.

"안 되겠어."

소월신투는 싸움판으로 뛰쳐나가려고 했다. 하나 그녀는 유수신투가 옷소매를 잡아채는 바람에 다시 주저앉았다.

"왜!"

"네 눈에는 저놈 얼굴이 안 보여?"

"뭐가!"

"웃고 있잖아, 계집아!"

그제야 소월신투는 화급히 루검비를 쳐다봤다.

조부 말대로 웃고 있다. 모진 매를 맞으면서 아무렇지 않은 듯 빙그레 웃음을 짓는다. 껄껄 웃는 것은 오기에 치받쳤기 때문이라고 할 수 있지만 빙긋 웃는 것은 진심으로 웃는 것이다.

"금종조(金鍾罩)? 저거 금종조야?"

유수신투는 고개를 가로저었다.

"저렇게 두들겨 맞고도 웃을 수 있다면…… 금강불괴(金剛不壞)?"

유수신투는 대꾸조차 하지 않았다.

루검비는 자신도 놀래킨 적이 있다. 파심장을 정통으로 얻어맞았는데 멀쩡했다.

피와 살로 만들어진 육신으로는 어림도 없는 일이었는데, 해냈다.

지금도 마찬가지다. 초진량의 목검을 이런 식으로 맞으면 안 된다. 벌써 병신이 되거나 피똥을 쌌어야 한다.

루검비는 파심장을 이겨낸 것과 같은 수법을 쓰는데, 알아보지를 못하겠다.

"저놈…… 상당한 고수였군."

그는 이 말밖에 하지 못했다.

"너란 놈은……."

초진량이 놀란 눈으로 물러섰다.

그는 검초에 사정을 담지 않았다. 원래가 그렇다. 검을 쓸

때는 항시 지극하게 썼다. 그것이 검을 잡은 무인의 도리라고 배웠고, 명심해 놓았다.

루검비는 머리가 깨졌다. 붉은 피가 줄줄 흘러내린다. 갈비뼈도 한두 대 정도는 부러졌을 게고, 팔과 다리는 온통 멍투성이다.

한데도 웃는다.

더욱 기가 막힌 것은 때리면 때릴수록 힘이 빠진다는 것이다. 진기는 더욱 강하게 끌어올리는데 타격력은 훨씬 약해진다.

흡정대법이다.

흡정대법은 큰 단점이 있다. 살과 살이 붙어야만 한다. 몽둥이로 두들겨 패면 정말 개처럼 얻어맞을 수밖에 없다. 어떻게 해서든 몸을 붙잡으려고 하겠지만 어림도 없다. 일정한 거리를 유지하는 것 정도야 너무도 쉽다.

한데 루검비의 흡정대법은 다르다.

목검을 통해 전해지는 진기까지 빨아들인다.

세상에 이런 놈이 있나.

이런 놈과는 죽일 생각이 아니면 싸워서는 안 된다. 검이나 도로 한 수에 목을 떨궈내는 방법이 최선이다.

"대단한 흡정대법이군."

"환희밀공입니다."

"그 말이 그 말 아냐?"

"다릅니다. 환희밀공은 흡정대법이 아닙니다."

"크큭!"

초진량은 비웃었다.

루검비는 눈을 감고 조용히 호흡을 골랐다.

사람은 호흡에 모든 걸 담는다.

생명, 감정, 흥분, 분노, 절망…… 모든 게 호흡에 담겨 나온다.

산에서 호흡을 살폈다.

기뻤을 때의 호흡은 어땠는가. 슬펐을 때는, 흥분할 때는 어떤가. 흥분도 각기 다르다. 몰랐던 것을 알아냈을 때 느끼는 흥분이 있고, 아름다운 여인을 만났을 때 느끼는 흥분이 있다.

어떠한 감정이든 각기 독특한 호흡이 있다.

루검비는 마음이 평온했을 때 느끼는 호흡의 길이와 강도, 폐로 스며드는 깊이를 떠올렸다.

당시의 호흡을 고스란히 재현하면 그때의 감정이 되살아난다.

흥분했을 때의 호흡을 하면 마음이 격동한다. 평온을 느끼면 평화로워진다.

'후우우……!'

깊이 들이마신 호흡이 잔잔하게 흘러나갔다.

이렇게라도 해서 자신의 화룡을 잠재워야 한다. 방금 전, 잠깐 느낀 격동이 화룡을 움직였고, 초진량의 화룡과 충돌했다. 그리고 그때 초진량이 비웃음을 드러냈다.

"루검비."

루검비는 말을 하라고 손을 들어 보였다.

"성이 특이해서 알아봤지, 육반루가에 검비란 이름을 가진 아이가 있는지."

루검비의 눈가에 파랑(波浪)이 일었다.

"육반루가에서 흥미있는 반응을 보이더군. 루검비란 이름을 꺼내자마자 바싹 달라붙던데. 아! 너무 어렸을 적이라 생각나지 않겠군. 괜찮으면 당시 어떤 일이 있었는지 설명해 주고 싶은데."

"죄송하지만 육반루가에 대한 말은 처음 듣습니다. 사람을 잘못 보신 듯합니다."

루검비는 공손했다.

그러자 초진량의 눈가도 부드럽게 풀렸다.

본인은 의식하지 못할 테지만 루검비는 확실히 느꼈다.

"그래? 같은 루씨 집안인데 그곳에도 검비라는 이름을 가진 아이가 있었다는군. 육반루가를 풍비박산(風飛雹散) 낸 호래자식의 아들놈이었다지? 좌우지간, 그쪽에서 벼르는 것 같더라고."

"제가 들을 말이 아닌 듯합니다."

"그렇다면 말이야. 우리 환희밀공에 대한 말을 나눠볼까?"

"……."

"환희교는 어때? 여러 사람이 보는 앞에서 교주와 뜨거운 정사를 나눴다며?"

초진량의 말투가 다시 거칠어졌다.

어떻게든 루검비를 격동시켜서 싸움을 일으키려는 의도 같았다.

'후우우우…….'

루검비는 다시 호흡을 고르게 했다.

환희밀공이라는 말을 듣는 순간 잠시 흔들렸다. 그 흔들림이 '교주와의 정사'라는 말을 이끌어냈다.

손뼉도 부딪쳐야 소리가 난다.

한쪽이 반응을 보이지 않으면 소리는 일어나지 않는다.

"용건만 말씀하시죠."

"후후후! 대단한 수양이군. 어리다고 들었는데…… 좋아. 용건을 말하지. 무천에 가줘야겠다."

"……."

"널 보자는 사람이 많다. 육반루가에서도 사람이 와 있고, 상관세가에도 연락이 갔다. 맺은 것이 있으면 풀어야지?"

루검비는 즉시 고개를 끄덕였다.

"가겠습니다, 무천에. 단, 제가 가겠습니다. 날짜를 알려주시면 그 날짜까지."

"말귀가 어둡군. 넌 지금 가야 해. 나와 함께."

루검비는 고개를 가로저었다.

할 일이 많다.

무천에는 가겠지만 지금 당장은 아니다. 가장 시급한 것은 환희밀공이 온전하게 돌아가는지 확인하는 것이다.

초진량은 잠시 망설였다.

루검비를 억지로 끌고 갈 수는 있다. 하나 상처를 입혀야 한다. 그렇지 않고는 방법이 없다.

"오는 사월 초하루까지 무천에 와라."

초진량은 두말하지 않고 뒤돌아섰다.

육반루가 사람들이 왜 자신을 보고자 할까? 육반루를 풍비박산 냈다고? 아버지가?

거기까지는 모른다.

모르는 일은 모른 체 남겨둔다.

꼭 알아야 할 게 있지만 어떤 것은 덮어두고 가는 게 더 좋을 수도 있다.

'환희밀공부터……'

3

나무 벽이 바람을 막아주고, 푹신한 지푸라기가 몸을 감싸주니 이만한 보금자리가 어디 있는가. 하루 세 끼 따뜻한 밥을 먹고, 하루 온 종일 환희밀공을 수련할 수 있으니 이보다 더한 곳을 또 어디서 찾겠는가.

루검비는 마부(馬夫)가 되었다.

말을 돌보는 것이 일과였고, 해가 지면 건초(乾草) 더미에서 잠을 청했다.

"말이 확 달라진 것 같아. 먹이는 건 똑같은데 왜 그러지?"

"그렇지? 튼튼해진 것 같지? 나만 그렇게 느끼나 했지."

"우리 모르게 뭐 특별한 거라도 먹이나?"

"그런 것 같지는 않더라고. 좌우지간 괴상한 놈이 들어왔어."

하인들은 둘만 모였다 하면 루검비 이야기로 쑥덕거렸다.

그는 희한하다.

사람보다는 말과 더 잘 어울린다.

표국(鏢局)에 들어와 말을 돌본 지 한 달이 다 되어가지만 표국 사람 대부분이 아직까지도 그와 말을 나눠보지 못했다.

그는 묻는 말에만 대답한다.

그것도 쓸데없는 잡담은 빙긋 웃고 만다. 꼭 대답해야 할 말을 묻지 않는 한 그의 입에서 대답을 듣기란 하늘에 별 따기다.

말은 참 잘 돌본다.

하루 종일 말을 쓰다듬고, 빗질해 주고, 오물을 친다.

마굿간에서 말과 함께 하루를 보낸다는 편이 맞다.

결국 사람들은 편하게 생각했다.

"참 말을 좋아하는 사람이야."

동물은 기(氣)에 예민하다.

좋은 기운을 흘려주면 아무 의심 없이 즐겁게 받아들인다.

말을 잘 돌보는 비법 같은 건 없다.

말의 감정을 살피고, 원하는 것을 줄 뿐이다.

그는 자신의 것을 아낌없이 주었다. 화룡이 되었든 수룡이 되었든 몸에 쌓이는 족족 풀어냈다.

이것이 산에서 터득한 환희밀공 수련법이다.

그릇을 완전히 비우면 더 많이 들어온다. 주면 줄수록 더 큰 것이 들어온다.

사람을 대상으로 시험해 볼 수는 없었다.

화룡을 잘못 전해주기라도 하면 자칫 목숨을 앗는 수가 있다. 자신이 잘못될 경우도 있고, 상대가 잘못될 수도 있다.

그는 부담없는 말을 선택했다.

마부…… 참 좋은 직업이다.

말에게 화룡을 건네주려면 말의 기운을 읽어야 한다. 기분 좋을 만큼 건네주면 말이 콧김을 불어내며 푸드득거린다. 고맙다, 좋다는 뜻이다.

그 후부터 말은 루검비만 보면 반긴다.

루검비의 생김새를 찾는 게 아니다. 루검비의 몸에서 뿜어져 나오는 화룡의 기운을 느끼는 것이다.

무인은 신법(身法)을 배운다.

몸을 가볍게 해주어 빨리 달릴 수도 있고, 먼 길을 지치지 않게 가게도 해준다.

그렇게 좋은 것을 배웠으면 늘 사용해야 하지 않을까?

아니다. 무인들은 필요할 때만 신법을 사용한다. 진기가 소모되기 때문이다.

환희밀공은 소모라는 개념이 없다.

준다는 말에는 '희생'의 개념이 포함되어 있다.

'내가 써야 하는데 쓰지 않고 너에게 주니 손해를 봤다' 라는 내용이 내포된다.

그런 뜻이라면 환희밀공은 주는 게 아니다.

물레방아에 물이 떨어진다. 아래쪽에서는 끊임없이 물을 흘려보낸다. 그러면 그냥 보내기만 하는 것인가? 아니다. 위에서 받는다. 받으니 흘려보내는 것이다. 주고받는 과정이 함께 이루어져야 물레방아가 돈다. 어느 한쪽만 진행되어서는 물레방아는 결코 돌지 않는다.

환희밀공은 물레방아다.

버리는 속도가 빨라지면 받는 속도도 빨라진다.

원래는 반대가 되어야 한다. 받는 속도가 빨라야 버리는 것도 빠르다. 위에서 많이 쏟아부으면 빨리 버려진다.

하나 이런 방법을 사용하면 상당히 피곤해진다.

받는 것, 버리는 것에 모두 신경 써야 한다. 버리기만 하면 받는 건 저절로 이루어지는데 굳이 받는 데 골몰하고, 버리는 데 예민할 필요가 뭐 있는가.

버리기만 하면 된다. 주고 또 주면 된다.

큰 그릇은 깨진 독에 비유된다.

깨진 독은 물을 잘 채우지 못한다. 서서히 흘러드는 물은 결코 독을 채우지 못한다. 급하게 콸콸 쏟아져 들어와야 한다. 깨진 곳에서 물이 쏟아져 나가도 들어오는 양이 많으면 오히려 넘칠 것이다.

그렇다. 독을 채우는 과정 역시 버림에 중점을 둬야 한다.

수량이 많든 적든 계속 버리다 보면 언젠가는 채워진다.

말은 동물이다. 움직이는 기운을 가지고 있다. 한천의 수기처럼 이질적인 기운이 아니라 살아서 움직이는 생기를 지녔다.

혹시나 하여 말에게 기운을 줘봤는데, 대성공이다.

루검비는 말과 지내는 하루하루가 재미있었다.

"마노(馬奴). 마노, 어디 있어?"

'후우!'

루검비는 남몰래 한숨을 내쉬었다.

버리고 쌓는 과정에서 화룡은 점점 짙은 냄새를 풍긴다.

수룡도 끌어오고 화룡도 끌어온다.

버림을 몰랐을 때, 기운이 적체되어 있을 때의 화룡은 맹렬했다. 같은 화룡을 보면 적으로 간주했다.

버림을 알자 화룡은 화룡을 봐도 성을 내지 않는다. 상대가 화를 내도 슬쩍 웃어넘긴다.

화룡은 어차피 버려질 것을 안다. 한곳에 머물러 있지 않고 흘러갈 숙명임을 안다. 루검비의 몸을 차지할 수 없다. 그저 잠시 스쳐 지나가는 역참(驛站)이다.

화룡을 만났다고 성낼 이유가 무엇인가.

문제는 수룡이다.

수룡과 화룡은 자석처럼 보기만 해도 달라붙는다. 멀리 떨어져 있어도 서로의 존재를 느낀다.

"여기 있었구나. 왜 대답을 안 해."

그에게 관심을 갖는 여인은 많다.

은근히 눈짓을 보내오기도 하고, 맛있는 음식을 가져다주기도 한다.

그 정도만 되어도 다행인데…… 음기가 강한 여인은 달궈진 몸을 주체지 못하고 몸을 부딪쳐 온다.

"마노, 정말 이럴 거야?"

표국이 좋은 점은 많은 사람들이 오고 간다는 점이다. 그래서 가만히 앉아 있어도 여러 군상(群像)을 볼 수 있다.

나쁜 점은 표두(鏢頭)나 표사(鏢師)의 경우, 몇 달 며칠씩 집을 비운다는 것이다.

불행히도 그들은 벌이가 좋다.

집에는 넉넉한 돈을 가진 아낙만 남는다. 그리고 그녀들 중 일부는 뜨거운 잠자리를 위해 많은 돈을 쓴다.

그런 연유로 표행(鏢行)이 끝난 후에는 늘 잔잔한 긴장감이 넘쳐흐른다.

"마노, 오늘 밤에 와. 꼭. 알았지? 대답해 줘. 올 거지? 술 받아놓을게. 술만 마시고 가. 응?"

루검비는 지푸라기를 뭉쳐서 말 등을 쓸어주었다.

대답은 언제나 하지 않았다. 들은 척도 하지 않았다. 그래도 그녀들은 늘 은밀히 다가온다. 유혹의 끈을 절대로 놓지 않는다. 표행이 끝나 표사들이 돌아오기 전까지는.

"두 냥이네."

"감사합니다."

"말을 잘 돌봐서 특별히 더 주는 걸세."

"네."

"이번에 표행에서 돌아오는 말들도 잘 살펴줘야 하네."

"여부가 있겠습니까?"

일개 마부에게 총표두(總鏢頭)가 직접 은자를 건네주는 일은 드물었다.

사실 루검비처럼 은자를 받고 일하는 마부도 없다. 마구간에서 일하는 사람들은 모두 팔려온 노예들, 즉 마노들이다. 루검비가 돈을 받고 일해도 많은 사람들이 마노라고 부르는 이유도 그 때문이다.

"자네, 표행에 따라가 보지 않으려나?"

"표행요? 감사합니다만 경험이 없어서……."

"경험이야 처음에는 누구나 없는 거지. 자네 말 다루는 솜씨를 보니 아까워서 하는 말이네. 이대로 썩기에는 재주가 너무 아까워. 오가면서 말도 돌보고, 서역(西城) 구경도 하고, 그곳에서 좋은 말도 사 오고. 괜찮지 않나?"

"생각해 보겠습니다."

루검비는 공손히 대답했다.

'떠날 때가 되었어.'

사람의 관심을 받지 않으면 못 사는 사람도 있지만 루검비는 정반대다. 사람들의 관심이 부담스럽다. 그저 자유롭게 살도록 내버려 두기만 하면 좋겠다.

그는 은자 두 냥을 들고 도읍으로 나갔다.

유천(洧川)에 들어설 때 한 번 보고 이번이 두 번째다. 그때는 대낮이었고, 지금은 야밤이다.

유천은 불야성(不夜城)을 이뤘다.

주루(酒樓)에서는 술 냄새와 고기 냄새, 여인의 분 냄새가 진동했다. 깔깔거리고 웃는 소리, 막무가내로 고래고래 고함치는 소리가 밤하늘을 울렸다.

기루(妓樓)도 지나쳤다.

주루나 기루나 야밤에는 같은 모양을 띈다.

분 냄새와 술 냄새 중에서 어느 냄새가 더 강한가로 구분 지어질 뿐이다.

루검비는 환한 불빛을 뒤로하고 어두운 골목길로 접어들었다.

실개천이 보였다.

유천에서 쏟아져 나온 오물을 버리는 곳이라 썩는 냄새가 코를 찌른다.

개천을 따라 걸었다.

"공자님, 잠깐만 시간 내줄래?"

여인네가 다가와 팔을 붙들었다.

돈에 팔려온 마노들도 성욕은 해소해야 한다. 노예와 정식으로 혼인할 사람은 없고, 여인과 만날 시간도 없고…… 그래서 동전 몇 닢이라도 생기면 달려오는 곳이 이곳이다.

마노들 간에는 요색천(了色川)이라고 불린다.

'후…… 우!'

여인의 모습을 보기 전에 한숨부터 나왔다.

여인의 몸은 너무 많이 피폐해 있다. 음기는 거의 바닥나서 여인으로 보는 사람도 없을 게다. 조금 심하게 말하면 알몸으로 목욕을 해도 달려드는 사내가 없을 것이다.

"어디로……."

"처음인가 보네?"

"……."

"부끄러워하긴. 은자 한 냥이야. 있어?"

은자 한 냥씩이나 들여서 요색천을 찾는 사내가 있다면 바보 중에 상바보다. 이런 곳은 동전 닷 닢 내지 여섯 닢 정도면 충분하다.

루검비가 그런 바보였다.

그는 은자 한 냥을 꺼내 그녀의 손에 쥐어 주었다.

여인은 이게 웬 횡재냐는 듯 얼른 받아 챙겼다.

"따라와. 한 번인 것 알지? 긴 거. 그러니까 같이 밤을 새려면 은자 두 냥을 더 내야 해. 긴 거로 할래?"

한 냥만 말했으면 좋을 게다. 품에 있었으니까. 불행히도 여인은 두 냥을 말했고, 루검비는 흥정을 할 줄 몰랐다.

루검비가 고개를 흔들자 여인은 입맛을 다셨다.

"어떻게 할래?"

여인은 땟국이 자르르 흐르는 침상에 사지를 활짝 벌리고 누웠다.

유등(油燈)의 심지가 검은 그을음을 내며 탄다. 침상 옆에는 여인의 옷이 한 벌 더 놓여 있고, 그 옆에는 역시 검은 땟국이 자르르 흐르는 헝겊이 놓여 있다. 마노들 말로는 일을 끝낸 후, 뒤처리를 하는 데 쓴다고 한다.

침상 아래로는 요강도 있다.

절반쯤 소변이 담겨 있어서 방 안 가득 지린내가 풍긴다.

"이것도 처음이야?"

여인이 별 희한한 놈 다 보겠다는 표정을 지었다.

불빛 아래서 보니 쉰을 훌쩍 넘긴 듯 흰머리가 제법 많다. 살은 탄력을 잃어서 주름이 잡힌다.

'후우우우······.'

루검비는 깊은숨을 들이켰다. 그리고 평정심을 떠올리며 깊게, 깊게 내뿜었다.

여인의 손을 잡았다.

이체관통, 화룡이 수룡을 찾아 여인의 몸을 휘젓는다.

"하악!"

여인은 들뜬 신음을 토해냈다.

꼭 끌어안고, 입술을 탐하고, 가슴을 만지고······ 여인은 극도로 흥분하여 몸을 마구 뒤틀었다.

동정이어서는 안 된다. 봉사여서도 안 된다. 희생이라는 말도 어림없다. 진정으로 아끼고 사랑해야 한다. 여인의 느낌을 받아들이고, 자신의 느낌을 준다.

지법 예순한 번째 그림, 연자투수(燕子偸水). 제비가 물 위를 스치듯 난다.

루검비는 몸을 가볍게 하여 여인의 배를 스치듯 비볐다.

"아아! 너, 너, 너 정말!"

여인은 루검비의 목을 꽉 끌어안은 채 고개를 뒤로 확 젖혔다. 그녀의 눈동자에는 광기가 어리기 시작했다.

"저기……."

"……."

"자고 가도 돼."

"……."

"자고 가면 안 돼? 자고 가."

"……."

"돈… 돈 다시 줄게. 이런 말 하면 우습지만…… 나 다시 여자가 된 기분이었어. 옛날에…… 옛날에는 나도 좋았는데. 자고 가기 힘들면 조금이라도 있다 가면 안 될까?"

루검비는 침울했다.

여인에게 환희밀공을 시험해 봤다는 게 견딜 수 없는 죄책감으로 다가왔다.

서로 즐겼다고 치부하면 그만이다. 돈을 주고 여인을 샀다.

그러면 됐지 않은가.

아니다. 환희밀공의 효력은 그가 생각했던 것보다 훨씬 크다. 그의 화룡은 여인의 음기를 최대한으로 격발시켰다. 나쁜 기운은 태우고 좋은 기운만 남겼다.

좋은 일이지 않은가.

물론 좋다. 문제는 몸이 좋은 것을 안다는 거다. 이번에 좋았으니 다음에도 좋을 것이라고 생각해서 또 찾는다. 찾고 또 찾는다.

그녀 스스로 수룡을 제어할 수 있는 단계까지 오르지 않는 한은 사내의 몸에서 화룡을 찾으려고 한다.

요조숙녀라면 탕부(蕩婦)가 되기 십상이다. 탕부라면 망설임없이 창기의 길로 들어설 것이고, 창기라면 쉼없이 몸을 팔다가 탈진하여 죽을 것이다.

환희밀공은 일회성으로 끝나서는 안 된다. 계속, 끊임없이 지속시켜 주어야 한다. 언제까지? 그녀 스스로 수룡의 존재를 의식하고 제어할 수 있을 때까지.

그래서 환희교가 필요했던 것이다.

화녀와 정랑을 한군데에 모아놓아야만 했다.

루검비와 같은 과정을 거치지 않고 화룡과 수룡을 얻을 수 있는 방법은 수문장이 존재하는 환희교였다.

이제 이 여인은 어쩐단 말인가.

루검비는 여인을 안았다.

"나…… 따라가면 너무 욕심이지?"

여인을 등 뒤에서 부드럽게 감싸 안았다.

머릿속에는 지금 자세에서 사용할 수 있는 체위가 수십 개나 스쳐 갔다.

지법 스물한 번째, 휘동미파(揮動尾巴)!

살랑대는 엉덩이를 어루만진다.

"또?"

여인은 거부하지 않았다.

루검비가 실개천에 모습을 드러낸 것은 다음날, 정오를 훌쩍 넘긴 미시(未時) 무렵이었다.

여인은 나오지 않았다.

떠나는 모습을 보기 힘들다며 벽을 보고 누워서 잘 가라는 인사만 남겼다.

환희교에서 말하는 정사를 알고 싶었다.

그래서 일부러 요색천을 찾았다. 인생 막바지까지 치달은 여인들이니 부담이 적을 것 같았고, 가슴이 축 늘어지고 살의 탄력도 잃어서 도저히 여인으로 볼 수 없는 여인을 안을 수 있는지 알고 싶었다.

그가 늘 혼란을 겪어왔던 게 생각과 실제가 다르다는 것이었다.

마음으로는 세상 모든 여자를 고루 사랑할 수 있을 것 같지만 실제로는 정이 가는 여자가 있고 안 가는 여자가 있게 마련이다.

정을 주려야 줄 수 없는 여자와 나누는 정사는 어떨까? 그런 여자에게도 환희밀공을 펼쳐서 음기를 극상으로 끌어올릴 수 있을까? 막연히 수문장의 의무로 이행하는 것이 아니라 진심으로 기뻐서 할 수 있을까?

결과는 알았다. 하나 그 대가가 너무 슬프다.

요색천을 벗어나 대로로 접어들었을 때, 그는 담장에 기대어 있는 소동을 보고 흠칫 걸음을 멈췄다.

"저도 사내라고."

소동은 대낮임에도 불구하고 술병을 들이켰다.

얼굴이 새빨갛게 붉어져 있고, 입에서 술 냄새가 진하게 풍기는 것으로 봐서 상당히 많이 마신 것 같다.

"왜 하필 요색천이야?"

취한 것에 비해서 소동의 음성을 또렷했다.

"돈이 없으면 달라고 하지. 여자가 궁했으면 구해달라고 하고. 그럼 나라도 줬을 것 아냐."

소동의 눈가에 눈물이 맺혔다.

"너, 나 알지? 알아, 몰라! 새끼야!"

"알고 있소."

"내가 누군데?"

"소월신투."

"그런 것 말고. 이름. 내 이름이 뭐야?"

"곡(曲) 소저(小姐)."

"소저는 쥐뿔!"

"곡조하(曲朝霞)."

"잘 아네?"

많이 아는 건 아니다. 소월신투의 이름이 곡조하라는 건 이미 무림에 널리 알려졌다.

"한데 난 널 모르겠다. 너 누구야?"

"……."

"너, 너란 놈. 너란 새끼…… 정말 모르겠어."

소월신투가 휘적휘적 걸어갔다.

"휴우!"

루검비는 탄식을 불어냈다.

소월신투가 왜 이런 말을 쏟아냈는지 모른다면 멍청이다. 그녀의 마음이 어떤지는 그녀보다도 자신이 먼저 알았다. 짧은 시간 안에 이런 상황이 올 것이라는 것도 짐작했다.

여인의 수룡을 들여다볼 수 있고, 읽을 수 있는데 앞일인들 예측하지 못하랴.

언제부터인가 유수신투가 보이지 않는다. 하나 소월신투는 한시도 떠난 적이 없다. 자신이 어디서 무엇을 하든 늘 지켜봤다.

요색천에 가면서도 그녀가 받을 상처를 생각했다.

웃기지 않은가. 서로 말 몇 마디 주고받지 않았다. 밀어(蜜語) 같은 것은 나눌 틈조차 없었다. 형제는 어떻게 되는지, 어떻게 자랐는지…… 서로에 대해서 아는 게 전혀 없다.

그런데 서로가 서로를 헤아린다.

이것이 환희밀공의 힘이다.

혼자 배워서 즐기는 것이 아니라 많은 사람이 함께 배워서 행복한 삶을 영위하는 게 목적이다.

한데 자신은 사람들을 아프게만 한다.

사내는 싸움의 대상이 되고, 여인은 쓰린 상처를 보듬어 안는다.

"휴우!"

아무래도 요색천에 간 것은 사려 깊지 못한 행동이었다.

第二十一章
만악(萬惡)의 덫

환희밀공 功

1

　

"하악! 아악! 미쳐!"

얇은 벽 너머에서 여인의 교성이 끊임없이 들려왔다.

"저년, 미친 것 아냐? 오늘따라 왜 저 지랄이야?"

"놔둬. 간만에 눈깔 뻔 놈이 걸려들었나 보지."

"어떤 놈인지 낯짝 구경 좀 하고 싶군. 어떻게 저런 년을 품을 맘이 생겼을까?"

"호호호! 남의 여자 가지고 왜 그래?"

그들은 가볍게 농을 주고받았다.

한데 시간이 지나자 그들은 생각을 수정해야만 했다.

"하악! 헉헉……!"

또 들려온다.

"도대체 어떤 새끼야! 저 새끼는 잠도 없나! 오늘 도대체 몇 번째야! 여자라고는 구경도 못해본 거지새끼 아냐?"

"저거, 오늘 호강하네. 일 년 동안 할 것 오늘 몰아서 끝내나 봐. 저러다 진 빠져서 어디 걷기나 하겠어?"

그 생각도 잘못되었다.

밤새도록 이어진 정사는 날이 밝은 후에도 그치지 않았다.

그들은 할 말을 잃어버렸다.

사내의 끊이지 않는 정력에 감탄했고, 흉물 사나운 여인을 안은 배짱에 박수를 보냈으며, 목이 쉬어 꺽꺽거리면서도 끝까지 사내와 놀아나는 여인을 부러워했다.

"음약을 먹인 것 같지?"

"나도 그 생각했는데. 한데 음약도 아닌 것 같아. 음약 같았으면 지금쯤 곯아떨어졌어야 하는데, 아니잖아."

경이로움을 넘어서 신기했다.

요색천 여인들은 정사를 즐기지 않는다.

사내라면 이미 신물 날 정도로 겪은 후인지라 단지 밥벌이로 즐기는 척만 한다.

그런 의미에서 술 취한 취객은 아주 좋은 손님이다. 기껏해야 한 번이고, 많아야 두 번이다. 어중간하게 취한 취객은 최악이다. 온갖 것을 요구하는 통에 배는 피곤하다.

대충 대충해서 빨리 재우고 날이 밝는 즉시 돌려보내는 것.

요색천 여인들이 손님을 대하는 방법이다.

한데 벽 너머의 여인은 정말 즐긴다.

한 번으로 그치지 않고 두 번, 세 번, 네 번…… 날이 밝은 후까지 지겹도록 이어진다.

폐기 중의 폐기에게 그런 체력이 남아 있었나?

음약을 복용하지 않고서야 저럴 수 있나.

음약은 아니다. 음약은 정신을 혼미하게 만드는 관계로 체력 소모가 극심하다. 정사를 나눌 수는 있지만 길어야 두어 시진, 그 후는 정신없이 나가떨어진다.

어떤 일이 벌어지고 있는 건가.

그들은 밖으로 나와 강둑을 서성거렸다.

방에서 나오는 놈이 어떤 놈인지 보고 싶었다.

멀쩡하게 생겼다. 얼굴도 멀쩡하고 몸도 멀쩡하다. 정신에 이상 있는 것 같지도 않다. 혼자서 어깨를 펴고 당당하게 걸어가는 게 영락없이 사내대장부다.

저런 놈이 그런 여자와 뒹굴었단 말인가?

"기다려 봐. 내가 알아볼게."

여인이 안으로 들어갔다.

"몸이 활활 타는 것 같았어. 옛날 첫 낭군과…… 휴우! 언제 또 저런 사람을 만날지."

"이야기도 별로 하지 않는 것 같던데?"

"희한하지? 말도 몇 마디 나누지 않는데, 수십 년 만난 것 같았어. 그 남자는 나에 대해서 환히 알고, 나도 속속들이 알고. 꼭 그런 느낌이었어."

"얼굴이 환해졌다."

"정말? 기분이 좋긴 해. 기운도 넘치고."

"별일이야. 밤새도록 해놓고 기운이 펄펄 나?"

"정말 이상해. 흑! 나 어떡하지? 벌써 보고 싶어. 내 주제에
저런 남자를 어떻게 만나. 흑흑!"

산전수전 다 겪었다는 폐기는 하룻밤 손님 때문에 울기까지
했다.

여인은 멍하니 쳐다볼 수밖에 없었다.

'말도 안 돼!'

"환희밀공 아닐까?"

"환희밀공?"

"맞아! 환희밀공이야! 계집도 계집 나름인 거야. 저렇게 뿌
리째 썩어문드러진 고목에 꽃이 피게 만드는 건 환희밀공밖에
없어."

"그렇게 말하니 정말 그러네."

"뭐 해! 빨리 나가보지 않고!"

"알았어. 내 빨리 가서 알아보고 올게."

얼굴이 유난히 시커먼 여인이 몸을 일으켰다.

사내를 찾는 건 쉬웠다.

오후에 들어서서야 유색천을 벗어나는 사람이 흔한가. 체면

때문이라도 날이 밝기 무섭게 빠져나간다.

여인은 얼마 달리지 않아서 사내를 찾아냈다.

그는 대로에 서서 멍하니 하늘을 올려다보고 있었다.

'환희밀공이라면…… 알아보는 방법은 간단하지.'

그녀는 한달음에 달려가 사내의 옷소매를 잡아챘다.

"저……."

사내가 돌아봤다.

뒤에서 본 것보다 훨씬 멋지다. 단정한 이목구비도 보기 좋지만 깊이 파여 뭔가 아픔이 있어 보이는 눈은 특히 인상적이다.

"잠깐만…… 차 대접을 하고 싶은데요."

"죄송합니다. 차를 즐기지 않습니다."

사내는 정중히 거절했다.

"그럼 여기서 간단히 이야기할게요. 저, 요색천 여자예요."

일단 사내의 경계심을 무너뜨린다.

요색천 여자라고 하면 함부로 대할 상대로 생각하지, 부담스런 여인으로는 보지 않는다.

"그렇습니까?"

사내는 요색천 여자라는 말을 듣고도 변함없이 대했다. 보통은 요색천이라는 말이 나오는 순간부터 눈 아래로 깔아보고 별짓거리를 다하는데.

"어제 벽 너머로 들었어요. 밤새도록 하는 것. 날이 밝은 후에도 계속하고."

루검비는 얼굴을 붉혔다.

늘 음양 교합을 생각한다. 연구도 하고 몸으로 표출하기도 한다. 여인의 정신뿐만이 아니라 몸까지 속속들이 파헤쳤다. 그럼에도 정사 이야기가 나오면 쑥스럽다.

"입으로 할 말은 아닌 것 같습니다."

여인은 즉시 받았다.

"저도 그래요. 그런 말…… 하고 싶지 않아요. 제가 궁금한 건 정사가 아녜요. 그렇게 밤새도록 하고 또 하고, 그러면서도 피곤함 대신 활력을 북돋아주고. 혹시, 환희교라고 알아요?"

"환희……!"

'안다!

여인은 루검비의 표정과 경악에서 사실을 탐지해 냈다.

"역시…… 환희밀공, 맞죠?"

"누굽니까?"

"저 흑화녀예요. 들어봤어요?"

"흑화녀?"

루검비를 고개를 갸웃거렸다.

당연히 모른다.

환희교에 있었던 것은 사실이나 화녀와 정랑들이 서로를 탐할 때, 그는 고문을 받느라 악을 써댔다.

"혹시…… 혹시…… 루검비?"

"절 아십니까?"

'맙소사!

혹화녀는 망치로 머리를 두들겨 맞았을 때처럼 큰 충격을 받았다.

그때 형당에 갇혀서 고문이란 고문은 모두 받던 그 꼬마가 이 사내란 말인가. 그 어리디어린 것이 이토록 훌륭하게 성장했는가. 수련은 불가능하다는 환희밀공을 수련해 냈고, 요색천 폐기에게 운우지락을 선사할 정도까지 되었는가.

혹화녀는 급히 생각을 수습했다.

일생일대의 큰 기로다.

말 한마디, 행동 하나에 따라서 계속 면도(緬刀)와 함께 요색천에서 썩는 냄새나 맡으면 살 건지, 루검비라는 사내에게 업혀 큰 세상에서 살 건지 결정되는 순간이다.

"그렇구나. 검비, 검비가 맞구나. 그때 그 꼬마가 이렇게 컸어. 아냐, 여기서 이럴 게 아니라 우리 어디 가서 차라도 마시며 이야기하자. 참! 차는 싫어한다고 했지? 술은 어때?"

루검비는 거절하지 못했다.

그가 생각하는 환희교와 당시 환희교에 머물렀던 화녀, 정랑들이 본 환희교는 완전히 다르다. 그들은 쾌락을 좇았고, 자신은 자아(自我)를 추구한다.

그래도 한솥밥을 먹었다면 먹은 사이다.

"술은 마셔본 적이 없어서요. 조용한 곳에 가서 이야기나 했으면 합니다만."

'좋아!'

혹화녀가 바라던 바다. 그렇게만 해주면 더 이상 바랄 게 없다. 면도가 뒤쫓아오는 것도 막을 수 있다. 이런 사내하고라면 어디든 훌훌 날아갈 수 있다.

그녀가 말했다.

"내가 잘 아는 곳이 있어. 아무도 오지 않아서 혼자 사색할 때 찾던 곳인데… 괜찮을 거야."

그녀는 빠른 걸음으로 앞서 나갔다.

다행스럽게도 유천 도읍을 벗어나는 동안 아는 얼굴과 부딪치지 않았다.

성밖으로 빠져나와 한적한 관도에 이르러서야 비로소 걸음에 여유가 생겼다.

"무공도 배웠어?"

"쓸 만한 정도는 아닙니다."

"환희밀공은 어느 정도야?"

"저도 모르겠습니다."

'순박하잖아?'

이건 또한 정말 뜻밖이다.

요색천 요녀를 정사로 반쯤 죽인 놈이 크게 때묻지 않았다?

지나가던 개가 웃을 소리다.

"여기다. 여기서 조금만 올라가면 돼. 괜찮지?"

루검비는 어두운 표정으로 고개를 끄덕였다.

환희교에 있던 여인이라서인지, 아니면 요색천 영향 때문인지 흑화녀의 수룡이 연신 꿈틀댄다. 성안에 있을 때는 아무렇지도 않았는데, 성을 벗어나면서부터 심하게 요동친다.

색(色)을 생각하고 있다는 뜻이다.

그녀의 수룡이 화룡을 향해 날름날름 혀를 내민다.

그녀는 산길을 더듬어 올라갔다.

산을 올라가는 게 힘에 부친 듯 간간이 쉬는데, 그럴 때마다 고혹적인 자태로 다리를 드러내기도 하고 가슴을 보이기도 한다.

그런 점은 아무래도 상관없다.

그녀는 환희교의 화녀다. 자신은 수문장 이전에 정랑이다. 그녀는 형식적이나마 환희교에서 추구하는 바를 알고 있고, 수룡의 존재를 안다.

정사를 원한다면 열린 마음으로 응할 생각이었다.

한데 이건 아니다. 쉴 때마다 살짝살짝 뿌려대는 분홍색의 가루 때문에 기침이 나서 못살겠다.

'도홍춘(桃紅春).'

춘약(春藥) 중에서 비교적 강한 것에 속한다.

그녀는 모른다. 자신은 이미 여섯, 일곱 살 나이에 춘약을 복용한 적이 있다는 것을. 세상에 존재하는 춘약이란 춘약은 거의 다 맛봤고, 그것으로도 부족해서 독약까지 먹어야 했다는 것을.

"여기야. 자리 괜찮지?"

흑화녀는 산 중턱에 위치한 평평한 바위에서 걸음을 멈췄다.

아는 곳이 아니라는 건 한눈에 알 수 있다. 무작정 산으로 올라와 평평한 곳을 찾았다.

"여기 앉자."

흑화녀가 루겁비의 팔을 끌어 가슴에 밀착했다.

루겁비는 그녀를 조용히, 그러나 강력한 뜻을 담아 밀어냈다.

"환희교는 춘약을 사용하지 않습니다."

"알았어?"

흑화녀는 놀라는 척도 하지 않았다. 오히려 생긋 웃으며 발각되어 홀가분하다는 표정을 지었다.

"어제 벽 너머로 소리를 듣고…… 주책이라고 생각하지 마. 나 너무 부러워서……."

"그것뿐입니까?"

"그래, 그것뿐이야."

수룡에 대한 말을 한마디만 했다면…… 그랬다면…….

루겁비는 피식 웃었다.

"잘못 생각하신 게 있습니다. 정랑은 정사의 도구가 아닙니다. 마찬가지로 화녀도 정사의 대상이어서는 안 됩니다. 서로가 서로의 극을 찾는 데 도움이 되어야 합니다."

루겁비는 등을 돌렸다.

등 뒤에서 흑화녀의 음성이 들려왔다.

"그래서, 그래서 밤새도록 그 짓을 한 거야!"

걸음을 옮겼다.

다시 한 번 절감했다. 옛날 환희교에서 건질 사람은 없다는 것을. 그럴 바에는 차라리 절에 가서 비구니에게 교리를 설파하는 게 빠르다는 것을.

"안 돼! 잘못했어. 내가 잘못했어. 다시는 춘약을 안 쓸게. 나 좀 데려가 줘. 응? 요색천 같은 곳에 있기 싫단 말이야!"

이럴 때 불가에서 하는 말이 있다.

한 생각 놓으니 번뇌 망상이 비집고 들어올 자리 없다.

요색천에 있는 것도 자신이요, 벗어나는 것도 자신이다. 어쩌랴, 모든 게 그녀가 선택한 일인 것을.

혹화녀가 나간 후, 면도는 바로 뒤따라 나섰다.

오랜 세월 혹화녀와 살을 섞으며 살아왔다. 이제는 눈빛만 봐도 그녀가 생각하는 것을 읽을 정도다.

그는 멀찍이 떨어져서 혹화녀와 사내가 만나는 것을 지켜봤다.

둘이 몇 마디 말을 주고받더니 함께 걷는다.

'환희밀공!'

묻지 않아도, 보지 않아도 안다.

환희밀공 하나를 얻고자 십여 년이 넘는 세월을 산골짜기에서 화냥년들과 지내왔다.

나름대로 즐겁기도 했다.

하나 지금까지도 두고두고 한이 되는 건, 환희밀공의 코앞까지 다가섰다가 물러났다는 것이다.

교주를 조금만 더 다그쳤다면 어땠을까?

그놈들! 혈우광도와 칠절신군이란 돼먹지 않은 놈들 때문에 마음대로 하지 못했다. 그놈들만 없었다면 교주는 피떡이 되어 살려달라고 애걸복걸했으리라.

환희밀공이 다시 나타나다니, 하늘이 도왔다.

그는 상당한 거리를 두고 미행했다.

흑화녀의 조심성은 기가 막힐 정도다. 가까이 따라붙다가 괜히 들키느니 멀찌감치 떨어져서 쫓아가는 게 낫다. 어차피 그녀가 갈 곳이야 뻔하니까.

면도는 흑화녀가 성밖으로 길을 잡는 걸 보고 지름길로 먼저 나가 기다렸다.

역시다. 흑화녀는 루검비와 함께 나왔다.

"흥!"

면도는 피식 웃었다.

흑화녀는 성질이 몹시 급하다. 다 잡은 고기도 생으로 뜯어 먹어야 직성이 풀린다.

흑화녀는 반 각도 지나지 않아서 본심을 드러낼 게다.

"썩을 년. 젊은 놈이 나타나니까 난 필요없다, 이거지. 그러면 안 되지. 내가 네년에게 쏟은 정성이 얼만데."

면도는 산으로 올라가는 두 남녀를 보면서 칼을 만지작거렸다.

"당신?"

흑화녀는 깜짝 놀라 걸음을 멈췄다.

"끙끙! 이게 무슨 냄새야? 도홍춘 아냐? 도홍춘 썼어?"

"썼는데 안 통하더라고. 그 새끼 내려가는 것 봤지?"

"환희밀공 맞아?"

"맞아. 왜, 우리 그때 거기 있을 때 고문받던 꼬마 놈 있었잖아? 그놈이더라고. 루검비라고."

흑화녀와 면도는 서로를 너무 잘 알았다.

"나 죽일 거지?"

"왜 그런 생각을 했누?"

"나한테 싫증난 지 오래잖아. 다른 년 찝쩍거리는 것 모를 줄 알아? 환희밀공도 나타났겠다. 요색천에서 썩느니 한바탕 일을 벌이기에는 딱 좋잖아."

"넌 정말 머리 하나는 좋아."

면도가 매미날개처럼 얇디얇은 칼을 꺼냈다.

"살려줘."

"싫어."

"루검비를 잡을 수 있는데도?"

"그놈은 나도 잡아."

"나 없이는 안 될걸? 그놈 뒤에 누가 있는지 알아?"

"……."

"그놈이 화녀로 삼은 여자가 누군지 알아? 천요선자(千妖仙子)야. 자신있어?"

"뭣!"

면도는 깜짝 놀랐다.

흑화녀의 말이 사실이라면 자신의 무공으로는 어림도 없다. 괜히 어설프게 건드리면, 흔적이라도 남기게 되면 천요선자에게 되잡힌다. 사내라면 치를 떠는 죽음의 여살성(女煞星)에게.

"난 천요선자를 떼어놓을 수 있어."

"……."

흑화녀는 빙긋 웃었다.

'넌 언제나 단순했어. 천요선자가 미쳤니? 사내라면 치를 떠는데 저런 놈의 화녀가 되게.'

루검비는 무천을 향해 길을 잡았다.

사월 초하루까지 가면 되니 시간은 넉넉히 남았지만 세상도 구경할 겸 천천히 길을 나서기로 했다.

표국은 들르지 않았다.

인사할 사람이 너무 많아 번거롭다. 그만두는 사유도 거짓으로 말해야 한다.

이래저래 그냥 가는 것이 낫다.

뒤를 밟는 사람도 없었다.

소월신투는 요색천 사건 이후로 모습을 비추지 않았다.

자신이 가슴으로 느낄 만큼 아픔이 심했으니 무너진 마음을 추스르려면 시간이 필요할 게다.

세상은 참 어렵다.

어떤 식으로 환희교를 일으켜 세워야 하나. 환희밀공을 어떻게 수련해야 하나. 차기 교주부터 찾아야 하는 것일까? 그런 연후, 그녀와 함께 환희밀공을 수련하면…….

여인의 가슴에 상처를 주지 않고 환희밀공을 수련하는 방법은 그게 최선인 것 같다.

소월신투는 어떨까? 그녀가 환희교를 받아들일까?

안 될 것 같다. 환희교는 정상적인 사고를 지닌 여자는 도저히 이해하지 못한다. 몽고(蒙古)같이 성에 대해서 비교적 자유로운 곳에서 나고 자란 여인만이 이해할 수 있다.

루검비는 눈이 녹아 질퍽해진 관도를 기분 좋게 걸었다.

2

목을 매어 자진한 시신은 생각보다 끔찍하다.

목에 밧줄이나 끈 자국이 생생하게 남아 있고, 심한 경우에는 안으로 파고들어 깊은 도랑까지 새겨놓는다.

루검비는 목매 죽은 시신을 염했다.

"미친년, 그깟 놈이 뭐라고."

"휴우! 그러게 말이우. 제 년이 무슨 요조숙녀라고 된다고 생각했나 보지."

기녀들은 죽은 여인을 보고 한숨도 짓고 한탄도 했다.

"그러나저러나 환희밀공이란 것에 걸려들면 사족을 못쓰나봐. 어떻게 하루가 멀다하고 죽어나가?"

"쟤도 밤새도록 지랄했대."

"잘 놀고 이게 뭔 일인가 몰라."

루검비는 기녀들의 말을 귓가로 흘려들었다.

환희밀공을 쓴다는 자와 동침한 후에 사내를 못 잊어서 자진했다는 기녀가 벌써 다섯 명째다.

루검비는 네 명에 대한 것은 소문으로 들었고, 자신이 직접 보는 건 이번이 처음이다.

죽은 사람은 생기가 소멸된다.

수룡도 화룡도 남아 있지 않다.

그녀가 어떤 정사를 벌였으며, 어느 정도까지 음기가 치솟았는지 알아낼 도리가 없다.

루검비는 그녀의 몸을 샅샅이 살폈다.

몸 곳곳에 격렬한 정사의 흔적이 남아 있다. 이빨 자국도 있고, 강렬하게 빨아댄 흔적도 있다.

"봤으면 비키게."

진짜 장의사가 작은 소리로 속삭였다.

루검비는 슬며시 뒤로 물러났다.

시신을 보면 뭔가 좀 알아낼 줄 알았는데, 손에 잡힌 게 아무것도 없다.

덕분에 표국에서 받은 은자 한 냥만 날렸다.

'환희밀공을 쓰는 자가 또 있다?'

퍼뜩 짐작되는 부분이 있다.

전대 수문장이다. 교주는 분명히 전대 수문장이 있었고, 전대 교주와 함께 실종되었다고 했다.

환희교에서 환희밀공으로 화녀들을 도와줄 정도라면 지금의 자신과 비슷하거나 자신보다 높은 성취를 이뤘을 게다.

그가 아닐까 싶다.

사내를 못 잊어서 자진했다는 말도 신빙성있다.

사람들은 그깟 게 뭐냐고 하지만 환희밀공을 몰라서 하는 소리다. 진심으로 펼친 환희밀공은 여인을 폐인으로 만든다. 양귀비에 중독된 것보다 더한 쾌락이 밀려드는데 어찌 감당할 텐가.

여인을 죽음으로 몰아넣은 건 환희밀공을 쓴 자의 잘못이다.

루검비는 착잡했다.

'환희밀공이 이런 식으로 드러나면 곤란한데……'

불길한 예감이 현실로 드러나는 데는 오랜 시간이 필요치 않았다.

위씨(尉氏)를 지나 소황하(小黃河)를 바라볼 즈음, 환희밀공의 피해자는 서른 명에 육박했다.

이제 환희밀공을 모르는 사람은 없게 되었다.

당장 난감해진 건 자신이다.

무천 사람들은 기녀들의 죽음과 자신을 연관 지을 것이다. 이 세상 환희밀공을 수련한 사람이 또 있다고 하면 믿겠는가? 그 사람의 이름이 무엇인지 어떻게 생겼는지도 모른 채 무작정 있다고 말해야 하는데 누가 믿을까.

자신이 관련없다는 걸 증명할 방도가 없다.

그렇다고 걱정하지는 않는다. 내가 한 일이 아닌데 심각하게 고민할 필요가 있겠는가.

"강을 건너야 하는데, 배 좀 태워주십시오."

돈이 없어서 나룻배는 꿈도 꾸지 못하고 고기 잡는 어선을 찾아 부탁했다.

"뱃삯이 없는 모양이군."

"네. 어쩌다 보니 한 푼도 남지 않았습니다."

"쯧! 젊은 사람이 어쩌다 돈 한 푼 없이…… 강 건너 주는 일이 힘든 것도 아니고, 타시게."

삐쩍 마르고 주름살 투성이인 어부는 흔쾌히 승낙했다.

배를 잘못 탔다는 생각은 타자마자 들었다.

어부에게서 풍기는 기도가 상당히 사납다. 지극히 강맹한 진기를 수련한 자다. 그러고 보니 눈매도 날카롭다. 시선을 맞받을 때마다 비수로 찌르는 듯하다.

자진한 기녀들 생각에 푹 빠져서 정작 코앞에 닥친 위험은 모르고 있었다.

루검비는 난수와 철골조를 떠올렸다.

난수는 소월신투가 전낭을 슬쩍할 때 쓰는 손놀림이다. 철골조는 유수신투가 시전해 보였다.

검초도 안다.

광검소천 일 초식은 상당히 능숙해졌다.

초진량에게서는 이름 모를 검공 십삼 초 이십사 식을 훔쳐 배웠다. 수련한 적은 없지만 운공 요결은 비석에 정으로 글을 새겨놓은 것처럼 뚜렷이 기억하고 있다.

싸움이 벌어지면 환희밀공을 쓸 수 없으니 다른 사람의 절기로 승부를 봐야 한다.

배가 강심(江心)에 도착했을 때, 어부는 노를 놓으며 말했다.

"환희교 수문장이라고?"

루검비는 크게 놀랐다. 하나 어떤 내색도 하지 않았다. 담담하게 정체 모를 어부를 쳐다봤다.

"네놈에 대해서 조사 좀 했다. 환희교, 환희밀공, 교주, 수문장, 형당 화녀들, 정랑이라는 놈들은 입에 담기도 싫고."

조사를 조금 한 게 아니라 아주 많이 했다.

루검비는 어부가 자신과 환희교에 대해서 속속들이 알고 있다는 인상을 받았다.

"제게 용건이 있으시다면……."

파앗!

루검비는 말을 하다 말고 양손을 들어 올려 무수한 손 그림자를 만들었다.

어부가 다짜고짜 공격해 왔다.

몸을 피할 곳은 강물 속뿐이다. 몸에 물 닿는 것이 싫다면 조그만 어선 안에서 공방전을 벌여야 한다.

루검비는 망설일 것도 없이 반격을 가했다.

수영을 해본 적이 없다. 당연히 수영을 못한다.

어부는 자신에 대해서 손바닥 들여다보듯이 안다. 배 위에서 공격하면 물러서지 못하고 맞대응할 수밖에 없다는 점까지 파악했다.

"난수!"

어부는 즉시 물러났다. 아니, 물러나는 듯싶더니 다시 공격해 왔다. 한쪽 구석에 떨궈져 있던 노를 집어 들어 냅다 후려치는 것이, 일격필살(一擊必殺)을 노리는 듯하다.

루검비는 생각할 것도 없이 양팔을 십자로 교차시켜 쳐올렸다.

빠악!

노는 양손 상완(上腕)을 여지없이 격타했다.

재미있는 결과가 나왔다.

루검비는 멀쩡한데 공격을 한 어부는 뒤로 두 걸음을 물러선 후에야 몸의 중심을 잡을 수 있었다. 노는 산산이 부서져 나갔고, 어부의 손에서는 붉은 핏물이 뚝뚝 떨어져 내렸다.

"이놈이 철골조까지!"

루검비는 강물에 시선을 던진 채 어부를 쳐다보지 않았다.

싸움은 끝나지 않았다. 그래도 시선을 거뒀다. 공격해 오지 않을 것을 알기 때문이다.

우선 들끓던 어부의 화기(火氣)가 착 가라앉았다. 첫 번째와 두 번째의 공격 때와는 사뭇 다르다. 노가 부서지고 뒤로 물러서는 동안 오히려 더 팽팽해져야 할 화기가 씻은 듯이 사라져 버렸다. 공격할 의사가 없다는 뜻이다.

두 번째로는 강가에서 낯익은 모습을 발견했다.

그날 이후 한동안 모습을 보이지 않던 소월신투다.

그녀는 편안한 모습으로 배를 쳐다봤다. 거센 격돌이 일어나는 모습을 지켜봤으면서 격동을 일으키지 않는다. 마치 강 건너 불구경하듯이 담담해 보인다.

어부와 아는 사이라는 뜻이다.

"난수와 철골조를 어디서 배웠느냐!"

'훗!'

루검비는 눈을 크게 뜨고 어부를 쳐다봤다.

어부가 실질적으로 공격을 가해올 때도 담담히 받아냈건만 간단한 물음 한마디는 쉽게 받지 못했다.

말에 송곳이 감춰져 있다.

한마디 한마디가 검이 되어 찔러온다. 고막을 통해 들어온 소리가 머릿속을 휘저어놓는다. 갑자기 머리칼이 쭈빗 서면서 온몸에 소름이 돋는다.

진기가 소리를 통해 발출되었다.

루검비는 자신이 일초지적(一招之敵)도 되지 않음을 깨달았다.

어부는 철골조 정도는 간단히 부숴 버릴 수 있는 내공을 지녔다. 난수도 마찬가지다. 변화막측하여 수법을 파악하기가 극히 힘든 공부인지만, 어부의 내공이라면 간단히 뚫고 들어온다.

　종이로 만든 나비가 아무리 현란하다고 해도 무쇠 창을 어찌 막겠는가.

　그나마 노인과 싸워보려면 환희밀공을 사용하거나 광검소천을 써야 한다.

　"이놈! 말하지 못하겠느냐! 난수와 철골조를 어디서 배웠느냐!"

　"훔쳐 배웠습니다."

　솔직하게 말했다.

　"훔쳐 배워? 무공을? 누구에게 훔쳐 배웠느냐!"

　어부의 음성은 여전히 소름끼친다.

　"아시잖습니까."

　"뭐야? 이놈이!"

　파아아아!

　화기가 치솟는다. 단전에서 일어난 화기는 중정혈(中庭穴)에 이르자 분수처럼 산지사방으로 뿜어져 나간다. 좌우로 흩어진 화기는 양팔을 순식간에 붉게 물들였고, 위로 솟구친 화기는 얼굴을 연꽃처럼 휘감더니 머리카락과 이마의 경계인 신정혈(神庭穴)에서 뭉쳤다.

　'살기!'

　어떤 공부인지는 모르지만 공격이 전개되면 어부 아니면 자신이 죽어야 한다는 생각이 든다.

　파파파팟!

루검비는 즉시 화룡을 끌어올렸다.

회음에서 일어난 화룡을 단전에 몰아넣었다.

화룡이 머무는 곳에 비하면 단전은 작은 그릇에 불과하다. 용이 어찌 시냇물에 살겠는가.

화룡은 즉시 튀어나왔다.

중정혈을 인도했다. 그리고 어부가 했던 것처럼 수증기처럼 미세하게 분해하여 양팔과 머리로 치올렸다.

"엇! 혈파신공(血波神功)! 네놈이 어떻게 혈파신공을!"

공격은 전개되지 않았다.

어부는 진기를 발출하려다 말고 밀랍인형처럼 딱딱하게 굳어 움직이지 못했다.

루검비는 배에서 내렸다.

소월신투를 봤고, 그녀가 앉아 있는 곳으로 다가갔다. 하나 그녀는 강물에 시선을 고정시킨 채 루검비를 쳐다보지 않았다. 바로 옆에까지 다가가 걸음을 멈춘 후에도 한참 동안이나 강물을 응시한 채 말을 하지 않았다.

루검비는 강을 쳐다봤다.

할 말이 없었다.

"우리…… 별 사이 아니지?"

그녀가 먼저 말했다.

루검비는 입만 오물거리다가 말았다.

무슨 말을 해야 하나. '별 사이' 라고 할 것까지도 없다. 그녀의 마음은 잘 알지만 서로 따뜻한 말 한마디 건네본 적이 없다. 벗도 아니고, 연인은 더더욱 아니다.

"나, 너 좋아해. 무척 많이."

"……."

"알고 있었지?"

"소저, 소저가 왜 이런 말을 하는지 모르겠지만……."

"한마디만 해. 내 마음 알고 있었지?"

"……."

"비겁한 새끼. 끝내 말 안 하네. 난 알아, 내 마음 알고 있다는 것. 왜 그런지 모르겠지만 너와 난…… 마음이 연결된 것 같았어. 내 마음이 고스란히 전달된다는 느낌을 받았으니까. 어떤 식으로 내 마음을 조종했는지 모르지만, 조종한 것 맞지?"

화룡이 수룡을 끌어들였다. 그러니 조종한 것 맞다. 본의는 아니었다. 그녀가 자신을 좋아하는 감정도 그녀의 뜻은 아니었으리라. 어쩌다가 만나서 강력한 이끌림 때문에 얽히고 말았다.

"맞소. 내가…… 조종했소."

소월신투는 그제야 고개를 돌려 루검비를 쳐다봤다.

그녀는 많이 아팠는지 얼굴이 수척했다. 그러잖아도 작은 얼굴이 거의 반쪽이다.

"화룡을 알아. 수룡도 알고. 백부(伯父)님께 들었지? 환희교와 환희밀공에 대해서 조사했다고. 네가 어떻게 자랐는지, 무엇을 했는지…… 그리고 내가 왜 네게 끌렸는지…… 다 알아."

그런 걸 다 알 수는 없다.

환희교에서 살았던 사람이 아니라면 알 수 없는 부분이다. 설혹 환희교 사람이라 해도 자신을 직접 고문했던 형당 화녀가 아니라면 자신에 대해 아는 바가 거의 없다.

소월신투는 어떻게 이 많은 일들을 알아냈을까.

"그러니 네가 조종했다는 말은 틀려. 우린 서로가 끌린 거야. 왜 거짓말을 해? 내가 불쌍했어?"

"……."

"넌 수문장은 잘할지 모르지만 감정을 표현하는 데는 서툴구나. 그냥 있으면 있다, 없으면 없다, 좋으면 좋다, 싫으면 싫다고 말하면 되는 건데."

확실히 여자와 대화하는 게 서툴다.

안면이 있는 사람이나 관계가 뚜렷하게 그어진 사람이 아니면 무슨 말을 해야 할지 모른다. 소월신투처럼 이러지도 저러지도 못할 사이라고 판단되면 더더욱 벙어리가 된다.

"확실히 넌 아니다."

"……."

"기녀들과 관계한 환희밀공 말이야. 환희밀공이라고 해서 너라고 생각했는데, 이런 주변머리로 기루 근처엔들 가겠어? 너 아니지?"

소월신투의 음성이 한결 밝아졌다.

"아니오."

"하나만 더 물을게. 만나는 여자마다 나처럼 너에게 끌리는 거야?"

"수룡이 발달된 여자라면……."

"그걸 어떻게 아는데? 수룡이 발달됐다는 것 말이야."

"나는 느낄 수 있는데…… 여자들은…… 일상적인 상황이라면 본인은 못 느끼고…… 수련을 하면 느낄 수도……."

루검비는 더듬더듬 말했다. 조리있게 말하려고 했지만 그러지를 못했다.

느껴진다. 소월신투의 수룡이 꿈틀거리고 있다. 화룡을 향해 서서히 일어난다. 꿈틀거린다.

소월신투가 고개를 끄덕였다.

"이거였구나, 수룡이라는 게."

그녀는 놀란 표정을 짓는 루검비를 향해 생긋 웃었다.

"놀랄 필요 없어. 환희교 화녀들이 수련한다는 선화신공을 배웠거든. 내공심법과는 많이 다르네. 좋아. 네 옆에 꼬이는 년들은 내가 알아서 정리할게. 그럼 됐지? 난 네 여자, 넌 내 남자. 이것으로 골치 아픈 일 툭툭 털어버리자. 할 말 있어?"

루검비는 정말로 벙어리가 되었다.

루검비는 어떻게 해서 소월신투가 환희교와 자신에 대해 소상히 알게 되었는지 묻지 못했다.

"겁도 없이 혼자 무천에 가려고 했어? 무천이 조사했던 자들 중에 산 자가 있는 줄 알아? 어쨌든 가긴 가야 하니 가고 있어. 내가 살려줄게."

소월신투는 수수께끼 같은 말을 남겼다.

그의 곁에는 채의마옹(彩衣魔翁)이 혹처럼 따라붙었다.

"두어 번쯤 목숨을 살려줄 거니까 아무 소리 말고 같이 다녀."

거절할 틈이 없었다.

소월신투는 그가 입을 벙긋거릴 틈도 주지 않고 물 찬 제비처럼 신형을 날려 사라졌다.

어부 채의마옹이 그의 어깨를 툭, 치며 말했다.

"이놈아, 앞으로 백부(伯父)라고 불러. 알았어? 백부님이다, 백부님."

루검비는 채의마옹이 어떤 인물인지 알지 못했다.

채의마옹에 대해서 생각할 겨를도 없었다. 그가 뭐 하는 사람인지, 무공은 어느 정도인지, 소월신투와는 백부와 조카 사이라는데 나이 차는 왜 그렇게 많이 나는지. 할아버지인 유수신투와 친구뻘로 보이는데.

루검비는 일방적으로 관계를 선언해 버린 소월신투의 말을 어떻게 받아들여야 할지 난감해서 아무 정신이 없었다.

3

채의마옹과 동행하니 좋은 점도 있었다.

일단 풍잔노숙(風棧露宿)을 하지 않아도 된다. 끼니 걱정도

덜었다. 길을 잘못 들어서 발품을 파는 일도 사라졌다. 주는 대로 먹고, 자라는 데서 자고, 가자는 곳으로 가면 된다.

"왜 환희밀공을 쓰지 않았냐?"

"사람을 살상하는 데 쓰는 공부가 아닙니다."

"어쭈? 잘난 척하기는. 그래서 사람들의 정혈을 빨아먹었냐? 많이도 죽였더만."

"미숙했던 시절 이야깁니다."

"이놈아, 미숙했든 어쨌든 죽인 건 죽인 거야. 그게 어디 네 맘대로 없어진다디? 가만…… 이거 듣다 보니 기분 나쁘네. 그럼 환희밀공을 썼으면 나 같은 건 진작 죽일 수 있었단 거잖아. 너 방금 그런 뜻으로 한 말, 맞지?"

"말실수는 그냥 좀 넘어갔으면 좋겠습니다."

루검비는 채의마옹을 편히 대했다.

그는 불같은 성질을 지녔다. 상당히 편협한 구석도 있다. 그에게는 세상 사람들이 딱 두 종류뿐이다. 적과 아군. 지인(知人)이 아니면 적이다.

루검비는 지인으로 간주되었다.

"이놈아, 잊지 마. 난 아직 환희밀공을 보지 못했다. 소문 난 잔치에 먹을 것 없다더니, 그 짝 아냐? 환희밀공 한 번 보겠다고 내 손수 노까지 저었더만 혈파신공이나 뺏기고……."

"쓰지는 않겠습니다."

"써라, 써. 이왕 뺏긴 것 선심이나 쓰지 뭐. 하지만 다른 데서는 그런 짓 하지 마라. 무공 뺏긴 걸 알면 당장 죽자 사자 달려들 게야."

채의마옹은 무림에 대해 소상히 알려주었다.

무인들의 배분, 문파들의 성격과 위치, 현 무림 정세 등등…… 무림의 문외한인 루검비에는 하나같이 금과옥조(金科玉條) 같은 가르침이었다.

루검비는 채의마옹의 경륜을 먹물 습자지에 배어들 듯 말려주는 족족 빨아들였다.

결국 채의마옹은 감탄을 토해내고 말았다.

"자식, 거, 대가리 한번 끝내주네. 너 무공 때려치우고 차라리 학문을 배워라. 한림학사(翰林學士)가 별거냐? 네 대가리라면 몇 년 안에 해치울 거야. 해봐라. 응?"

채의마옹과 동행한 지 십 일째 되는 날, 채의마옹은 다루(茶樓) 안으로 들어섰다.

루검비는 그를 따라 무심히 따라 들어섰다. 하나 한 발을 들여놓기가 바쁘기 두 걸음 물러섰다.

파팟! 파파팟!

두 줄기의 시선이 그를 쏘아본다.

'감당하기 벅차다.'

어떤 자가 쏘아낸 눈길인지 모르지만 싸움이 벌어진다면 환희밀공을 써야만 승산을 점칠 수 있다.

루검비는 채의마옹과 싸워본 경험이 있다.

그때 배운 것이 있다면 환희밀공을 떠올리게 만드는 자가 나타나면 무조건 피하는 것이 상책이라는 거다.

한데 피한다고 능사가 아니었다.

턱수염이 수북해서 나이를 짐작키 어려운 사내가 벌떡 일어서더니 그를 향해 다가왔다.

"듣자 하니 기녀들이 밤일을 못 잊어서 자진했다고 하던데, 그렇게 절륜해?"

사내는 다짜고짜 반말이었다.

강자다. 작은 키가 먼저 눈에 들어온다. 다부진 몸이 보이며, 살짝 벗겨진 윗이마가 인상적이다. 전반적으로는 좋아 보이는 인상이지만 눈을 부라리면 상당히 엄할 것 같다.

'날 안다!'

루검비는 채의마옹부터 쳐다봤다.

그는 문밖에서 일어난 시비는 전혀 알지 못한다는 듯 태연히 차를 마시는 중이었다.

두 사람은 아는 사이다.

"누구십니까?"

가급적 공손하게 물었다.

채의마옹과 안다면 소월신투, 유수신투와도 아는 사람일 게다.

아직 어떤 관계인지 명확하게 선을 긋지는 못했다. 하지만 무림에 나와서 만난 사람들 중 그래도 지인이라고 할 수 있는 사람들이다. 그들의 친구면 자신에게도 친구가 된다.

한데 사내의 대답은 뜻밖이었다.

"무천에서 왔다. 하도 사람이 죽어나가기에 몸소 모셔가려고 말이야. 이렇게라도 해야 몇몇 여자들이라도 목숨을 부지하지. 절륜한 사람 둘만 나타나면 세상 여자들 씨가 마르겠어서 말이야."

"제가 하지 않았습니다."

"그렇게 말씀하시겠지. 세상에 어떤 살인자가 내가 살인했소 하고 떠들고 다니겠어. 안 그렇습니까, 절륜공자."

루검비는 침묵했다.

무천 무인과 채의마옹은 어떻게 아는 사이일까?

그들은 같이 있으면서도 알은척을 하지 않았다. 철저하게 서로를 무시했다. 말 한마디 섞지 않았고, 같이 밥을 먹거나 차를 마시지도 않았다.

동행만 같이한다.

사전에 조율을 거친 사람들처럼 일정한 선을 넘지 않았다.

"저자…… 서자묵(徐子默)이란 자야. 그냥 오통령(五統領)이라고 불리지."

채의마옹이 말했다.

오통령 서자묵.

턱수염을 진하게 기른 자가 잔인하기로 소문난 칠통령 중에 한 명이다.

초진량이 싸움닭이라면 서자묵은 지긋이 기회를 노렸다가 한 방을 갈긴다. 그리고 그 한 방은 지금껏 피한 사람이 전무한 치명적인 살수였다.

"무천에 가는 길이었잖아. 그냥 따라가. 소월 고것이 널 얼마나 위하는지 알지? 소월을 믿어."

채의마옹이 그렇게까지 말하는데, 무천 무인을 내칠 수 없었다. 세상을 경험하려던 계획은 뜻밖의 사건들로 포기해야만 했다.

서자묵은 그를 이끌고 개봉부(開封府)로 갔다.

그 무렵, 결코 희소식이 될 수 없는 소문이 들려왔다.

"황학루(黃鶴樓) 월향(月香)이도 목을 맸다네?"

"그럼 몇 명째야?"

"소문만 세어도 마흔은 넘을걸?"

"어휴, 아까워. 도대체 어떤 놈이기에 다들 돼지는 거야!"

객잔(客棧), 다루(茶樓)…… 들르는 곳마다 기녀들의 자진 소문으로 떠들썩했다.

사람이 죽은 건 안됐다. 하나 누명이 벗겨진 건 다행이다.

"환희밀공을 쓰면 정말 여자들이 반쯤 미치나?"

그가 물어왔다.

루검비는 대답하지 않았다.

색(色)은 대아(大我)를 찾아가는 도구일 뿐이다.

참선이나 여타의 구도로 자아를 추구하면 아상(我想)에 빠질 우려가 있지만 환희밀공은 곧장 우주의 진리를 관통케 해준다.

정사가 목적이 되어서는 안 된다.

"소문을 듣자니 무천은 세상을 굽어본다고 합디다만, 마흔 명이 넘게 자진할 동안 환희밀공을 쓰는 자가 누군지도 모른다니 헛소문인가 봅니다."

"초진량이 그러던데, 넌 참 웃기는 놈이라더라."

"……"

"산에 들어가서 도를 닦았다며?"

"……"

"목검으로 두들겨 맞아도 끝내 웃고."

"환희밀공을 쓰는 자나 찾아내는 게 어떻습니까?"

루검비의 관심사였다.

도대체 어떤 자가 환희밀공 운운하며 기녀들과 정사를 벌이는가. 기녀들은 또 왜 자진하는가. 아무리 절정에 이른 환희밀공이라고 해도, 그리하여 수룡을 단숨에 극상의 쾌락으로 이끌어도 폐인이 되려면 많은 시간이 필요하다.

자진도 마찬가지다. 지독하게 화룡이 그리우면 목숨을 끊을 수도 있다. 하나 그러려면 상당한 수의 양기를 만나봐야 한다. 정사를 벌인 다음날에 자진한다는 건 있을 수 없다.

무천에 가는 일만 아니었으면 자신이 수소문했을 터였다.

서자묵이 말했다.

"찾아내려고 하잖아. 그런 뜻에서 몇 가지 도와주지? 환희밀공 구결, 상관가주에게 넘겼어?"

"그것도 구결이라면…… 삼 할쯤 넘겼습니다."

"그걸로 흡정대법을 펼칠 수 있나?"

"힘듭니다."

루검비는 단정적으로 말했다.

인법, 지법 가지고는 생기를 빨아들이지 못한다. 천법의 수련을 거쳐야만 음기에 미쳐 날뛰는 단계로 들어선다.

"그러면 다행이고. 한데 원래 그렇게 말이 없나?"

"……"

"사람을 보면 손이 근질거린다거나 그런 것 없어? 그 왜, 있잖아. 진기를 빨아먹고 싶어서 견딜 수 없거나 그런 것."

"빨리 가기나 합시다."

서자묵은 루검비를 힐끔 쳐다봤다.

"초진량이 널 왜 웃기는 놈이라고 했는지 이제 알 것 같아. 넌 참 웃기는 놈이다. 왜 그런지 알아? 처음 봤을 때는 한주먹이면 끝날 놈같이 보여. 한데 시간이 지날수록 아냐. 이상하게 점점 강해지는 것 같아. 초진량은 널 보면 주는 것 없이 미워지는 놈이라고 했는데, 그건 아닌 것 같고."

화룡을 제어하여 충돌을 방지하기 때문이다. 그렇지 않았다면 그 역시 초진량처럼 매번 적의(敵意)를 드러냈을 게다.

"저기야. 따라와."

그가 다 쓰러져 가는 농가로 성큼성큼 걸어갔다.

"누구슈?"

거지가 시비조로 말을 건네왔다.

얼마나 빨지 않았는지 때가 시커멓게 절은 옷을 입고 있어서 몸이 닿을까 봐 저절로 물러서게 된다.

"오통령일세."

"아! 몰라봤소이다."

"피차일반이지요."

오통령과 거지는 서로 포권지례를 취했다.

"보안은?"

"흐흐흐!"

거지는 오통령의 말이 기분 나쁘다는 듯 웃었다.

"이…… 럴수가!"

이건 말이 안 된다. 이럴 수 없다.

루검비는 바싹 마른 시신들을 살폈다.

완벽한 목내이다. 배를 갈라 장기를 드러내고, 약으로 처리한 후 오랜 세월에 걸쳐서 수분을 제거한 목내이와 똑같다. 그런 목내이가 한두 개도 아니고 십여 개나 늘어져 있다. 또한 전부 여자다.

"자진한 기녀들의 시신이다."

"……"

있을 수 없는 일이다. 그 말밖에 할 말이 없다.

"자진한 시신이 소문처럼 깨끗한 건 아니지?"

아니다. 이건 잘못됐다. 자신이 직접 자진했다는 기녀를 찾

아서 두 눈으로 봤다. 구석구석 살폈다. 환희밀공에 죽은 시신
이 아니었다. 사내가 그리워서 자진했을 망정 흡정당한 흔적
은 없었다.

"살펴보겠나?"

루검비는 몽유병자처럼 휘적휘적 걸러 시신 앞으로 갔다.

망설임은 없었다. 시신을 보자마자 두 부분부터 살폈다.

승장혈과 수분혈, 화룡이 들어가고 나오는 곳이다.

환희밀공은 가상의 수단을 사용한다. 이체관통 자체가 눈에
보이지 않는다. 하지만 흔적은 남는다. 다른 사람은 몰라도 환
희밀공을 수련한 사람의 눈에는 명확히 보인다.

'환희밀공…… 환희밀공이야!'

의심의 여지가 없다. 틀림없다. 자신이 죽였다고 해도 할 말
이 없을 정도로 완벽한 흡정(吸精)이다.

도대체 누가 이런 일을…….

그는 퍼뜩 한 사람을 생각해 냈다.

"상관가주! 상관가주는 무천에 있습니까?"

"오고 있다는 소식을 들었어. 상관가주는 아냐. 하남을 지
나 섬서(陝西)로 들어섰거든."

루검비는 벌어진 입을 다물지 못했다.

상관가주가 아니라면 도대체 누군가.

의심되는 사람이 전혀 없는 것은 아니다. 실종되었다는 전
대 수문장…….

그가 나타났나?

아니다. 환희밀공은 나쁜 화룡을 완전히 버리지 않는다면 살의를 느끼게 된다. 평범하게 죽이는 것이 아니라 이체관통으로 흡정하여 죽인다.

그 유혹, 고통은 인간의 의지로 참을 수 있는 게 아니다.

전대 수문장이 살아 있다면 성인이 되었거나 희대의 마두가 되었어야 한다. 세상을 피로 물들이고도 남았으리라.

그는 절대 아니다. 그럼 누가 이런 짓을 한 겐가.

'어쨌든 앞으로 환희밀공은…… 마공으로 분류되겠군.'

마음이 답답해졌다.

『환희밀공』 4권으로 계속…

共同傳人

공동전인

설경구 新무협 판타지 소설

마교를 재건하라.

혈마옥에 갇히면 마교 장로들의 공동전인이 된 사무진에게 주어진 과제.
역사상 가장 착한 마교의 교주.
하지만 역사상 가장 강한 마교의 교주가 되고 싶다.

교정관념을 버려요.
마교도 마교 해서 꼭 나쁜 놈일 필요는 없잖아요.

지금까지와는 다른 마교.
이제 사무진이 만들어가는 새로운 마교가 모습을 드러낸다.

유행이 아닌 자유추구 -
WWW.chungeoram.com

Book Publishing CHUNGEORAM

무유 칠덕(武有七德), 금폭(禁暴), 집병(戢兵), 보대(保大),
정공(定功), 안민(安民), 화중(和衆), 풍재(豐財), 자야(耆也),
〈좌전(左傳), 선공 십이년(宣公 十二年)〉

무에는 일곱 가지 덕이 있다.
첫째, 난폭을 금지한다. 둘째, 무기를 거두어들인다. 셋째, 큰 나라를 보전한다.
넷째, 공적을 정한다. 다섯째, 백성을 편안하게 한다. 여섯째, 대중을 화합하게 한다.
일곱째, 물자를 풍부하게 한다.

섬서성(陝西省) 육반산(六盤山)에 신력(神力)을 바탕으로
패공(霸功)을 구사하는 가문(家門), 육반루가(六盤婁家).
세상에게 외면받고 멸시당하는 환희교(歡喜敎),
육반루가의 후손과 환희교 교주의 운명적인 만남.

"넌 환희교를 지키는 수문장(守門將)이 될 거야.
강하게, 아주 강하게 키워주마."
'아버지처럼 죽지 않을 거야. 아무도 날 죽일 수 없어.
세상에서 최고로 강한 사람이 될 거야.'

유행이 아닌 자유추구 -

WWW.chungeoram.com

Book Publishing CHUNGEORAM

태룡전

『마신』, 『뇌신』에 이은
작가 김강현의 또 하나의 대작!!
『태룡전』

김강현
新무협 판타지 소설

내가 이곳 미고현에 위치한 천망칠십오대에
온 지도 벌써 두 달이 넘었거든.
그런데 아직도 이해하지 못한 일이 하나 있어.
그게 뭐냐고? 우리 대주 말이야.
우리 대주님이 가장 좋아하는 게 뭔지 아나?
바로 침상에서 좌우로 데굴데굴 굴러다니는 거야.
그다음으로 좋아하는 게 그렇게 뒹굴다 잠드는 거고…….
나려타곤(懶驢打滾)!
더도 덜도 아닌 딱 우리 대주님을 지칭하는 말일세.

천망칠십오대 대주 단유강!!
격동의 무림은 그에게 휴식을 허락하지 않는다.
단유강, 그의 일보가 천하를 떨쳐 울린다!

유행이 아닌 자유추구 -
WWW.chungeoram.com
Book Publishing CHUNGEORAM

오채지 新무협 판타지 소설

천산도객

미도대종사의 죽음.

마침내 끝이 난 이십 년간의 정마대전.
하지만 천 무림이 까맣게 모르는 것이 있었으니…

대종사가 마지막까지 숨겨두었던 마도백가(魔道百家)의 비밀 병기.
패잔병으로 북방을 떠돌던 어느 날 신비로운 사내 비파랑을 만나는데…

"항주의 금룡관(金龍館)에… 이걸 전해주십시오."
"눈치챘겠지만 난 마인이오."
"어쩐지 당신이라면… 약속을 지켜줄 것 같아서……."

한 번의 짧은 만남이 만든 운명 같은 행보.
그의 위대한 강호행이 시작된다.

유행이 아닌 자유추구 -
WWW.chungeoram.com

Book Publishing CHUNGEORAM